RÉSISTER AU DESTIN

KYLIE GILMORE

Traduction par
SUZANNE VOOGD

Résister au destin : © 2018 Kylie Gilmore

Édition numérique française 1.0

Design de la couverture par Kim Killion

Publié par Extra Fancy Books

Traduit par Suzanne Voogd

ISBN-10 : 1-947379-04-6

ISBN-13 : 978-1-947379-04-6

1

Dieu, ne me frappe pas. Ben Wright passa rapidement le seuil de l'église catholique de Saint-Joseph et il y survécut. Il n'avait pas mis les pieds dans une église depuis qu'il était enfant. Il tourna à droite et il descendit au sous-sol pour la vente d'objets d'artisanat. Non pas qu'il était fou de tels objets. Il était plutôt du genre sauvage, du haut de son mètre quatre-vingt-trois, avec ses cheveux châtains courts, sa veste habituelle en cuir noir, son jean usé et ses chaussures de marche. Son sourire à fossettes détournait l'attention de son côté rugueux, le rendant « approchable » ou « tellement chou » comme sa grand-mère lui disait toujours quand elle voulait le flatter. Exactement comme elle l'avait fait ce matin avant de lui donner l'ordre d'aller chercher un pot de confiture à la cerise faite maison et un pull tricoté à la main. Un pull pour homme de grande taille qu'il devait ensuite oublier avoir acheté. *Joyeux Noël à moi !*

Il gloussa intérieurement. Grand-mère avait un rhume ou une grippe, elle ne savait pas trop, et elle avait insisté pour qu'il fasse exactement ce qu'elle voulait.

— Ce n'est que pendant une journée ! Tu ne dois pas rater la vente !

Et quand il lui avait dit qu'il ne voulait rien de plus que

passer Noël avec elle en bonne santé, elle s'était énervée, le poussant dehors en ajoutant :

— Il faut que tu ailles chercher ton cadeau avant que quelqu'un d'autre l'achète !

Comme s'il risquait d'y avoir une ruée sur les pulls pour homme en tricot.

Quoi qu'il en soit, il faisait toujours ce qu'il fallait pour une femme dans le besoin. C'était son truc.

Il s'arrêta dans le sous-sol bondé, surpris par le nombre de gens qui faisaient leurs courses de Noël alors que ce n'était que le mois de novembre. On aurait vraiment dit que c'était Noël ici, depuis la guirlande argentée accrochée au plafond jusqu'aux chants de Noël que l'on entendait dans le fond et l'odeur de chocolat chaud et de gâteaux fraîchement préparés. Il fourra les mains dans ses poches, remarquant beaucoup trop de longues tables remplies de bazar artisanal. Il lui fallait un plan : entrer, sortir.

Il se dirigea vers la table des rafraîchissements au centre de l'espace, avec des chocolats chauds, des jus de fruits et des pâtisseries emballées individuellement. Il se dit que les femmes situées là pourraient lui indiquer la confiture. Quelques minutes plus tard, un pot de confiture à la main, il fut sur le point de demander où se cachaient les pulls pour hommes lorsqu'une main tomba sur son épaule.

— Ben, comme c'est bon de te revoir ici !

Il sursauta en voyant le Père Munson très âgé, complètement chauve désormais, et bien plus joyeux qu'il l'était autrefois à la messe. Ben rougit, se sentant coupable pour… *tout*.

— Comment allez-vous, mon Père ?

— Je vais bien, merci. Ta grand-mère m'a dit que tu viendrais. Je vais te montrer les pulls dont elle pense qu'ils peuvent te plaire.

— D'accord, merci.

Il le suivit à travers la foule jusqu'au coin opposé de la salle, où deux longues tables étaient couvertes de laine de mouton. Un coin de sa bouche monta en imaginant tous les moutons nus dans la prairie.

Père Munson lui fit signe d'avancer.

— C'est juste là, dit-il avant de partir, étonnamment en forme pour un homme de son âge.

Ben se trouvait en bout de table près de deux femmes âgées qui regardaient les pulls pour hommes. Il y avait également des bonnets, des écharpes et des mitaines. Il toucha le bord d'un bonnet, imaginant déjà comme cela devait gratter et chauffer. Bon, dès que ces femmes-là auraient bougé, il allait attraper le premier pull d'environ sa taille et sortir de là. Cependant, sa grand-mère allait vouloir l'admirer sur lui et elle le remarquerait s'il ne le portait qu'une seule fois.

Les femmes se déplacèrent et il s'avança, posant la confiture sur la table et passant rapidement en revue les pulls pour homme. Il en chercha un assez grand pour ses épaules larges et qui ne soit pas trop hideux. Il sentit que quelqu'un le fixait. Il leva la tête et faillit rire. Encore elle ? Ça alors !

Missy Higgins. Ancienne rousse, actuellement brune avec des yeux marron très vifs, des pommettes délicates et des lèvres rebondies et aguichantes. Elle portait un pull rouge moulant qui révélait chaque courbe délicieuse.

Ceci allait être drôle. La première fois qu'il l'avait rencontrée plusieurs mois auparavant au bar de son frère honoraire Marcus, elle avait attiré son regard avec ses cheveux roux. Mais elle avait ensuite teint ses merveilleux cheveux en brun et la deuxième fois qu'il l'avait vue, il ne l'avait pas reconnue. Quand il avait fini par comprendre, elle était irritée. Mais pas sérieusement, plutôt comme si elle s'en moquait, en réalité.

Il frappa la main sur la table.

— Missy Higgins, ce doit être le destin !

Elle secoua la tête en souriant et elle vint se placer en face de lui.

— Mais oui, bien sûr. Une force magique nous a tous les deux conduits au sous-sol de l'église. Comme c'est romantique.

Son côté pince-sans-rire le fit sourire.

— Tu dois admettre que c'était une force magique qui nous a fait passer par la porte pivotante de l'hôtel de Claire en même temps.

C'était là qu'il l'avait rencontrée quand elle avait les cheveux bruns.

— Le destin doit travailler très lentement. C'était il y a trois semaines et tu ne te souvenais même pas de moi.

— Je me souvenais de toi.

Un petit sourire apparut sur les lèvres de Missy.

— Non, pas du tout.

— Eh bien, tu as changé tes cheveux. Ça a retardé…

Elle leva la main en l'interrompant.

— Et il était parfaitement logique que nous passions la porte en même temps. Je venais chercher une veste que j'avais oubliée et tu sortais pour me la donner.

— Le destin, dit-il d'un ton sinistre.

Il y eut un éclat d'amusement dans ses yeux marron.

— Coïncidence.

— Et la semaine dernière à l'épicerie, alors ?

Elle leva les yeux au ciel.

— Nous travaillons dans la même ville. Ça devait arriver.

— Mais ce n'est encore jamais arrivé auparavant.

Il leva un doigt.

— Une fois, c'est une coïncidence.

Il ajouta un autre doigt.

— Deux fois, c'est…

— Le hasard.

Il retint un sourire.

— Inhabituel.

Il leva trois doigts.

— Et trois fois, eh bien, même une sceptique pure et dure comme toi doit admettre que c'est — il adopta une voix profonde — le destin.

— Oo-oo-oh, dit-elle d'un ton impassible en agitant les doigts dans les airs. Tu cherches un pull ?

— Sur ordre de ma grand-mère.

— Oh, les pulls pour femmes sont de l'autre côté. Cheryl pourra t'aider.

Elle indiqua une femme derrière une deuxième table couverte de tricots.

— C'est pour moi. J'achète mon propre cadeau de Noël.

Elle éclata de rire. C'était un rire guttural et doux à la fois.

Il leva son pot de confiture et il lui fit son sourire à fossettes de charmeur sexy et approchable.

— J'ai pris ça aussi. Je ne sais pas si c'est pour elle ou pour moi.

Elle eut un petit sourire.

— Quel gentil petit-fils qui fait les courses de Noël pour sa grand-mère.

Il haussa une épaule.

— Elle ne se sentait pas très bien, mais elle ne voulait pas rater tous ces beaux tricots. Je suis son seul petit-fils. Évidemment, elle me gâte.

— Évidemment. Quelle taille ?

Il posa la confiture et il rejeta les épaules en arrière.

— Assez grand pour ce torse viril.

Il y eut une lueur d'amusement dans ses yeux.

— Ah. Nous cherchons donc une petite taille ?

— *Extra* large, dit-il d'une voix traînante pleine de sous-entendus.

— Peut-être un poncho, alors ? demanda-t-elle avant de pincer les lèvres afin de ne pas éclater de rire.

— Ne quitte pas ton vrai travail. Tu es une très mauvaise vendeuse.

Elle sourit d'un air espiègle avant de passer les pulls en revue.

— Je suis certaine qu'il y a quelque chose…

Elle sortit un pull gris foncé et elle le leva.

— Il y a un oiseau dessus.

Elle regarda le pull.

— C'est l'oiseau bleu du bonheur.

Elle le regarda dans les yeux, le visage impassible.

— Non ?

— Non.

Elle souleva un autre pull.

— Un renne ? C'est super pour Noël avec mamie.

En voyant son silence, elle essaya autre chose.

— Un bonhomme de neige. Et regarde, il y a même de minuscules boules de neige.

6 KYLIE GILMORE

— Suivant, grogna-t-il.

Elle leva un autre pull en faisant la grimace.

— Celui-là est assez ennuyeux, mais c'est peut-être ton style.

La petite futée. Il était gris foncé et uni, c'était le moins hideux de la bande, mais s'il disait vouloir celui-là, il allait paraître ennuyeux.

Il fronça les sourcils en pensant au véritable risque : ressembler à un crétin avec un oiseau, un renne ou un bonhomme de neige brodé sur le torse.

— Il n'y a pas à hésiter.

Il tendit la main vers le pull gris uni et elle lui donna le pull vert avec l'oiseau à la place.

— Je le savais, dit-elle avec un sourire rusé. Tu es du genre oiseau bleu du bonheur…

Elle s'arrêta soudain de parler, se raidissant en devenant toute pâle.

— Tu vas bien ?

— Ou-oui.

Elle déglutit de façon visible et elle le regarda dans les yeux.

— Super.

— Alors pourquoi es-tu pâle comme une hostie ?

Sa première plaisanterie catholique tomba à plat. Elle le regarda sombrement avant de se pencher vers lui et de chuchoter :

— Fais semblant d'être mon petit-ami.

Il regarda autour d'elle.

— Y a-t-il un type qui… Oh, hé.

Elle fut à côté de lui, plus près qu'elle ne l'avait jamais été, sa tête au niveau de son torse, et il sentit son odeur fraîche et florale. Elle prit son bras et elle le tira derrière la table avec elle.

Avant qu'il ait le temps de passer un bras autour d'elle comme le petit-ami possessif qu'il n'avait jamais été, elle se colla contre lui, passant les doigts dans ses cheveux, lui souriant comme s'il était le seul homme dans la salle. Et ça fonctionnait. Bon sang, ça fonctionnait. Il glissa les bras autour de sa taille, la tenant près de lui.

— Salut, beauté, dit-il d'une voix rauque de désir.

Elle écarquilla un instant les yeux avant de poser la main dans son cou, le tirant vers elle pour lui chuchoter à l'oreille :

— Nous sommes ensemble depuis un an. C'est sérieux.

Il glissa une main dans ses cheveux, momentanément distrait par leur douceur soyeuse. Puis il chuchota :

— Ma plus longue relation a duré deux mois. Ce doit être le destin.

— Ha-ha.

Elle passa les bras autour de son cou et elle se déplaça de façon à ce qu'il tourne le dos vers la pièce. Elle jeta un coup d'œil derrière lui.

— La voie est libre ? demanda-t-il.

— Merde.

Elle le déplaça encore de façon à ce qu'ils soient de profil.

— D'accord.

Il posa les mains sur sa taille avec douceur. C'était presque comme de danser un slow.

— Fais semblant que l'on se parle.

Elle lui fit un sourire crispé, laissant tomber un bras. L'autre main revint jouer avec les cheveux dans sa nuque.

Il lâcha sa taille et il leva une main, faisant passer un doigt le long de sa joue douce.

— Tu viens ici souvent ?

Elle se concentra entièrement sur lui, lui faisant un sourire attirant et répondant d'une voix séduisante :

— Pas assez souvent, chéri.

Bon sang de fausse petite-amie, elle l'excitait tant !

Il joua avec une mèche de ses cheveux, étudiant leur longueur soyeuse.

— Pourquoi as-tu teint tes beaux cheveux roux en brun ?

— Parce que je les déteste.

— Pas moi.

— Alors tu peux peindre tes cheveux châtains en joli roux.

Il ricana.

— Sérieusement, pourquoi les détestes-tu ?

Elle crispa la main qu'elle avait posée dans sa nuque en regardant la salle.

— Missy…

Elle posa soudain ses lèvres brûlantes et douces sur les siennes. La vue et les bruits du merveilleux pays de Noël artisanal s'estompèrent lorsqu'il leva la main pour tenir son menton et qu'il approfondit le baiser, une chaleur électrique parcourant ses veines. Elle avait un goût de menthe poivrée et de péché, et il en voulut encore davantage. Il dévora cette bouche délicieuse comme un homme affamé.

Elle arracha sa bouche à la sienne, à bout de souffle, les yeux écarquillés.

Il sentit battre son cœur dans ses oreilles. Il fixa ses lèvres roses, pleines et douces.

Elle le rejoignit à mi-chemin pour un deuxième baiser.

Que tout soit faux lui importait peu, car cela lui semblait si parfait. Puis elle sortit la langue pour toucher la sienne, l'instinct prit le dessus, et il se jeta dans le baiser.

2

Missy s'écarta de Ben. Elle était à bout de souffle et stupéfaite par l'intensité du baiser qu'ils venaient d'échanger. Les jambes faibles, elle fut obligée de s'asseoir. Elle sortit pour cela le fauteuil serré contre la table. Il resta debout, sa grande main chaude et rassurante glissant sous ses cheveux et autour de sa nuque. Elle profita longuement de ce contact tout en reprenant ses esprits avant de se lever brutalement, délogeant la main de Ben. Le sous-sol bondé de l'église redevint net à ses yeux. Il fallait qu'elle sache si Louis était encore là.

Ben glissa un bras autour de sa taille, la distrayant en lui parlant de sa voix grave à l'oreille. Il avait une odeur d'épices chaudes et de cuir.

— Qui cherchons-nous ? Veux-tu que je lui casse la figure ?

Elle serra la mâchoire. Louis était son problème, et elle s'occupait toujours seule de ses problèmes.

— Attends une minute, dit-elle doucement.

Elle se leva sur la pointe des pieds, étirant le cou à la recherche du grand homme mince avec ses cheveux bruns en bataille et sa vieille veste de l'armée. Son ex-mari était un drogué sans-domicile fixe. Elle s'en moquait complètement, sauf qu'il était venu à son appartement quelques semaines auparavant en lui demandant de l'argent, sûrement pour s'acheter encore de la drogue. Elle réprima un frisson. Depuis, il la harcelait, lui disant qu'elle lui devait de l'argent. Elle avait pris l'habitude de guetter la vieille Toyota Camry bleue dans laquelle il vivait et qu'il avait sûrement volée. Même si elle avait eu de l'argent, elle ne lui aurait pas donné un centime. Sa haine envers lui s'était estompée au cours des neuf dernières années, mais elle ne lui pardonnait pas.

Il semblait être parti. Elle poussa un soupir et elle s'affala sur le fauteuil. Louis devait être désespéré pour venir la chercher après tant d'années. Peut-être devait-il de l'argent à un baron de la drogue, ou bien avait-il seulement besoin d'une nouvelle dose de ce qu'il prenait en ce moment ? Peu importe, tant qu'il partait. Il allait finir par la laisser tranquille et trouver une meilleure source d'argent. Elle était certaine qu'il disposait d'une liste d'ex à taxer. Il était beau et charmant avec les femmes quand il faisait des efforts.

Elle leva les yeux vers Ben qui se tenait toujours à ses côtés : c'était le bouclier parfait pour effrayer un autre homme. Au premier regard, Ben semblait dur avec ses cheveux courts, son visage anguleux aux pommettes saillantes et à la mâchoire carrée couverte d'une barbe naissante. De plus, il était grand et solide, la veste en cuir noir soulignant ses épaules et son torse larges. Elle savait qu'il était inoffensif, et pas seulement parce qu'il adorait clairement sa grand-mère. Elle avait placé Ben dans la catégorie inoffensive la première fois qu'ils s'étaient rencontrés à une fête il y avait plusieurs mois de cela. Ils avaient joué au billard en équipe, il avait agi en séducteur charmant et ils avaient battu les autres à plate couture. C'était le genre de victoire dont elle se souvenait. Plus tard, quand il ne s'était pas souvenu d'elle, elle n'avait pas été très flattée, mais cela ne faisait que confirmer que son jeu de séduction n'avait aucune intention sérieuse. Il était inoffensif.

Sauf ce baiser… qui n'était pas tellement inoffensif. Il avait été létal, lui coupant le souffle, embrumant son esprit, la réduisant à un petit tas de chair tremblante et en manque. Elle pouvait gérer le fait de flirter, mais quelque chose de plus fort que cela risquait de mener à une relation, chose qu'elle s'était juré de ne plus jamais vivre. Le fait que son mariage de trois ans était devenu violent aurait été une raison suffisante. Mais elle était une *survivante*, bien décidée à se sentir à nouveau à l'aise avec les hommes et à leur tenir tête. Des années de thérapie et de cours d'autodéfense l'avaient conduite là où elle se trouvait aujourd'hui : célibataire et en sécurité, fréquentant les hommes selon ses propres conditions et sans souhaiter de lendemain.

Aucun homme n'était digne de confiance.

Elle l'avait appris avec Louis, avec ses années de bénévolat au foyer d'accueil pour femmes à Seattle, et avec son travail bénévole actuel dans un centre d'appel d'urgence pour les femmes. Même en sachant tout cela, elle avait baissé sa garde le printemps précédent, quand elle avait fréquenté un employé intermittent à l'entreprise de construction dans laquelle elle travaillait. Elle avait été d'accord avec son petit ami, Matt, sur le fait de rester discrète afin de ne pas donner l'impression qu'elle, la personne en charge des salaires entre autres choses, traitait un employé de façon préférentielle. Matt devait arrêter ce travail au cours de l'été, dès la fin du projet, alors elle s'était dit que ça n'était pas trop long et compliqué. Elle avait passé de nombreuses nuits dans son petit studio, meublé de façon spartiate avec seulement un matelas par terre et un canapé. Elle se moquait du fait qu'il n'ait pas d'argent, car il était très chaleureux et affectueux. Elle s'était sentie chérie, chose qu'elle n'avait encore jamais ressentie avec un autre homme. Quand son boulot temporaire avait pris fin trois mois plus tard, elle avait été tellement enthousiaste de pouvoir enfin révéler leur relation au monde, et puis Matt l'avait informée qu'ils devaient encore rester discrets, car il était marié avec un bébé en route. La trahison totale.

Missy avait été si humiliée, si embarrassée, qu'elle ne l'avait jamais dit à personne. Encore une fois, elle avait appris la leçon — définitivement, cette fois — qu'aucun homme n'était digne de confiance. Elle avait sa sœur, ses amies, et c'était bien suffisant.

Elle regarda Ben sans baisser sa garde. Il fit passer les cheveux de Missy derrière son oreille, baissant ses yeux bleus enflammés vers elle. Elle se sentit rougir. Normalement elle n'aurait pas été opposée à l'idée de réagir à cette alchimie fantastique par un coup d'un soir, mais Ben était un des proches de la famille Campbell. Et le clan Campbell, avec tous ses frères biologiques et honoraires se trouvait fréquemment au bar où traînaient Missy et ses amies du club de lecture. Certains des garçons s'étaient récemment fiancés ou avaient épousé ses amies, et le mélange des deux groupes avait atteint des proportions épiques. Elle allait certainement croiser Ben de plus en plus fréquemment. Le fait qu'elle ne l'ait vu que quelques fois ne suffit pas à la faire changer d'avis. Elle aimait séparer ses plans cul de sa vie réelle.

Elle se leva, gênée de se consumer de désir après leur baiser.

— Merci pour ton aide.

Il leva le menton.

— Qui était-ce ?

Elle chercha à adopter un ton nonchalant.

— Juste un type qui n'est pas mon genre. Il m'a déjà draguée et je me suis dit qu'il allait recommencer. Je voulais simplement le rejeter en douceur en lui faisant croire que j'avais un petit ami.

Il l'observa, la transperçant du regard. Elle s'inquiéta un instant qu'il devine son mensonge, mais il lui fit alors un sourire engageant, ses fossettes apparaissant de façon adorable sur ses joues rugueuses.

— Je dois être ton genre. Ce baiser…

— N'a jamais eu lieu.

Il fronça les sourcils.

Elle jeta un coup d'œil à la table à côté, où plusieurs personnes attendaient de payer leurs achats auprès de Cheryl. Apparemment, la séance de baisers de Missy et Ben avait été contournée avec discrétion. Elle aurait été plus gênée si elle n'avait pas été prête à recommencer. Cela avait été extrêmement efficace pour éloigner Louis. Et elle pouvait l'admettre : elle avait beaucoup apprécié leur baiser, suffisamment pour être très tentée par Ben. Elle n'avait fréquenté personne depuis Matt et cela faisait cinq mois maintenant. L'alchimie qu'elle avait avec Ben ne ressemblait à rien d'autre. Et ce n'était qu'après un baiser ! Son estomac fit un petit sursaut quand elle imagina leur peau l'une contre l'autre, le plaisir de…

Elle dut se rappeler fermement que le problème avec Ben était qu'ils allaient se voir souvent à cause de tous leurs amis communs. S'ils couchaient ensemble, ils étaient forcés de se revoir après. Il serait sûrement du genre « salut, ancienne amante, ne fais pas attention à moi pendant que je flirte avec cette autre femme »… qui serait sûrement une de ses amies. Non.

— Laisse-moi m'occuper de ton achat, lui dit-elle. Ensuite, il faut que j'aide Cheryl.

Il dit quelque chose dans sa barbe avant de passer de l'autre côté de la table.

Elle ignora ses grommellements, pliant soigneusement le pull gris sombre qu'il préférait, avant de l'envelopper dans du papier de soie et de le poser dans une boîte blanche. Après lui avoir dit le prix, elle lui indiqua son arrêt suivant.

— Il y a un stand d'emballage des cadeaux près des peintures de plages si tu veux également t'occuper de ça.

Il sortit une liasse de billets de vingt dollars de son porte-monnaie.

— Tiens.

Elle les compta, il y en avait beaucoup trop. Elle essaya de lui rendre la monnaie, mais il croisa les bras, écartant les mains.

— C'est beaucoup trop, presque le double.

— Garde-le. Un don pour l'église.

Elle sentit sa gorge se serrer. Il ne savait pas comme son argent allait rendre service ce Noël.

— Ben…

Elle ne parvint pas à parler à cause de la boule dans sa gorge.

— Quoi ? dit-il d'un ton brusque.

Elle déglutit.

— Merci. Ton argent sera utilisé à bon escient.

— Bien.

Encore une réponse sèche et monosyllabique.

— Es-tu fâché parce que je t'ai obligé à m'embrasser ?

Elle vit ses lèvres esquisser un sourire.

— Je ne suis pas fâché.

— Tu ne sembles pas très… content ?

Il se pencha près de son oreille et les mots qu'il dit alors réchauffèrent sa peau.

— Quand une femme sexy et magnifique t'embrasse de cette façon, deux fois, avant de te snober, c'est normal d'être un peu mécontent.

Elle appréciait le compliment. Personne ne lui avait encore jamais dit qu'elle était magnifique, et venant de lui… waouh.

— Je suis désolée. Je ne voulais pas te snober.

Il se redressa.

— D'accord. Et maintenant, que fait-on ?

— Je dois vraiment me remettre au travail. Je suis certaine que je te croiserai à nouveau. Le destin, hein ?

Il lui jeta un regard très irrité.

— Bon.

Il prit son pull et il partit.

— Attends !

Il s'arrêta, se tourna lentement et attendit qu'elle parle.

— Tu as oublié ta confiture !

Elle lui tendit le pot.

Il revint vers elle, encore plus irrité.

— Merci, aboya-t-il en prenant la confiture.

— Au revoir et merci encore.

Il sortit à grands pas, la confiture dans une main, la boîte avec le pull sous le bras. Elle laissa échapper un petit soupir en le regardant partir avant de reprendre ses esprits et de se remettre au travail.

Lorsque la vente se termina à dix-sept heures, Missy fut fière de dire que cela avait été un grand succès. Son objectif de récolter deux mille dollars avait été atteint et même dépassé. Deux mille trois cents dollars iraient tous à la famille Harper : Rena avec ses trois enfants de six, huit et dix ans. C'était une des femmes que Missy aidait depuis le centre d'appel pour femmes. Rena reconstruisait sa vie dans un appartement de

Clover Park après s'être échappée d'un mari violent. La communauté de l'église avait fait en sorte de fournir des meubles et les nécessités de base à la famille Harper, mais Missy voulait faire plus. Elle voulait que le premier Noël des enfants dans leur nouvelle ville soit spécial. Ils s'étaient enfuis avec une seule valise d'affaires personnelles, ne voulant pas que leur bourreau se rende compte que leur départ était définitif. Les enfants avaient besoin de continuité — d'un sapin décoré, de cadeaux, d'un repas de Noël spécial — afin que leur enfance reste intacte. Ils avaient besoin de savoir que tout ce qu'ils aimaient à Noël serait toujours là pour eux, même si d'autres choses avaient changé. Missy savait d'expérience personnelle comme il était important pour un enfant de pouvoir se raccrocher à quelque chose quand son monde basculait.

Elle rangea l'argent qu'elle avait récolté auprès de chaque vendeur dans la caisse en métal, la verrouilla et la posa sous la table. Tous les autres vendeurs étaient en train de ranger et elle commença également. Il restait encore une pile de pulls pour hommes. C'était sans doute ce qui se vendait le moins bien. Elle sortit une grande caisse en plastique de sous la table et elle les rangea dedans. Elle se surprit à sourire en voyant le pull du merle bleu du bonheur. Elle envisagea brièvement de l'acheter à Ben pour plaisanter, avant de décider qu'il pourrait mal interpréter son geste. Comme si elle voulait continuer à flirter, à plaisanter… à l'embrasser. Elle rougit à ce souvenir. *Cela ne se reproduira pas.* Elle jeta quelques autres pulls par-dessus, cachant l'oiseau et ce qu'il évoquait.

Elle finit de ranger les tricots restants et elle vérifia si quelqu'un d'autre avait besoin d'aide, mais la moitié des bénévoles étaient déjà partis et les autres se débrouillaient très bien seuls. Elle monta à l'étage et elle sortit un balai et une pelle du placard, avant de redescendre et de nettoyer. C'était le samedi avant Thanksgiving, une date qu'elle avait prévue exprès afin de pouvoir faire toutes les soldes du Black Friday pour les Harper. Elle voulait que ces enfants se réveillent le matin de Noël pour découvrir une pile de cadeaux, afin qu'ils pensent que le père Noël les soutenait plus que jamais, qu'ils étaient des enfants sages sur la liste des gentils quoi que leur père ait pu faire.

— Au revoir, appela Cheryl avec les mains chargées d'une caisse de pulls.

Missy posa le balai contre le mur.

— Veux-tu de l'aide pour porter ça à la voiture ?

Cheryl avait une coiffure blonde, mais elle devait avoir au moins soixante-dix ans.

— Non merci, Harry est là. Il descend dans une minute pour changer le reste.

— D'accord, merci beaucoup pour ton aide aujourd'hui.

— Avec plaisir. Ton petit ami était mignon. Monsieur Veste en Cuir.

Missy lutta pour ne pas rougir, certaine que Cheryl les avait vus s'embrasser.

— Oh, ha ha, ce n'est pas mon petit ami.

Cheryl leva les sourcils derrière sa frange fournie.

— Je ne sais pas comment vous appelez ça de nos jours.

Missy balaya la remarque de la main, attrapa le balai et se remit à nettoyer. Elle ne pouvait pas s'attarder sur Ben. Elle avait des problèmes plus importants. Louis pouvait réapparaître à son appartement, essayant de la voir seule. Elle ferait mieux de ne pas garder la caisse pleine trop longtemps. Elle allait tout déposer à la banque dès son ouverture lundi matin. Ensuite, pour Black Friday, elle paierait tout avec sa carte bancaire. Elle ne faisait jamais de dettes et elle gardait toujours l'équivalent d'un mois de loyer sur son compte, juste au cas où. Elle se raccrochait à cet argent, à son filet de sécurité, depuis des années. La fugueuse adolescente qu'elle avait été en avait besoin pour se sentir en sécurité.

Quand elle eut fini de balayer, tout le monde était parti. Elle s'arrêta un instant en transpirant et elle écarta le pull de son corps, s'éventant un peu. Elle avait soif, mais elle voulait d'abord finir le travail. Elle se pencha pour attraper la pelle lorsqu'elle entendit un bruit derrière elle. Elle se tourna brusquement, le cœur battant.

Louis se tenait près de sa table, la caisse entre les mains.

— Non ! cria-t-elle en se précipitant vers lui.

Il la rejoignit à mi-chemin, la poussa sur le côté, frappant son épaule avec la caisse en métal. Elle tomba sur le sol et il s'échappa par les escaliers. Elle se releva et elle le poursuivit en criant tout le temps.

— Arrêtez-le ! Que quelqu'un l'arrête !

Il avait de l'avance et il était rapide. Elle monta les marches, les yeux rivés sur la caisse.

Père Munson apparut dans l'entrée.

— Que se passe-t-il ?

Il était trop âgé pour poursuivre Louis. Elle continua à courir, poussant la lourde porte d'entrée que Louis venait de lui claquer au nez. Lorsqu'elle arriva sur le parking, il partait déjà en voiture.

Des larmes amères brûlèrent dans ses yeux. Il ne pouvait pas gagner. Ces enfants ne devaient pas souffrir à cause de lui.

Père Munson arriva près d'elle.

— Que s'est-il passé ? Qui était cet homme ?

Elle secoua la tête.

— Personne. Tout va bien.

— En es-tu certaine ?

Elle plaqua un sourire sur son visage.

— Oui. Je croyais qu'il avait oublié ses cadeaux, mais j'avais tort.

Père Munson lui tapota l'épaule.

— J'ai laissé un homme dans le confessionnal. Je ferais mieux d'y retourner.

Elle hocha la tête et elle se dirigea vers sa voiture, la honte faisant remonter la bile dans sa gorge. Elle avait conduit le diable jusqu'à leur porte. Elle aurait simplement dû écrire un chèque à Louis afin de se débarrasser de lui. À la place, elle s'était entêtée en se raccrochant à ses économies de peur de devoir vivre à nouveau dans la rue, comme autrefois. Elle avait encore été contrôlée par sa peur. Bon sang.

Elle ravala la bile. Ses économies ne suffisaient pas à rembourser l'argent qu'il venait de voler.

Tout le monde avait travaillé si dur pour que cet événement soit une réussite. La plupart d'entre eux avaient donné tous leurs bénéfices à la cause soutenue par Missy. Il fallait qu'elle trouve un moyen de rembourser cet argent à temps pour Noël.

C'était sa faute. Son problème. Personne n'avait besoin de savoir qu'elle avait un jour fréquenté un homme aussi horrible. Son ex allait rester un secret honteux qu'elle ne partagerait pas.

3

Quatre jours plus tard, Missy se trouva en plein rêve dans une limousine avec ses amies. Si on lui avait dit, à l'époque où elle vivait dans la rue, affamée et luttant pour survivre, qu'elle assisterait un jour à la fête de fin de tournage d'*Amour Féroce* avec la star de cinéma Claire Jordan dans une immense villa en pleine campagne du Connecticut, elle ne l'aurait jamais cru. Claire était une membre du Club de Lecture Happy End et la star des films de la trilogie Féroce basée sur les livres écrits par l'ancienne membre du club, Julia Marino. Tout ce qu'il s'était passé de bien dans la vie de Missy pouvait être retracé jusqu'à son lien avec le Club de Lecture Happy End, un groupe de lecture de romances qu'elle n'aurait jamais rejoint toute seule. Elle ne croyait même pas en un quelconque happy end romantique. Et ce lien avec le groupe était entièrement dû à sa plus jeune sœur, Lily Marino.

Trois années auparavant, d'un seul coup, Missy avait reçu un appel d'une femme prétendant être sa sœur : toutes deux avaient été adoptées en tant que bébés de la même mère, mais de familles différentes. Missy avait accepté de la rencontrer, se disant qu'il y aurait au moins quelqu'un pour comprendre à quel point leur mère biologique était nulle. Elles s'entendirent immédiatement, mais cela ne devait durer qu'une semaine. Missy vivait à Seattle à l'époque et elle avait cru ne plus jamais revoir Lily. Lily garda cependant le contact et, lorsque cette dernière s'était fiancée deux mois plus tard, elle avait demandé à Missy d'être sa demoiselle d'honneur, ce qui était une étape énorme pour leur relation naissante. Le lien entre elles se renforça au cours de la visite de Missy pour le mariage, et Missy finit par déménager à Clover Park. La famille de Lily par alliance, les Marino, avait accueilli Missy, lui donnant un travail et la guidant jusqu'au Club de Lecture Happy End. Elle avait une dette énorme envers les Marino. Ils avaient fait en sorte que Clover Park devienne un foyer pour elle.

Elle porta son attention sur ses amies qui étaient toutes vêtues pour l'occasion spéciale. Lexi et Hailey étaient assises en face et Sabrina à côté d'elle. Les autres amies du Club de Lecture n'étaient pas montées dans la limousine parce qu'elles étaient venues avec leur fiancé ou leur mari. Apparemment, les filles de la limousine étaient les dernières célibataires du groupe. Cela convenait à Missy. Les sœurs avant les sieurs, pour toujours et à jamais, amen.

Les cheveux bruns mi-longs de Lexi étaient attachés en un chignon sophistiqué, son maquillage était parfait et elle portait une robe rouge avec une fente scandaleuse, qui l'exposait depuis la cheville jusqu'à la taille. Elle devait être toute nue là-dessous. Lexi ressemblait beaucoup à Missy : elle était terre à terre et pragmatique.

— Champagne ? demanda Lexi en faisant passer la bouteille à Missy.

Claire avait stocké la limousine pour elles.

Missy but une gorgée à la bouteille avant de s'essuyer délicatement le menton. Elle sourit à Lexi.

— On dirait que ta robe s'est déchirée.

Lexi tira le bas de sa robe d'un côté à l'autre.

— Tu peux aller te rhabiller, Blake Grenier !

C'était l'acteur magnifique qui partageait l'affiche des films de la trilogie Féroce.

— Ou pas, plaisanta Missy.

Tout le monde rit.

Missy fit passer la bouteille de champagne à Sabrina qui souffla.

— Où sont les verres ? Je ne peux pas me rendre à une fête remplie de célébrités avec une des robes de couturier de Claire si je me renverse du champagne dessus.

Sa robe longue couleur lavande était exquise : vaporeuse et légère avec de la dentelle et des bandes transparentes. Ses longs cheveux châtains clairs étaient lisses et brillants, ses yeux marron accentués par un eye-liner charbonneux, même ses joues rondes étaient plus nettes avec du maquillage. Il y avait un grand changement depuis la fille ordinaire à la fille glamour. Bien sûr, elle était toujours aussi adorable.

À côté de Sabrina, Missy se sentait un peu quelconque avec sa petite robe noire habituelle, ses cheveux bruns pas du tout brillants ou coiffés, tombant simplement sur ses épaules. Au moins, son soutien-gorge push-up donnait l'impression qu'elle avait de la poitrine.

— Alors, n'en renverse pas, dit Missy à Sabrina.

— Je m'en occupe, dit Hailey en ouvrant la porte coulissante d'un petit placard et en en sortant une pile de gobelets en plastique.

D'une façon ou d'une autre, Hailey parvenait à se déplacer avec aisance dans une robe noire à bustier qui lui allait comme un gant. C'était sûrement grâce à toutes ces années passées dans les concours de beauté. C'était une ancienne reine de beauté avec de longs cheveux blonds vénitiens, les yeux bleus clairs et une peau sans défaut. Elle travaillait désormais en tant qu'organisatrice de mariages et elle était la chef du Club de Lecture Happy End.

Sabrina se pencha en avant et elle attrapa le gobelet qui lui était tendu.

— Merci, Hailey. Je dois faire tellement attention. Je suis certaine que cette robe a coûté une fortune.

Hailey hocha la tête.

— C'est plus classe de boire dans un gobelet.

Hailey était *toujours* classe.

Lexi montra une jambe nue et parla volontairement d'une voix traînante :

— Qu'est-ce que tu insinues, que nous ne sommes pas classe ?

Missy ajusta ostensiblement son soutien-gorge sans bretelles.

— Ouais, on est super classe !

— Classes comme des pouffiasses, dit Sabrina, faisant rire Hailey.

Hailey les regarda tour à tour avec un grand sourire qui signifiait qu'elle passait en mode super-planificatrice, parlant soudain à toute vitesse.

— Avez-vous le temps de m'aider ce week-end pour préparer la promenade de Noël et la décoration du sapin ? Il reste encore beaucoup de décorations à faire, et puis il y a les petits cadeaux que je prépare pour les enfants, la tombola, l'emballage de cadeaux pour les seniors… vous ai-je parlé de cela ? J'ai combiné l'emballage des cadeaux avec la décoration de l'arbre. Je cherche aussi des chaussettes miniatures pour…

— Attends une seconde, dit Missy.

Elle se tourna vers Sabrina.

— Passe-lui le champagne.

Hailey avait toujours été très dynamique, mais depuis qu'elle était devenue célibataire, mettant fin à une longue situation de copains de baise, elle était passée directement au niveau ultime de l'effervescence. Le véritable problème — et elles étaient toutes secrètement d'accord là-dessus — était Josh Campbell. Alors qu'ils avaient tous deux été impliqués dans une surenchère de meilleurs ennemis qui s'intensifiait, alimentée par une alchimie sexuelle palpable, tout s'était brusquement arrêté quand Josh avait eu une petite amie. C'était dommage pour les autres également, car observer Josh et Hailey au Garner's Sports Bar & Grill, où elles traînaient toutes, était extrêmement divertissant. Josh y était gérant et barman et il prenait beaucoup de plaisir à refuser de servir sa boisson préférée à Hailey pour se venger de sa dernière sournoiserie. La rumeur que Josh en avait une toute petite était un exemple parmi d'autres des éclairs de génie de Hailey. La nouvelle petite amie de Josh était l'opposé de Hailey : c'était une prof de yoga décontractée, bohème et super gentille.

Sabrina, une conseillère conjugale de nature extrêmement compatissante, donna la bouteille à Hailey.

— Ma chérie, promets-moi de te reposer après les fêtes.

Hailey remplit un gobelet avec un grand sourire.

— Je vais bien. C'est mon travail.

Elle rangea la bouteille de champagne dans le seau à glace et elle leva son gobelet.

— Trinquons à l'organisation d'événements fantastiques !

Missy et Sabrina échangèrent un regard inquiet.

— Je vais bien ! dit Hailey gaiement. Sérieusement, je n'ai jamais été plus heureuse !

— On te croit tout à fait ! répondit Lexi gaiement en imitant parfaitement Hailey.

Hailey fronça les sourcils.

— Tu es un peu sèche, dernièrement. C'est quand, la dernière fois que tu as eu un homme dans ta vie ?

— Ne t'aventure pas sur ce terrain, dit Lexi sans véritable menace.

Hailey leva une épaule.

— C'est dans ma nature. Je suis une facilitatrice de happy end.

— L'accro à l'amour, ajouta Sabrina avec un visage sérieux. C'est ce qui est écrit sur sa carte.

Hailey sourit sereinement, fière du titre qu'elle s'était donné.

— Et Sabrina, tu commences à avoir une belle réputation de réparatrice de relations.

Sabrina rougit.

— C'est une prophétie auto réalisatrice. Les gens se parlent entre eux et puis d'autres personnes cherchant à guérir viennent me voir. Elles sont prêtes à faire le travail qu'il faut.

Hailey jeta ses longs cheveux blond vénitien par-dessus son épaule.

— Nous devrions réfléchir ensemble au couplage d'autres amies.

Lexi ricana.

— Le *couplage*. On dirait un mot cochon.

Elles éclatèrent de rire.

— Et toi, Sabrina ? demanda Hailey. Tu es une experte des relations, cela signifie-t-il que tu en aimerais une bientôt, toi aussi ?

Sabrina rougit en détournant la tête.

— Parfois, quand on en sait autant que moi, c'est presque une malédiction.

Elle se tourna vers Hailey avant d'ajouter :

— Je vois les signes d'une relation incompatible à des kilomètres. J'ai donc du mal à me détendre et à profiter.

— Je pourrais t'aider à être à l'aise, dit Hailey. J'ai déjà créé beaucoup de couples, et certains étaient particulièrement timides.

Missy se retint de rire. Hailey s'attribuait le mérite de nombreux couples qui auraient certainement fini ensemble de toute façon.

Sabrina désigna Missy, détournant volontairement l'attention de Hailey.

Hailey inclina la tête vers Missy.

— Qu'y a-t-il de si drôle ?

Missy se força à prendre un air sérieux.

— Rien.

Hailey croisa les jambes et évalua Missy du regard.

— Depuis combien de temps nous connaissons-nous maintenant ? Deux ans ? Et en tout ce temps, je ne crois pas que tu aies mentionné d'homme dans ta vie.

Missy se pencha en avant.

— C'est parce qu'il n'y a pas d'homme dans ma vie *par choix*. Des coups d'un soir, oui. Des relations, non.

Les femmes devinrent silencieuses. C'était la première fois que Hailey insistait pour connaître le statut des relations de Missy. Lexi et Sabrina savaient déjà qu'elle préférait les rencontres sans lendemain. Missy n'avait jamais expliqué pourquoi, et ses amies ne lui avaient jamais posé la question, percevant sans doute son côté défensif en la matière. Les seules personnes au courant du passé de Missy étaient sa psy à Seattle et sa sœur. Elle avait voulu repartir à zéro à Clover Park, où personne ne saurait jamais qu'elle avait été une victime. Elle voulait être une nouvelle Missy, une version plus forte et plus intelligente d'elle-même. Son fiasco récent avec Matt était encore trop frais et humiliant. Missy avait appris que la clé de la survie était de ne gérer que le danger immédiat et de laisser les conséquences émotionnelles pour plus tard, quand elle était prête.

Elle n'était pas prête. Elle aurait dû avoir plus de jugeote et c'était encore douloureux d'avoir été assez stupide pour laisser Matt s'approcher d'elle.

— Puis-je demander pourquoi ? dit doucement Hailey.

— Ceci est un cercle de confiance, ajouta Sabrina d'un ton si sérieux que Missy faillit rire.

Lexi hocha la tête.

— Ça ne quittera pas cette limousine.

Missy soupira en sachant que ses amies avaient de bonnes intentions.

— Disons simplement que j'ai eu trop de mauvaises expériences pour avoir un jour confiance en un homme.

Elle pensa à son ex-mari et à toutes les femmes qu'elle avait aidées personnellement, des victimes comme elle.

— Et je ne parle pas simplement d'une mauvaise rupture. Je parle d'un traumatisme.

En voyant leurs regards compatissants, elle sentit sa gorge se serrer et un picotement habituel des yeux lui indiqua qu'elle devait se taire.

— Parlons d'autre chose. Il me tardait vraiment de venir à cette fête, et je n'ai pas envie d'être stressée par les mauvaises expériences du passé.

— Absolument, dit Sabrina. Une autre fois. Sache simplement que ma porte est toujours ouverte.

Sabrina vivait sur le même palier que Missy.

— La mienne aussi, dirent Lexi et Hailey en chœur.

Missy cligna rapidement des yeux en pinçant les lèvres.

— Plus de champagne ? demanda Hailey, brisant ainsi la tension.

Elles tendirent toutes leur gobelet et l'atmosphère se détendit immédiatement.

En arrivant à la villa, elles étaient toutes un peu éméchées car elles avaient terminé la deuxième bouteille de champagne. Elles étaient devenues de plus en plus grivoises, riant comme des folles. Elles se calmèrent lorsque la limousine roula sur une allée circulaire avec une fontaine de marbre en son centre. Cet endroit ressemblait à un palace européen extrait de son pays d'origine et déposé avec ses jardins parfaitement entretenus en plein milieu du Connecticut. Pas étonnant qu'ils tournent des films ici.

Le chauffeur ouvrit la porte pour elles avant de les aider à sortir de la limousine. Missy dut se pincer pour être certaine que tout ceci était réel.

Un homme âgé a l'air très distingué dans un costume noir ouvrit la porte — était-ce un majordome ? — et leur prit les manteaux. Hailey, la meneuse toujours confiante, traversa la foule de personnes qui discutaient dans le vestibule à deux étages, dépassant le petit salon et la salle à manger, avant de se diriger tout droit vers la véranda. La grande pièce aux murs en lambris blancs ne possédait que deux canapés, quelques fauteuils et un grand piano. Elle avait sans doute été vidée pour permettre aux invités de se mélanger un maximum. Une foule s'était agglutinée près du bar de l'autre côté de la pièce.

Elles trouvèrent rapidement Claire entourée d'admirateurs. Hailey n'hésita pas à rejoindre le groupe, s'approchant de Claire avec un grand sourire et des félicitations chaleureuses. L'actrice ressemblait encore à son personnage, Mia, avec des cheveux marron jusqu'aux épaules au lieu de ses cheveux naturellement blonds. Claire serra Hailey dans ses bras et les autres s'approchèrent.

— Je suis tellement contente que vous soyez là ! s'exclama Claire en les serrant tour à tour dans ses bras.

Puis elle s'adressa à son groupe d'admirateurs en disant :

— Voici mes sœurs d'un autre père ! Sérieusement, elles ont été mon point de repère pendant les trois films.

Le groupe les accueillit et Claire présenta une partie des employés de son entreprise de production. Puis Blake Grenier — star de cinéma, acteur des fantasmes érotiques de la trilogie Féroce de toutes les femmes et Homme le Plus Sexy du magazine *People* — les rejoignit. Il était époustouflant dans la vie réelle. Ses yeux étaient incroyablement bleus, accentués par son costume sur mesure bleu marine et ses cheveux bruns. Ses traits étaient parfaits, forts et nets, ses lèvres sensuelles. Si elle était du genre à le faire, elle se serait pâmée d'admiration. Il respirait le sexe.

Pour une raison inconnue, l'équipe devint silencieuse à l'arrivée de Blake. Tout le monde le fixa, Missy comprise.

Blake se tourna vers Hailey.

— Je me souviens de toi, dit-il d'une voix profonde et charmante. Tu as fait un carton dans la scène de la fête d'entreprise. J'étais sûr que tu avais déjà fait du travail d'actrice.

Certaines de ses amies avaient été figurantes dans le premier film.

Hailey passa la main dans ses cheveux.

— C'est-à-dire que j'ai beaucoup d'expérience dans les concours de beauté.

Blake fit un sourire carnassier.

— J'aimerais beaucoup en apprendre plus là-dessus.

Claire jeta un regard d'avertissement à Hailey qu'elle ignora volontairement.

— Puis-je t'offrir un verre ? demanda Blake en indiquant le bar de l'autre côté de la pièce.

— J'aimerais beaucoup !

Hailey partit avec lui.

Claire fronça les sourcils et Missy s'approcha d'elle pour lui demander à voix basse :

— Est-il du genre à causer des problèmes ?

Claire hocha la tête et chuchota à son tour :

— Il cherche seulement à coucher.

Missy haussa une épaule.

— C'est peut-être ce qu'elle veut.

— Pas possible ! s'exclama Claire. Hailey ? C'est une romantique. Toute son entreprise d'organisation de mariages est basée sur sa passion pour la romance.

Missy inclina la tête.

— Elle est un peu perdue ces temps-ci. Laissons-la profiter de l'attention. Je garderai un œil sur elle.

Claire cligna rapidement des yeux.

— Merci, Missy. Je sais que je peux être un peu mère poule, mais vous…

Elle s'étrangla.

— Je sais, dit Missy dont la gorge se serra en entendant l'émotion dans la voix de Claire.

Le groupe s'entendait très bien et Missy savait que Claire appréciait particulièrement cette proximité parce qu'elle avait des difficultés à créer des liens en tant que célébrité. La plupart des gens voulaient simplement obtenir quelque chose d'elle.

— Je vous aime, les filles, dit Claire en essuyant une larme sous son œil.

Missy lui serra le bras.

— Nous aussi, on t'aime.

Sabrina sourit et hocha la tête. Lexi leva le poing en signe de solidarité.

Claire laissa échapper un petit rire.

— Pardon. Je deviens un peu émotive après les fins de tournage. Et celui-ci était énorme. Trois années, trois films, les mêmes acteurs et une grande partie de la même équipe. Ils deviennent comme une famille. C'est toujours difficile de se dire au revoir.

Sabrina se pencha vers elle.

— Tu nous auras toujours, nous.

Claire craqua, éclatant en sanglots. Sabrina prit le relais en passant le bras autour de Claire et en la guidant ailleurs, lui parlant doucement. Dès que Claire fut partie, le groupe d'admirateurs passa à autre chose.

— Tu veux une boisson ? demanda Missy à Lexi.

— Je ferais mieux de manger avant, dit Lexi. Cherchons un de ces serveurs en smoking.

Elles firent le tour du rez-de-chaussée, goûtant les hors-d'œuvre proposés par les serveurs. Les meilleurs étaient des champignons farcis au crabe et au homard. Elles finirent par retourner à la véranda, où Hailey et Blake flirtaient dans un coin tranquille de la pièce.

Lexi et elle s'arrêtèrent au bar avant de s'installer assez près pour garder un œil sur Hailey sans être trop flagrantes.

Mad, la plus jeune et la seule fille de la famille Campbell, les rejoignit dans son tailleur pantalon noir. Elle ne portait jamais de robe.

— Que fabrique-t-elle ?

Mad inclina la tête en direction de Hailey, ses cheveux teints en rouge pompier tombant devant son visage. Elle les écarta.

— Elle sait que c'est un enfoiré qui se sert des femmes.

— Elle se sent peut-être seule, suggéra Lexi.

— Elle le désire peut-être, proposa Missy.

Bon sang, n'importe quelle femme vivante devait le désirer.

Mad regarda autour d'elle avant de confier avec un petit sourire :

— Elle veut peut-être rendre Josh jaloux.

Elles suivirent son regard de l'autre côté de la pièce où se trouvait Josh en chemise blanche et pantalon de costume gris sombre, une tenue inhabituellement élégante pour lui. Il avait la vue dégagée sur Hailey. Josh était grand avec une stature d'athlète, comme tous les hommes Campbell, et ses cheveux bruns un peu longs lui donnaient un air ébouriffé et sexy. Son charme décontracté était associé à un air dangereux qui d'après Missy le faisait monter sur l'échelle du beau jusqu'à sérieusement canon. C'était un guerrier entraîné, un ancien parachutiste de l'armée qui avait sauté d'un avion en territoire ennemi, où il avait vaincu au combat rapproché. Missy et ses amies ne l'avaient jamais dragué parce qu'elles pensaient toutes qu'il était pour Hailey, que cela plaise aux deux personnes en question ou pas. Pour l'instant, Josh était avec la très bohème Clarissa, qui se tenait devant lui dans une robe fourreau d'un bleu profond avec des fleurs blanches brodées, ses longues tresses brunes attachées en chignon, sa peau bronzée brillant de bonne santé. Clarissa avait le dos tourné vers Hailey, mais elle devait remarquer le fait que Josh regardait par-dessus son épaule, son attention rivée sur quelqu'un d'autre. Et chaque fois que Josh regardait Hailey, cette dernière flirtait encore plus.

— Ça fonctionne, dit Missy.

— Oui, concéda Mad avec un sourire. Je me sens mieux maintenant. Pendant une minute, j'ai cru qu'elle se laissait vraiment éblouir par la célébrité de Blake. À plus tard, les filles. Claire dit qu'elle a de la pizza pour moi dans la cuisine.

— Oh, non merci, on a trop mangé, dit Lexi.

— Vous pouvez en avoir aussi, proposa Mad un peu tard. Pardon. Elle l'a achetée spécialement pour moi parce que je n'aime pas toute cette nourriture chic, mais je veux bien partager.

— Va en profiter, dit Missy. Ça va.

Mad s'éloigna, suivie par son fiancé, et ils partirent chercher la pizza.

Quelques minutes plus tard, Hailey et Blake sortirent de la véranda pour aller Dieu sait où. Missy et Lexi les suivirent discrètement, à travers le labyrinthe d'invités, jusqu'au vestibule à deux étages, où il ne restait que quelques personnes. Missy et Lexi échangèrent un regard inquiet. Soit Hailey partait avec Blake, soit elle allait gravir l'énorme escalier. Dans tous les cas, elles ne pouvaient pas veiller sur elle.

— Où allez-vous, tous les deux ? appela Missy.

Hailey s'arrêta et elle se retourna.

— Blake me fait visiter. Ils ont filmé certaines scènes à l'étage.

— On vient aussi, dit Missy.

— Oui, nous sommes de grandes fans de la trilogie Féroce, ajouta Lexi.

Blake chuchota quelques mots à Hailey.

Celle-ci hocha la tête avant de s'approcher de Missy et Lexi et de les attirer sur le côté.

— Tout va bien. Vraiment. Merci pour votre inquiétude.

Lexi se pencha vers elle.

— Il sera parti avant même que tu puisses remettre ta culotte.

— Comme si j'en portais une, dit Hailey avec un sourire espiègle.

Lexi ricana.

— Hé, comme moi !

Hailey écarquilla les yeux.

— Je plaisantais ! Bon sang, Lexi, porte un string, au moins !

— Sérieusement, dit Missy à voix basse. Est-ce vraiment ce que tu veux ?

Hailey soupira.

— Penses-tu que je n'ai jamais fréquenté ce genre d'homme avant ? Peut-être en ai-je envie. Comme Sabrina l'a dit, un peu de détente me ferait du bien.

Missy secoua la tête.

— Je crois plutôt que Sabrina parlait de méditation.

— Ou de séances de psy, ajouta Lexi.

Hailey rejeta ses cheveux en arrière.

— Je n'ai pas besoin de thérapie. J'ai seulement besoin de me défouler.

— Nous t'attendrons ici, dit Lexi.

— Tout va bien.

Hailey plaqua un sourire sur son visage, sans doute parce qu'elle commençait à être irritée. Elle serra le bras de chacune, leur tourna le dos et se dirigea vers Blake, qui ne semblait pas ravi d'avoir dû attendre.

Blake posa une main en bas du dos de Hailey, la guidant vers les escaliers. Ils n'avaient fait qu'un pas lorsque Josh apparut soudain dans le vestibule, l'air féroce.

Il parla d'une voix autoritaire.

— Hailey, non.

Hailey se tourna brusquement.

— Quoi ?

Josh n'était pas d'humeur à jouer.

— Pas lui. Littéralement n'importe quel autre type de cette fête, mais pas lui.

— C'est quoi ton problème ? grogna Blake.

— Toi, crétin.

Josh fit un geste du pouce.

— Maintenant, va-t'en.

— Josh ! s'exclama Hailey. Tu n'as pas le droit de…

— Hailey, pars, ordonna Josh. Retourne à la fête.

Hailey resta bouche bée.

Clarissa apparut dans le vestibule.

— Josh, que se passe-t-il ?

L'attention de Josh était rivée sur Hailey.

— *Maintenant.*

Hailey leva le menton.

— Pas question. Je fais un tour avec Blake.

Josh se mit à parler d'une voix plus grave et menaçante.

— Non, tu ne le feras pas.

— Je vais m'occuper de ça, dit Blake en se dirigeant tout droit vers Josh.

Josh campa sur ses positions, les pieds écartés à la distance des épaules, le corps tendu en mode de combat manifeste. Les deux hommes étaient aussi grands, mais Josh était bien plus dangereux.

Les quelques personnes restant dans le vestibule sortirent vite, sans doute parce que les deux hommes avaient commencé à se tourner autour et qu'elles ne voulaient pas être prises dans la mêlée. Hailey resta dans l'escalier, le regard fixé sur Josh. Clarissa observait Josh également, une main sur la bouche, sans doute inquiète des conséquences pour Josh s'il frappait Blake.

Blake poussa Josh. En un éclair, Josh le colla au sol, posant un genou sur son torse.

Le visage de Blake était taché de rouge.

— Un seul coup de poing et je te poursuivrai en justice pour prendre tout ce que tu as !

Josh le relâcha et fit un pas en arrière.

— Tu n'obtiendrais pas grand-chose.

Blake se leva avec un rictus.

— Que veux-tu avec Hailey ?

Il indiqua Clarissa.

— Tu as déjà un joli petit lot…

Josh le plaqua contre le mur. Blake lutta comme un fou pour se libérer.

— Josh ! s'exclamèrent Clarissa et Hailey presque à l'unisson.

Josh jeta Blake sur le côté.

— Ne t'approche pas d'elle.

Blake trébucha avant de se redresser.

— Qui ça, « elle » ? Tu n'arrives pas à te décider ? Laisse-moi te faciliter les choses.

Il se jeta sur Josh en balançant le bras. Josh n'essaya pas d'éviter ou de bloquer le coup de poing : il fonça sur Blake et le coucha sur le sol. Les coups se mirent à pleuvoir, les deux hommes s'attaquant dans un mouvement flou.

Lexi marmonna :

— Je vais chercher Jake.

Elle partit en courant à la recherche du jumeau de Josh. Pas bête. Jake pourrait lui faire entendre raison.

Missy se mordit les lèvres. Il leur fallait quelques hommes forts pour séparer ces deux-là. Elle regarda autour d'elle et la porte d'entrée s'ouvrit. Ben et Logan, le plus jeune frère de Josh, entrèrent.

— Les gars ! appela-t-elle de toute urgence. Séparez-les avant que quelqu'un se blesse.

— Merde, dit Logan. C'est Josh ?

— Oui ! s'exclama Missy. Et Blake Grenier !

Ben et Logan se précipitèrent pour les séparer. Ben se dirigea vers Josh, et juste avant qu'il puisse l'attraper, Logan cria :

— Pas par-derrière !

Trop tard. Ben s'était approché dans le dos de Josh et il avait posé une main sur son épaule. Josh avait attrapé la main de Ben, avait pivoté, puis Ben s'était retrouvé assis par terre.

— C'est moi ! cria Ben alors que Josh le surplombait. Ben !

Josh recula rapidement, le dos courbé, et il scruta la salle à la recherche d'autres menaces. C'était un guerrier dans une bataille, le regard très calme. Blake se trouvait sur le sol aux pieds de Logan. Menace neutralisée.

Logan regarda Blake.

— Tu as de la chance qu'il n'ait pas sérieusement voulu te casser la figure.

Blake devint écarlate et il se leva, bousculant l'épaule de

Logan avant de partir et de claquer la porte d'entrée derrière lui.

Lexi arriva à toute vitesse avec Jake, qui s'approcha de Josh en lui parlant doucement. Les têtes collées l'une contre l'autre, les jumeaux étaient presque impossibles à distinguer. Josh secoua la tête. Jake continua à parler jusqu'à ce que Josh se dégage et s'écarte.

Clarissa croisa les bras et annonça :

— Je veux rentrer à la maison.

Josh s'approcha d'elle.

— Ça va. Je me suis calmé.

Clarissa fronça les sourcils.

— Pas moi. Ramène-moi à la maison.

— D'accord, je te ramène.

Josh leva la main pour esquisser un petit au revoir, le regard dur. Ils partirent.

La porte d'entrée se ferma derrière eux et Hailey la fixa un moment, les lèvres pincées, avant de se précipiter hors de la pièce.

Missy et Lexi échangèrent un regard incrédule. Elles n'avaient encore jamais vu Josh véritablement fâché, et jamais au point de chercher la confrontation physique.

— J'hallucine, dit Lexi.

— Les hommes, soupira Missy.

Lexi regarda derrière Missy.

— Je vais voir comment va Hailey.

— Je te rejoins.

Elle se tourna vers Ben, qui était maintenant debout et qui retirait sa veste en cuir noir, l'air tout sexy et énervé.

Elle ne put se retenir.

4

———

— Ben Wright, c'est un coup du destin ! s'exclama la femme qui hantait ses rêves érotiques. Toi, sur le cul dans ce même vestibule, invité à la même fête.

— Encore toi, grommela Ben. Voilà ce que j'obtiens en essayant d'aider. Jeté sur le cul et ridiculisé par une fausse brune.

Missy pinça ses lèvres délicieuses.

— Ce n'est pas poli de parler de la teinture d'une dame.

Il haussa les épaules.

— Ce n'est pas poli de dire qu'un homme est sur le cul.

Elle retint un sourire, clairement amusée par sa chute peu héroïque.

Logan s'arrêta à côté de lui. Ils étaient proches comme des frères, ayant grandi ensemble, et ils étaient à présent associés à Checkin, un service en ligne qui vérifiait les antécédents du personnel soignant et des employés à court terme. Logan ressemblait à une version plus jeune et maigre de Josh, si Josh avait les cheveux châtains et une barbe. Il y avait une lueur d'amusement dans ses yeux.

— Je t'ai prévenu de ne pas l'approcher de derrière. Tu sais qu'il a des réflexes à fleur de peau, prêt au combat.

Ben poussa un soupir.

— Je sais. Je n'ai pas réfléchi. Je me suis retenu à la

dernière minute et j'ai seulement posé ma main sur son épaule au lieu de l'attraper et de le tirer en arrière.

— Tu aurais souffert si tu l'avais attrapé.

Logan se tourna vers Missy.

— Tu as tout vu ? Qu'est-ce qui a bien pu le faire démarrer ainsi au quart de tour ?

Missy grimaça.

— Hailey était sur le point de monter à l'étage avec Blake Grenier.

Logan secoua la tête.

— Josh a une super copine. Quel est le problème, si Hailey est avec Blake ?

— L'herbe est toujours plus verte ailleurs, intervint Ben.

— Ou peut-être a-t-il des sentiments non résolus pour Hailey ? suggéra Missy d'un ton patient, comme si elle devait leur expliquer les subtilités des relations hommes-femmes.

Élevé par une mère célibataire, puis par sa grand-mère, Ben était au courant des indices subtils envoyés par les femmes.

Logan jeta les mains en l'air.

— On ne peut pas lui en parler. J'ai essayé. Il ne veut pas désirer Hailey et il t'arrache la tête si tu suggères qu'il devrait passer à autre chose.

— Pourquoi ne veut-il pas la désirer ? demanda Missy.

Logan devint silencieux avant de répondre :

— Tu devrais lui poser la question.

Logan les regarda tous les deux.

— C'est plutôt triste, n'est-ce pas ?

Ben donna une tape à l'épaule de Logan pour le rassurer.

— Oh, il va s'en sortir.

— Je rentre, dit Logan en inclinant la tête vers le bruit de la fête.

— Je te rejoins tout à l'heure.

Logan leva un sourcil, un petit sourire apparaissant sur ses lèvres.

— Ah bon ?

— Va-t'en.

Ben le poussa et Logan partit en riant. Ben se tourna

ensuite vers Missy, observant sa robe noire moulante et son décolleté bien visible. Sa bouche devint sèche. Elle avait la taille fine, les hanches rondes, des jambes musclées et des chaussures noires à talons hauts. Il se força à regarder son beau visage et parla d'une voix rauque :

— Nous revoilà donc.

— Je t'ai dit que nous allions nous croiser tout le temps. La toile est trop épaisse pour s'échapper.

Il cligna des paupières.

— La toile ?

Elle fit un geste vague de la main.

— Tes amis, mes amies, tous leurs vœux de s'aimer à jamais.

Il se balança sur ses pieds.

— Oui, c'est vrai que ça fait le tour en ce moment.

Un majordome sortit de nulle part.

— Puis-je prendre votre manteau, Monsieur ?

— Bien sûr.

Il le lui tendit et le type disparut de l'endroit où il était venu. Il y avait sans doute des passages secrets dans un vieux palais comme celui-ci.

Missy inclina la tête.

— Tu n'y crois pas ?

Il dut remonter le fil de la conversation. Ah oui. Les autres qui se casent.

— Et toi ?

— Non.

Il se détendit. Voilà quelqu'un avec qui il allait pouvoir s'amuser. Pas d'inquiétudes au sujet de devoir s'engager dans le futur.

— Je ne crois pas au mariage, dit-il.

— L'institution ? Comme c'est intéressant. Pourquoi pas ?

— Je n'en ai jamais vu un bien. Et toi ?

— Ma sœur.

— Je suppose qu'il y a des exceptions, concéda-t-il.

— Et tes amis ?

— Ça reste à voir. Ce n'est que le début.

Une lueur d'amusement dansa dans les yeux marron de Missy.

— Tu es un véritable pessimiste, non ?

Il lui fit son sourire à fossette, ajoutant une nouvelle couche de charme.

— Pas du tout. J'ai simplement besoin de le voir pour le croire.

— Mince. Moi je suis une personne qui voit le verre à moitié vide.

— Toutes mes condoléances.

Elle rit.

Il se pencha plus près, respirant son odeur florale. Il adorait qu'elle ait une odeur si féminine alors qu'elle parlait comme une dure.

— Si le destin n'arrête pas de nous rapprocher, nous devrions peut-être arrêter de résister.

Elle leva les yeux au ciel.

— Allez viens, retournons à la fête.

— Pas si vite. N'essaie même pas de me dire que tu n'as rien ressenti pendant notre séance de baisers incroyablement torrides.

Elle leva le regard vers lui, imperturbable.

— Tu cherches à baiser ?

Oui.

— Missy, je suis outré.

Elle haussa une épaule.

— Ce n'est pas grave. C'est une démangeaison qu'il faut gratter de temps en temps, n'est-ce pas ?

Il resta sans voix. Venait-il vraiment de rencontrer la femme parfaite ? Du sexe sans lendemain, des plaisanteries, un peu de flirt, pas d'engagement. Elle cochait toutes les cases.

Elle continua avec son merveilleux côté pragmatique.

— Normalement, j'aurais dit c'est parti, mais nous connaissons trop de personnes en commun. Ce serait tellement gênant de nous croiser tout le temps.

Bon sang. Cela avait paru trop bien jusqu'au « mais ».

— Gênant, répéta-t-il.

— Oui.

Il prit sa main.

— Et si ce n'était pas gênant ?

Il savait être très charmant et si elle voulait bien continuer à être pragmatique, il allait pouvoir beaucoup s'amuser.

Elle retira sa main de la sienne.

— Tu me sembles inoffensif, mais…

Je paie pour voir ton « mais » et je surenchéris avec un autre « mais » !

— Eh bien, je suis inoffensif, mais je me sens un peu sale maintenant.

— Je ne savais pas que tu étais si sensible. Oublie ce que j'ai dit.

— Je ne peux pas l'oublier.

— Tant pis.

Il la voulait. C'était comme ça.

— Et si…

Il se tut lorsque le téléphone de Missy sonna et qu'elle le sortit de son sac minuscule.

Il attendit qu'elle parle d'un ton calme et professionnel avant de raccrocher et de sourire.

— Le travail ? demanda-t-il.

— Oui. Je ne travaille que le matin. Je m'occupe de la gestion dans une entreprise du bâtiment et c'est leur période calme en ce moment. Quoi qu'il en soit, je voulais me faire un peu plus d'argent pour les fêtes. Maintenant, c'est possible. Je commence le jour après Thanksgiving.

Il lut entre les lignes.

— Tu manques d'argent en ce moment ? De combien as-tu besoin ?

Checkin fonctionnait si bien qu'ils cherchaient des investisseurs pour passer au niveau suivant. Il pouvait facilement l'aider.

— Je vais bien, dit-elle fermement. C'est juste pour faire quelques achats de cadeaux.

Il sut immédiatement que tout n'allait pas si bien. Son instinct d'aider une femme dans le besoin lui fit envisager de lui proposer un travail au lieu d'une somme d'argent. Il se dit qu'elle réagirait mieux à cela, et ils avaient bien besoin d'une administratrice à Checkin. La leur allait être absente jusqu'après le Nouvel An. La fille de Patty venait d'avoir son premier bébé et elle était montée dans le Vermont pour être avec elle. Les dossiers s'étaient empilés et Logan et lui n'avaient fait aucune mise à jour des données depuis plusieurs semaines.

Il garda la bouche fermée. Si Missy travaillait pour lui, avec cette attirance intense, ce serait comme de se tirer une balle dans le pied. Pourquoi placer la tentation devant lui tous les jours pendant des semaines alors qu'il ne pouvait *absolument* pas agir ? Cela nuirait à l'avenir de Checkin auprès des investisseurs, si on avait l'impression qu'il agissait souvent de façon inappropriée avec les femmes qu'il employait. Non pas qu'il ait un jour fait cela, mais sa réputation était déjà tachée par la faute de quelqu'un d'autre.

Six mois auparavant, Ben avait aidé un ami de fac en embauchant sa cousine Ashley pour faire les ventes et le marketing de Checkin. Ça n'avait pas fonctionné. Après trois mois et aucun résultat, Ben l'avait renvoyée. Puis elle l'avait accusé de harcèlement sexuel. Il en avait été malade. Ce n'était pas son genre et si sa mère avait été en vie, il aurait été mort de honte. Il avait été élevé de façon à traiter les femmes avec respect. Il était totalement professionnel. Il n'avait même jamais été seul avec elle. La moitié du temps, elle travaillait chez elle et en réalité, elle ne travaillait sans doute même pas. Logan l'avait fidèlement soutenu. Finalement, Ben avait été disculpé de toutes les charges contre lui, mais les dégâts étaient faits. Sa réputation avait été souillée parce qu'il avait été accusé, et s'il devait être franc, cela l'avait changé aussi. Il était bien plus méfiant envers les femmes en général.

L'accusation de harcèlement était son terrible secret, même si le bruit s'était répandu dans certains réseaux professionnels, ce qui était la raison pour laquelle Logan prenait la tête des réunions d'investisseurs en janvier.

Il fit un petit sourire à Missy.

— Bonne chance avec ton nouveau travail. Que vas-tu faire ?

Missy rougit.

— Euh, juste un travail d'intérimaire.

— Quel travail d'intérimaire ? demanda-t-il, curieux de voir pourquoi elle rougissait.

Elle s'éclaircit la gorge avant de marmonner :

— Service client.

— Venez ici ! s'exclama Claire en apparaissant dans le vestibule. Jake et moi avons une grande annonce.

— On arrive ! appela Missy, l'air très soulagée.

Bizarre.

Il la suivit à travers la maison jusqu'au bruit de la foule.

— Tu crois qu'elle est enceinte ? demanda-t-il doucement à Missy.

— Ça ne m'étonnerait pas, répondit-elle.

Ils parvinrent à l'arrière de la maison, où une grande véranda était remplie de monde. Claire était debout sur une chaise et Jake siffla bruyamment, créant le silence dans la salle. Claire le regarda.

— Merci, mon chéri.

Elle écarta les bras en souriant.

— Jake et moi avons acheté une maison dans le Connecticut avec du terrain pour les chevaux…

— Et les chiens ! intervint Jake.

— Oui ! dit Claire en riant. Et les chiens. Et avec un peu de chance, les enfants, même si je ne suis pas enceinte…

— Pour le moment ! précisa Jake en levant un doigt. Mais nous nous entraînons autant que possible.

— Jake !

Il sourit en la regardant avec adoration.

— Quoi ?

Claire secoua la tête en souriant.

— Ce n'est qu'à une demi-heure de Clover Park et il me tarde d'accueillir tout le monde. Nous déménageons en janvier.

Missy et ses amies applaudirent en faisant le plus de bruit.

— Oh, c'est tellement bien, dit Missy d'une voix étranglée. Une famille et une maison.

Elle se précipita vers l'endroit où ses amies étaient rassemblées autour de Claire et s'exclamaient avec enthousiasme parce que Claire allait enfin vivre près d'elles. Normalement, elle voyageait partout dans le monde pour se rendre sur les lieux de tournage. Apparemment, Jake et elle souhaitaient s'établir quelque part.

Ben ne pouvait pas imaginer cette vie pour lui-même. Il connaissait trop bien la douleur de perdre quelqu'un de proche à cause de la longue bataille de sa mère avec le cancer, et il ne voulait plus jamais ressentir ce type de douleur. Missy semblait vraiment émue par cette histoire de famille et de maison. Elle avait dit ne pas croire en une relation de longue durée. Désormais, il n'était pas certain de la croire.

Le refuge pour sans-abri de South Norfolk, à quarante minutes de Clover Park en voiture, était nouveau pour Missy, même s'il lui paraissait familier. Les murs en parpaings, les sols couverts de vinyle bon marché, les longues tables communes dans la salle à manger, l'odeur de désinfectant. Rien de tout cela n'évoquait un foyer pour elle, mais ce genre d'endroit l'avait sauvée quand elle était adolescente et qu'elle vivait dans la rue, lorsqu'elle n'avait plus d'argent ou de nourriture.

Elle avait rencontré d'autres adolescentes qui s'étaient tournées vers la prostitution pour survivre, mais elle n'avait pas pu supporter l'idée. Elle s'était enfuie à quinze ans pour échapper à son nouvel « oncle », un homme qui pensait que c'était une proie facile parce qu'elle vivait dans la même maison. Sa tante ne l'avait pas protégée, sans doute parce qu'elle n'appréciait pas d'être devenue sa tutrice après la mort des parents de Missy. Missy avait fait la paix avec son passé. Le début de sa vie – orpheline à dix ans, fugueuse à quinze, passant d'un refuge à l'autre puis dans des maisons d'accueil, mariée jeune à un mari violent, tout cet enfer – n'avait fait que la rendre plus forte. Elle savait prendre soin d'elle, savait être une survivante. Et elle donnait en retour, afin que d'autres personnes dans des circonstances difficiles similaires sachent qu'elles aussi pouvaient survivre.

Normalement, à Thanksgiving, elle était bénévole à l'église pour la poignée de gens qui venaient chercher un repas chaud, mais cette année, l'église avait décidé d'apporter les repas directement aux quelques personnes qui en avaient besoin. Elle se rendit tout droit à la cuisine pour rejoindre l'équipe travaillant de quinze heures à dix-neuf heures. L'endroit était déjà vibrant d'activité. Elle localisa rapidement le lieu d'inscription et fut chaleureusement accueillie par une femme à la cinquantaine portant un jogging jaune canari, ses cheveux sombres soigneusement attachés dans un filet.

— Bonjour, je suis Missy Higgins, pour la tranche horaire de trois à sept.

— Ravie de te rencontrer, Missy. Je m'appelle Leah. As-tu réservé en tant que bénévole ? Nous avons déjà tout le monde qu'il nous faut pour la journée.

— Oui.

— Parfait.

Elle attrapa la feuille d'inscription et trouva le nom de Missy qu'elle raya.

— Tu peux ranger tes affaires dans le placard.

Elle indiqua l'arrière de la cuisine.

— Attrape un tablier et un filet à cheveux. Nous commençons à servir à dix-sept heures.

Leah jeta un coup d'œil à l'espace bien rempli.

— Tu seras de corvée de pommes de terre.

— D'accord.

Missy rangea vite son manteau. Elle avait laissé son sac à la maison, préférant mettre seulement l'essentiel dans la poche arrière de son jean. Ce n'était pas parce qu'il n'y avait que des voleurs au refuge, mais parce que les gens désespérés faisaient parfois des choses désespérées. Elle ne les jugeait pas pour leur situation. La survie était un instinct qu'elle avait ressenti au niveau le plus primitif quand elle était adolescente.

Quelques minutes plus tard, elle prit son service aux pommes de terre, munie d'un tablier et d'un filet à cheveux.

Un jeune couple pelait déjà les patates avant de les placer dans de grands bols en métal.

— Salut, je m'appelle Missy, je dois vous aider aux pommes de terre.

— Moi, c'est Hannah, dit la femme aux cheveux violets attachés en deux couettes basses. Voici Jackson. Peux-tu laver et sécher d'autres pommes de terre pour nous ? Les sacs de pommes de terre se trouvent le long du mur du fond.

— OK.

Elle traîna un gros sac jusqu'à l'évier, y posa quelques essuie-tout et attrapa une brosse. Elle prit vite le rythme, le bruit de l'eau qui coulait et la répétition de l'acte de frotter et de rincer la mettant presque dans un état de transe zen. Lorsqu'une voix masculine dit soudain « Je vais les sécher », elle faillit bondir au plafond.

Il rit.

— Tu dors debout ?

Le cœur battant toujours, elle se tourna et croisa le regard espiègle de Ben. Le destin le plaçait peut-être réellement sur son chemin. Il était ici, sentant le savon frais et les épices chaudes. Comment pouvait-il avoir l'air aussi beau avec un filet à cheveux ? Il incurva les lèvres en un sourire à fossettes et elle sentit ses jambes flancher.

— Tu te souviens bien de moi, n'est-ce pas ? demanda Ben d'un ton taquin. Je ne me suis pas teint les cheveux comme certaines personnes.

— Que fais-tu ici ? demanda-t-elle doucement.

— Je viens toujours ici pour Thanksgiving.

Il prit des feuilles d'essuie-tout et il se mit à sécher les pommes de terre avec efficacité avant de les placer dans un grand bol en plastique.

— C'était une tradition avec ma mère.

Elle hocha la tête et elle se remit au travail, tout en ayant l'étrange sensation de sortir de son corps et d'observer Ben et elle travailler ensemble le jour de Thanksgiving. Il avait de la profondeur, aimait sa famille, se souciait des gens moins chanceux que lui. Ce n'était pas simplement un charmeur magnifique. Il avait tout. Ces pensées lui traversèrent l'esprit avant qu'elle revienne à la réalité, soudain extrêmement consciente de lui. Sa grande stature musclée lui donnait l'impression qu'elle était en sécurité. Elle ne se sentait pas méfiante comme cela lui arrivait parfois avec les hommes. Son tee-shirt à col tunisien gris aux manches longues, son jean qui moulait sa silhouette, la façon dont il bougeait... tout cela indiquait qu'il était bien dans sa peau. Il semblait assez solide pour la supporter, n'ayant pas besoin de la douceur et de la légèreté que les hommes semblaient préférer chez une femme. Et il était tellement, tellement canon. Elle rejeta rapidement toutes les raisons pour lesquelles elle ne pouvait pas le fréquenter avant de faire marche arrière. Il la rendait folle.

— Tu ne parles plus de destin ? demanda-t-il.

Elle se força à rire alors que les cheveux s'étaient dressés sur sa nuque. On aurait vraiment dit le destin, alors qu'elle n'y croyait même pas. Elle se moquait secrètement des gens qui croyaient en une chose aussi ridicule. Une force magique qui rassemblait les gens ? Ha ! Pourtant, cela lui semblait exact. Chaque instinct de son corps pointait vers lui.

— Tu vas bien ? demanda-t-il.

Son attitude défensive naturelle fondit en entendant l'inquiétude réelle de sa voix.

— Oui, ça va, merci. Ta mère est là également ?

Il fixa les pommes de terre.

— Non. Elle, euh, est décédée.

— Oh, je suis vraiment désolée. Je ne voulais pas évoquer un souvenir douloureux.

Il la regarda dans les yeux et il parla d'une voix rauque d'émotion :

— Ça va. C'était il y a un moment. Elle est morte d'un cancer du cerveau après s'être battue pendant dix ans.

Il se racla la gorge.

— J'avais quinze ans.

Cela lui fit l'effet d'un électrochoc. Elle aussi avait quinze ans quand sa vie s'était soudain dégradée et qu'elle s'était enfuie de chez elle.

— Je suis désolée. Ça a dû être difficile.

Il hocha la tête.

— C'était une travailleuse sociale, un vrai cœur d'or. Bref, elle donnait toujours de son temps ici, alors moi aussi. D'une certaine façon, c'est comme si elle était ici avec moi.

Elle sentit ses yeux brûler. Elle n'était pas du genre à pleurer, mais il avait ouvert son cœur et cela la touchait profondément. La gorge serrée, elle coupa l'eau, se tournant vers lui tout en cherchant au fond d'elle le moyen de confier ses secrets.

— Je comprends. Je vais à l'église parce que ça me rappelle mes parents. Ils sont morts dans un accident de voiture quand j'avais dix ans. J'étais chez une amie.

Le regard de Ben s'adoucit et sa voix devint compatissante :

— Désolé de l'entendre.

Il marqua une pause avant de dire doucement :

— Je sais que cette douleur ne disparaît jamais vraiment. Il faut simplement apprendre à vivre avec.

Elle eut le cœur serré dans ce moment rare de lien avec quelqu'un qui comprenait vraiment la profonde douleur de la perte. Elle eut l'envie très étrange de le serrer dans ses bras. Elle leva les mains en se penchant un peu plus près de lui, puis elle s'écarta et elle laissa retomber les mains.

Il l'observa en plissant les paupières.

— Allais-tu me prendre dans tes bras ?

Elle rougit violemment, honteuse d'être prise sur le fait.

— Non.

— Ça ne me gêne pas. Regarde, je commence.

Il ouvrit les bras pour elle.

Elle n'hésita qu'une fraction de seconde avant de passer les bras autour de sa taille, le serrant doucement. Il posa les bras dans son dos, faisant un câlin chaleureux qui lui donna l'impression d'être entourée d'amour pur et radieux. Elle ne remit pas en question cette sensation, se contentant d'en profiter.

— On aurait besoin d'autres patates ici ! appela Jackson.

Missy s'écarta brusquement de Ben.

— La ferme, Jackson, dit Hannah. Il se passait quelque chose entre eux.

— Pardon d'avoir ralenti la cadence, appela Ben en leur faisant passer quelques saladiers de pommes de terre.

Missy ne bougea pas, figée sur place. Elle en avait trop dit, elle s'était rendue vulnérable.

Ben agita la main devant son visage.

— Arrête de rêvasser et retourne au travail, Missy. Ça vient de Melissa, n'est-ce pas ?

Elle se secoua mentalement avant de répondre :

— Oui, Benjamin.

— C'est Benward.

Elle le fixa avec de grands yeux.

Il ricana.

— Je plaisante, c'est Benjamin.

Elle ouvrit le robinet et frotta et frotta et frotta. Si elle continuait à parler, elle craignait de révéler toute l'histoire de sa vie en plein milieu d'une cuisine bondée remplie d'inconnus. Il avait raconté des choses, alors elle avait fait de même. C'était fini. Elle ne voulait pas s'attarder sur le passé. Elle ne parlait ainsi qu'avec sa sœur, Missy ne connaissait pas de personne plus aimante sans jamais porter de jugement.

— Tu veux échanger ? demanda Ben. Je lave, tu sèches.

— Non, ça va.

— Il reste dix autres sacs de patates et plus à l'arrière.

— Redemande-moi dans une heure.

Quelques minutes passèrent en silence avant que Ben dise :

— La corvée de sauce aux canneberges est beaucoup plus amusante. Il suffit de touiller et ça sent tellement bon.

Elle continua à frotter les pommes de terre avant de les lui passer.

— Que fais-tu donc ici aux pommes de terre ?

— Pourquoi penses-tu que je suis ici, à m'occuper des patates ?

Un frisson lui parcourut la colonne. Elle ? Il avait choisi la pire corvée de l'endroit pour elle ?

— Je ne sais pas, finit-elle par dire.

— Tu es bête.

Elle lui jeta un regard noir.

— C'est pas vrai.

— Non, sans blague ?

— Oh, quelle maturité.

Elle se remit à frotter.

— Missy Higgins, dit-il d'une voix faussement outrée, je ne partirai pas d'ici aujourd'hui tant que tu n'auras pas admis que c'est le destin qui nous a rapprochés. C'est arrivé trop souvent pour être une coïncidence.

Il ajouta d'une voix grave et robotique :

— Toute résistance serait futile.

Elle secoua la tête, concentrée sur sa tâche.

— Tu crois sérieusement au destin ?

— Pas avant de te connaître.

Frisson après frisson, chair de poule sur chair de poule. Elle prit le risque de lui jeter un regard et il la dévisagea sans trace de moquerie. Elle retint sa respiration, puis elle jura avant de se remettre au travail. Il gloussa à côté d'elle.

Un flirt sans danger, un flirt sans danger, se répéta-t-elle comme un mantra, même si elle commençait à croire que Ben représentait quand même un risque pour sa vie soigneusement structurée et sûre.

Ils tombèrent dans un rythme agréable, travaillant encore une heure sur les pommes de terre avant de passer à l'assemblage de la farce dans de grandes marmites. Ben poursuivit la conversation, posant des questions sur son travail et lui racontant le sien à Checkin, son entreprise avec Logan. C'était un service de vérification des antécédents pour les employeurs. Elle aurait aimé que son patron actuel ait utilisé ce service avant d'engager Matt au printemps dernier : ainsi, Missy aurait su qu'il était marié. Elle allait suggérer qu'ils s'en servent à partir de maintenant. Ils avaient souvent besoin d'ajouter une équipe d'intérimaires pour les gros chantiers.

L'heure du dîner arriva et Ben et elle travaillèrent côte à côte au poste de nourriture chaude, servant la longue queue de personnes. Ils parlèrent peu, mais elle l'observa. Il regardait chaque personne qu'il servait dans les yeux, parlait d'une voix amicale et chaleureuse, même à certains des vieux hommes grincheux, et il plaisantait avec les enfants. Elle eut l'impression que son cœur allait éclater. Sa mère avait dû être un très bon exemple pour lui. Ou peut-être avait-il hérité de sa nature charitable. Quoi qu'il en soit, elle savait que c'était très rare, et elle l'apprécia encore plus.

Ils eurent terminé de servir le dîner à dix-neuf heures, ce qui correspondait également à la fin de sa tranche horaire.

— Prête pour le nettoyage ? demanda Ben en retournant à la cuisine avec elle. Cette fois c'est moi qui lave, toi qui sèche.

— D'accord, dit-elle, même si elle était fatiguée d'être restée debout si longtemps.

Si Ben pouvait encore donner, elle aussi.

Elle le rejoignit à l'évier rempli de marmites et de poêles qui trempaient.

— Waouh, ça représente beaucoup de vaisselle.

— J'ai les muscles qu'il faut.

Il prit une éponge et il se mit au travail.

— Beaucoup de bras rendent le travail léger, dit-il avec un clin d'œil. C'est ce que disait ma mère.

Missy attrapa un torchon.

— Tu as hérité de son gène du cœur d'or, avec le bénévolat que tu fais.

— En réalité, je suis adopté, mais merci.

Elle ne put pas respirer pendant un moment. Les similitudes de leur passé étaient trop évidentes pour pouvoir les ignorer.

— Toi aussi, tu donnes de ton temps, dit-il. Ne te sous-estime pas.

Il lui tendit une casserole.

Elle l'attrapa maladroitement et la casserole tomba au sol avec fracas. Ils se baissèrent en même temps pour la ramasser. Un genou à terre, adoptant les mêmes positions en miroir, leurs regards se croisèrent.

Ben lui donna la casserole.

— Tu dois être fatiguée.

— Moi aussi, j'ai été adoptée, chuchota-t-elle. Quand j'étais bébé. Ce sont mes parents adoptifs qui sont morts.

Il écarquilla les yeux.

— Moi aussi, c'est pareil.

Il frotta son avant-bras nu qui s'était couvert de chair de poule.

Elle se mordit la lèvre.

Il posa la main sous son coude et il l'aida à se relever.

— Quelles sont les chances que cela arrive ? demanda-t-il en secouant la tête.

— Je sais, parvint-elle à articuler avec un léger tremblement.

C'était à la fois incroyable et réconfortant. Il savait comment c'était de vivre en sachant que votre mère vous avait donné à quelqu'un d'autre. Il savait ce que c'était que d'avoir une bonne famille adoptive puis de la perdre. Leurs histoires similaires la poussèrent vraiment à croire en une force mystique qui se jouait d'elle. Il était peut-être la seule personne sur cette planète à vraiment pouvoir la comprendre.

Quelques minutes s'écoulèrent en silence pendant qu'ils travaillaient, si l'on ne tenait pas compte du vacarme des conversations des autres volontaires qui raclaient les plats et qui les empilaient dans des lave-vaisselle ou les mettaient à tremper dans les éviers.

Elle observa son profil, ses cheveux châtains courts soulignant ses traits masculins, ses pommettes saillantes, son nez droit, sa mâchoire couverte d'une légère barbe de quelques jours. Il se tourna, lui jetant un regard chaleureux signifiant : *le destin*. Elle l'entendit comme s'il l'avait prononcé à voix haute, et cela commençait vraiment à lui faire peur.

Peut-être n'étaient-ils pas si semblables ? Il était possible que son père soit tout le temps là pour lui et il ne s'était peut-être pas senti aussi seul qu'elle quand elle était enfant.

— Ton père est toujours dans les parages ? demanda-t-elle.

Il lui tendit une casserole.

— Il est parti quand j'avais deux ans, alors ça n'a été que maman et moi pendant très longtemps. Mais Joe Campbell a été un père honoraire. Ma mère m'a inscrit dans son équipe de base-ball de la ligue athlétique de la police. Elle savait que Joe était un homme bon avec beaucoup de fils. Elle voulait que je profite de cette influence masculine.

Elle déglutit. Ils étaient bizarrement semblables. Elle

continua à poser des questions, ayant besoin de savoir s'ils avaient vraiment vécu des vies parallèles.

— Puis, plus tard, tu as été accueilli par ta grand-mère ?

Elle se dit que c'était sans doute parce qu'il était proche d'elle. Missy avait fait l'erreur d'envoyer immédiatement une lettre à sa mère biologique, lui demandant de l'accueillir après la mort de ses parents adoptifs. Elle avait l'adresse de sa mère grâce aux cartes d'anniversaire que celle-ci lui avait envoyées. Missy n'eut jamais d'autres nouvelles. Ses parents n'avaient pas fait de testament, alors le tribunal avait donné la garde de Missy à la sœur de sa mère adoptive. Celle-ci avait bien montré qu'elle rendait un énorme service à Missy, tout en se lamentant amèrement du peu d'argent que les services sociaux lui donnaient pour ses bons soins. La maigre somme de l'héritage de ses parents avait été dépensée par sa tante avant même que Missy puisse en voir un seul centime. Elle repoussa ce souvenir sombre en se rendant compte que Ben lui parlait.

— Je suis désolée, dit-elle. J'ai raté la fin. Tu disais que ta grand-mère a emménagé chez toi, ou bien as-tu été obligé d'emménager chez elle ?

— Elle est venue vivre chez moi. Mais ma famille m'a toujours semblé plus grande avec les Campbell et les autres enfants errant comme moi autour de leur maison. J'étais un des plus jeunes, avec Ty, Alex et Logan. Parker avait aussi mon âge, mais il est arrivé plus tard.

— Tu étais donc heureux ? demanda-t-elle.

Il leva un coin de sa bouche.

— Je prends le bonheur là où je peux le trouver.

— C'est malin.

— Et toi ?

Elle haussa les épaules, ne souhaitant pas parler davantage de son passé tumultueux.

— Comme toi, je prends le bonheur là où je peux le trouver.

Il se remit à récurer une casserole. Elle recommença à sécher la vaisselle.

Quelques minutes plus tard, il lui tendit la casserole suivante.

— Que fais-tu après ça ?

— Pourquoi ?

— Parce que j'aimerais faire ce que tu vas faire.

Elle eut soudain très chaud et son pouls monta en flèche.

— J'avais l'intention de prendre un bain chaud avec un verre de vin.

Il lui fit un clin d'œil.

— C'est bien d'économiser l'eau.

Il se remit au travail en sifflotant.

Elle ne sut pas quoi dire. Elle le désirait, c'était certain, mais quelque chose la retenait. C'était comme si elle se trouvait sur une corde raide sans savoir comment elle y était arrivée, ne sachant pas s'il valait mieux faire marche arrière ou se précipiter en avant et risquer la chute. Il lui facilita alors la tâche :

— J'ai une idée, dit-il avec un regard espiègle, affichant son sourire à fossettes. Que dirais-tu de partir ensemble pour Vegas demain, pour un long week-end. Ce qu'il se passe à Vegas reste…

Elle se refroidit.

— Je déteste Vegas.

— Comment peux-tu détester un terrain de jeu ?

— Parce que c'est le terrain de jeu de ma mère biologique. C'est une danseuse, et j'utilise le terme au sens très large.

Il la regarda avec une trace de surprise dans les yeux, mais sans la juger.

— D'accord, pas de Vegas.

Il lava un plateau, le rinça et lui tendit.

— De toute façon, je n'ai pas l'argent pour faire des voyages futiles.

— J'aurais payé.

Elle serra la mâchoire.

— Je paie ma propre part.

Payer sa part impliquait qu'elle contrôlait sa vie, qu'elle prenait soin d'elle. Aucun homme ne tiendrait plus jamais les cordons de la bourse, même si l'offre était tentante.

Il poussa un soupir, mais il se retint de faire un commentaire. Il n'était pas bête. Elle supposa qu'il avait appris à éviter les pièges de la conversation en grandissant avec sa mère et sa grand-mère. Cela lui plut. Elle n'avait pas la patience d'éduquer un homme au langage féminin.

Ils recommencèrent à travailler en silence. L'atmosphère était tendue : le moment de *ça passe ou ça casse* approchait à toute vitesse. Si elle refusait maintenant, après tout ce qu'ils avaient partagé, il ne reviendrait plus. D'un autre côté, s'ils se rendaient quelque part ensemble, eh bien, que pouvait-il se passer de pire ? Quelque chose de sérieux, de profond, une relation. Mais il avait dit ne pas croire à l'engagement sur le long terme. En fait, n'avait-il pas dit ne pas croire au mariage ? Dans ce cas, il s'attendait à quelque chose de léger et sans lendemain. Cela pouvait fonctionner.

Mais alors, après l'instant léger et sans lendemain, comment allaient-ils réagir avec tous leurs amis communs ?

Elle l'observa. Son corps massif, musclé et viril s'occupait avec compétence d'une corvée domestique. Il était exceptionnel.

Peut-être juste pour ce soir. Une nuit.

Quand ils eurent terminé tous les plats, Ben se sécha les mains et il se tourna vers elle, retirant son filet à cheveux, puis celui de Missy.

— Tes cheveux, dit-il en la regardant, quel dommage. Tout ce roux magnifique. On voit rarement des rousses naturelles.

Elle leva les yeux au ciel, retira son tablier et le jeta dans le panier à linge près de la porte arrière.

Ben la suivit, roulant son tablier en boule et le jetant comme dans un panier de basket.

— Redeviendras-tu rousse un jour ?

Elle soupira.

— Je ressemble à ma mère biologique avec les cheveux roux. C'est pour cela que je les déteste. De temps en temps, je les laisse revenir à leur couleur naturelle, mais ensuite je ne le supporte plus. J'ai également ses grosses lèvres, mais je ne peux rien y faire.

Ben fixa sa bouche.

— Missy, cette bouche. Je jure devant Dieu que c'est la chose la plus sexy que j'ai jamais vue.

Elle posa les doigts sur ses lèvres.

— Mais…

— Fais-moi confiance.

Il se pencha pour chuchoter à son oreille :

— Cette bouche a participé à quelques rêves très érotiques de ma part.

Elle se renfrogna, pas du tout apaisée.

— Tu vois ? J'ai des lèvres de star du porno.

Il traça le creux de sa lèvre supérieure avec l'index avant d'appuyer sur sa lèvre inférieure pulpeuse.

— Tu as des lèvres exquises que j'ai envie de dévorer.

Elle expira doucement entre ses lèvres entrouvertes. Il sourit, mais il ne fit aucun geste pour l'embrasser. À la place, il laissa tomber sa main, son regard passant de ses lèvres à ses cheveux.

— Vois-tu encore ta maman de Vegas ?

— Non.

— En ce cas, pourquoi est-ce elle qui décide comment tu présentes tes cheveux ?

— Pourquoi serait-ce à toi de décider ? rétorqua-t-elle.

Ses yeux pétillèrent d'amusement.

— Tu te hérisses de piquants quand tu es susceptible.

Il se rendit au placard et il en sortit sa veste en cuir noir qu'il enfila.

— À partir de maintenant, je vais t'appeler cactus.

Elle trouva son manteau en laine noire et elle enfonça les mains dans les manches, irritée par le surnom, sans doute parce qu'il s'approchait un peu trop de la vérité. Ses mécanismes de défense s'enclenchaient lorsque quelqu'un la poussait dans ses retranchements.

— Laisse-moi deviner, normalement tu appelles les femmes « chérie » ou « lapin en sucre ».

Il éclata de rire.

— Lapin en sucre, c'est pas mal. Non, je les appelle par leur prénom. J'ajoute peut-être un — il baissa la voix, poursuivant de façon rauque — « beauté sexy » quand c'est approprié.

Elle sentit ses joues se mettre à brûler, son cou également, puis d'autres parties plus au sud de son corps.

— Nous devrions dire au revoir à Leah.

— Bien sûr, c'est une tante honoraire. Elle était proche de ma mère.

Elle déglutit, sentant une empathie profonde et viscérale en l'entendant parler de façon si ouverte de sa perte. Elle lui donna un petit coup affectueux à l'épaule, ce qui suscita un sourire chez lui qui monta jusqu'à ses yeux, un sourire chaleureux et tendre. Elle chancela un instant, n'ayant pas l'habitude de ce qui était tendre et chaleureux, avant de marcher jusqu'à l'endroit où Leah essuyait un comptoir. Ben la suivit de près.

— Nous partons, dit Missy. Passez un joyeux Thanksgiving.

Leah posa l'éponge et sourit chaleureusement à Missy.

— Toi aussi, ma chérie. Merci beaucoup pour ton aide.

Elle se tourna vers Ben.

— Et voilà mon Super Ben. Ta mère te regardait depuis le paradis aujourd'hui.

— Super Ben à la rescousse, murmura-t-il. Je l'ai sentie près de moi.

Leah hocha la tête, les yeux brillants, avant de le serrer dans ses bras. Elle s'écarta et elle dit à Missy :

— Celui-ci, il faut le garder. C'est quelqu'un de bien.

— Ooh, merci, dit Ben. Les éloges de ma tante m'aident toujours à plaire aux femmes.

— Oh, toi alors ! dit Leah en gloussant et en secouant la tête.

— Au revoir, dit Ben en embrassant Leah sur la joue.

Il surprit Missy en la prenant par la main, sa grande main enveloppant fermement la sienne pendant qu'il la guidait à travers la cuisine jusqu'à la salle à manger. Elle n'était pas tellement du genre à tenir quelqu'un par la main. En réalité, elle n'était pas du tout habituée aux gestes affectueux. Un câlin ici et là. Le sexe, oui. Se tenir par la main, non. Avant qu'elle puisse décider ce qu'elle ressentait à ce sujet, ils se trouvèrent sur le trottoir et il la lâcha.

— Bon…

Elle se balança d'avant en arrière, ne sachant pas vraiment comment terminer cette phrase. Au revoir ? Passe me voir ? C'était bien ?

Ben réduisit la distance entre eux, faisant immédiatement monter la température malgré la fraîcheur de la soirée de novembre. Il fit passer ses cheveux derrière son oreille avant de la regarder directement dans les yeux, parlant d'une voix douce :

— Dis-moi ce que tu veux.

— Rien, chuchota-t-elle.

Elle n'osait jamais vouloir quoi que ce soit. Elle avait ce dont elle avait besoin, et c'était suffisant.

Il posa sa grande main sous sa mâchoire, inclinant le visage de Missy vers lui.

— Je reformule : que puis-je te proposer ?

C'était effectivement une meilleure question. Une question à laquelle elle savait répondre. Elle humidifia ses lèvres et il observa le mouvement.

— Si tu proposes ce que je pense que tu proposes…

Il caressa sa joue avec le pouce.

— C'est le cas.

Elle déglutit, des papillons dans le ventre, se trouvant à nouveau sur la corde raide, terrifiée de tomber.

— Une nuit.

— Une nuit, acquiesça-t-il. Et sans rester jusqu'au matin.

C'était tout ce qu'elle avait espéré : des limites claires, de la passion sans ressentiment ensuite. Une petite voix dans sa tête l'avertit que cela ne pouvait pas être aussi facile, mais elle en avait assez de se priver.

— Marché conclu.

Il inclina la tête, frôlant ses lèvres avec les siennes.

— Si nous commencions ce soir ?

Il l'embrassa réellement cette fois, d'une bouche brûlante et affamée, l'enveloppant dans ses bras, l'attirant contre son corps dur et dans sa chaleur ensorcelante. Elle passa les bras autour de son cou et elle l'embrassa à son tour, s'appuyant contre lui, le désirant davantage, ne se souciant de rien d'autre que l'instinct primitif et animal qui l'animait. Le sexe, c'était tout. Oui, oui, oui.

Il s'écarta si brusquement qu'elle en perdit l'équilibre. Il la rétablit, puis il prit sa main dans la sienne, entrelaçant leurs doigts en marchant jusqu'au parking. Elle décida qu'elle aimait tenir Ben par la main. Elle aimait beaucoup.

Il lui tardait de découvrir ce qu'elle allait aimer d'autre chez lui.

5

Quarante-cinq minutes plus tard, elle se gara dans l'allée de la maison de Ben à Fieldridge, une ville proche de Clover Park et parsemée de fermes équestres et de petits hameaux composés de vieux ranchs et de villas élégantes perchées en haut de la colline. Ben avait une maison assez récente, près du bas de la colline, dans un quartier plein de culs-de-sac, le genre de quartier où les enfants pouvaient jouer dans les rues et faire du vélo en sécurité. Elle s'était doutée qu'il était assez aisé, et la maison le confirmait. Son entreprise devait très bien marcher, car elle savait qu'il avait un passé modeste. Une mère célibataire avec un salaire de travailleuse sociale ne pouvait pas se permettre beaucoup de luxe. Son respect et son admiration pour lui montèrent de plusieurs crans. Son cœur se mit à battre plus vite, l'avertissant de ne pas trop se rapprocher de lui.

Non, ça n'arrivera pas. C'était du sexe, rien de plus. Une nuit.

Elle se calma, le suivit à l'intérieur à travers une buanderie immaculée jusqu'à une grande cuisine de gourmet avec des machines en inox brillant, des comptoirs en marbre et des placards blancs. Il retira sa veste et il la posa sur un crochet dans le petit couloir entre la cuisine et la buanderie. Puis il aida Missy à retirer son manteau et il l'accrocha à côté du sien.

— Tu veux un verre ? demanda-t-il en se dirigeant vers les placards.

Elle s'approcha de l'îlot en marbre, attendant ce pour quoi ils étaient tous deux ici.

— Non, merci.

Il se servit un verre d'eau et il but longuement en la regardant par-dessus le bord.

— Tu veux regarder un film ?

— Pas vraiment.

— Tu as faim ? J'ai des restes de mon Thanksgiving anticipé avec ma grand-mère. Elle déjeune à midi, puis elle fait la sieste à trois heures.

Elle avait faim, mais ça pouvait attendre.

— Plus tard, peut-être.

Il posa son verre sur le comptoir.

— Donne-moi un indice. Je suis doué, mais pas à ce point-là.

Il s'approcha d'elle et il lui tapota le front.

— Je ne sais pas lire dans les pensées.

Elle leva la tête vers lui.

— Nous pourrions peut-être manger après le sexe.

Il fixa sa bouche et parla d'une voix rauque :

— Tu es donc seulement ici pour le sexe.

— Pas toi ?

— Eh bien, oui, mais…

— Je n'aime pas les mondanités.

Elle passa les bras autour de son cou.

— Baise-moi, un point c'est tout.

Il passa un bras autour de la taille de Missy, la serrant contre lui, le regard intense.

— Maintenant, tu parles ma langue.

— C'est la langue de tous les hommes.

Il fronça un instant les sourcils, la fixant comme s'il essayait de lire dans ses pensées. Peu importe. Elle l'embrassa avec force.

Il grogna profondément et il la souleva, la posa sur l'îlot, referma la bouche sur la sienne. Il l'envahit avec sa langue, sa grande main passant derrière la tête de Missy, l'autre glissant le long de son dos jusque sur ses fesses. Il se frotta contre elle, entièrement dur et chaud, touchant l'endroit parfait, faisant spiraler le plaisir depuis son centre. Quelque chose en elle se brisa : elle le désira soudain sauvagement comme elle n'avait encore jamais désiré aucun homme. Elle mordit sa lèvre inférieure, puis elle la suça, enfonçant les ongles dans ses épaules, levant les hanches pour le rejoindre, l'invitant ouvertement.

Il appuya sur son menton, lui fit ouvrir la bouche avant de s'écarter pour la fixer pendant un moment, puis il revint et il traça le contour de ses lèvres avec la langue. Ensuite, il la surprit en mordant sa lèvre inférieure avec assez de force pour la faire sursauter. Il suça doucement, apaisant la morsure, puis il frôla ses lèvres avec les siennes, évoquant un picotement brûlant sur ses lèvres sensibles.

Elle tira le tee-shirt de Ben par-dessus sa tête, glissant les mains sur son torse, profitant des lignes de ses épaules musclées, de sa poitrine chaude et de son ventre plat. Il jeta le tee-shirt derrière lui avant d'arracher celui de Missy. Elle le saisit par la tête et elle l'embrassa violemment, son corps vibrant d'anticipation. Il la rejoignit et l'intensité du moment monta en flèche. Il avait les mains sur son soutien-gorge, travaillait à le retirer, pendant qu'elle défaisait rapidement le bouton et la fermeture éclair du jean de Ben. Et puis elle le tint dans sa main, épais et dur, le caressant.

Il jura, parvint enfin à détacher le soutien-gorge, le jeta et plongea, tenant les seins des deux mains avant de baisser la tête et de téter. Le souffle court, le corps arqué, prise du désir le plus vif qu'elle ait jamais ressenti, elle poussa contre ses épaules. Dès qu'il recula, elle défit son propre jean, lui attrapa la main et la posa dans sa culotte.

Les yeux de Ben s'étaient assombris de désir et il parla contre ses lèvres :

— Tu mouilles tellement pour moi.

— Alors, baise-moi.

Il la poussa en arrière sur l'îlot en marbre froid et il lui retira son jean et sa culotte. Elle s'assit immédiatement, baissant le jean et le boxer de Ben. Elle tendit la main vers lui et il s'écarta.

— Une minute, dit-il en serrant les dents.

— J'espère que ce sera un peu plus, ronronna-t-elle.

Elle tendit à nouveau la main, mais il la frustra en restant hors de portée.

Il ramassa son jean sur le sol, sortit un préservatif de son portefeuille et ouvrit le sachet.

Elle eut un moment — un moment très bref — d'auto-accusation parce qu'elle avait oublié le préservatif, mais en le regardant l'enfiler, en le voyant dur et prêt, la pulsation entre ses jambes s'intensifia. Un besoin violent prit le dessus.

— Il me tarde de te sentir en moi, lui dit-elle.

Il grogna, enfin couvert, puis il la saisit, leurs bouches se heurtant lorsqu'il la souleva en partie de l'îlot et qu'il s'enfonça entièrement en elle. Elle rompit le baiser, ayant désespérément besoin d'air. Il la regardait avec des yeux de braise. Son corps était tendu car il se maîtrisait. Ce n'était pas ce qu'elle voulait. Elle voulait de la sauvagerie. Elle passa les jambes autour de lui et elle l'embrassa avec force. Il comprit le message, s'enfonçant vite et durement et profondément. Elle jeta la tête en arrière, haletant, la tension en elle montant de plus en plus. C'était torride et dur et incroyablement bon.

Il l'encouragea d'une voix rocailleuse :

— Jouis avec moi.

— Pars devant, souffla-t-elle.

— Avec moi, grogna-t-il.

Elle ferma les yeux, sachant qu'il demandait l'impossible, car il y avait très peu de chances pour qu'elle…

Il la souleva et il la reposa sur ses pieds. Avant qu'elle puisse protester, il lui fit faire demi-tour et la pencha par-dessus l'îlot, s'enfonçant rapidement en elle. Il la couvrait avec son corps, sa respiration était chaude dans son oreille.

— Dis-moi ce que tu aimes, beauté sexy.

Elle se sentit rougir en entendant ce nouveau surnom. Il la

pénétra lentement et profondément, la soulevant juste assez pour passer les deux mains autour de ses seins.

— Je parie que tu es délicieuse partout, murmura-t-il.

— Plus vite, dit-elle.

Elle aimait que ce soit sauvage, pas le temps de parler.

Il pinça son téton et lui coupa le souffle pendant que son autre main glissait entre ses jambes, ses doigts décrivant de petits cercles doux et contrôlés. Le contraste entre la brutalité et la douceur perturba son cerveau et ce fut au tour des sensations brutes de prendre le relais. Les doigts de Ben cessèrent de la pincer, massant son sein, passant à l'autre, faisant rouler et tirant doucement sur son téton. Elle laissa échapper un gémissement doux.

— C'est ça, murmura-t-il à son oreille, continue à me parler.

Il frôla son cou avec les dents avant de la pénétrer à nouveau, plus durement cette fois.

Elle laissa tomber la tête en s'abandonnant aux jouissances qu'il lui offrait, comprenant qu'il voulait lui faire plaisir.

— Oui, murmura-t-il. Maintenant, tu es avec moi.

Il pinça son téton et elle gémit à nouveau. Il se redressa en elle, la remplissant davantage, causant une douleur délicieuse. Il continua à jouer avec son téton et elle sentit que son corps réagissait de l'intérieur, ses gémissements devenant plus bruyants à mesure que les doigts entre ses jambes devenaient plus exigeants, caressant plus vite et plus vite jusqu'à ce que tout son corps se mette à trembler et à se serrer autour de lui. C'était trop, pensa-t-elle désespérément. Des sensations brûlantes la traversèrent pendant qu'il allait et venait à l'infini, ses doigts la poussant à se balancer, le plaisir submergeant son corps comme un raz-de-marée. Un cri fut arraché à la gorge de Missy, et il l'encouragea de sa voix grave.

Elle jouit avec violence, ses oreilles sifflèrent, son cœur accéléra, tout son corps trembla d'intensité.

— Putain, oui, grogna-t-il en attrapant ses hanches et en s'enfonçant violemment en elle, causant des contrecoups de plaisir si intenses qu'elle le sentit s'accumuler à nouveau, la tension d'un autre orgasme tout juste hors de sa portée.

Il fit passer sa main de l'autre côté, s'appuyant fermement contre elle à chaque poussée. Les bruits qu'elle fit étaient primitifs, des cris qu'elle n'avait jamais poussés de sa vie, et il réagissait de façon immédiate, augmentant l'intensité, la poussant encore et encore. L'orgasme la fit exploser, une déflagration de plaisir irradiant dans tout son corps jusqu'à ses orteils, la laissant tremblante et faible. Il la serra contre lui, se dressa en elle pendant son propre orgasme et poussa un bruit guttural de satisfaction masculine.

Elle essaya de reprendre son souffle lorsqu'il relâcha ses hanches. Elle se reposa contre l'îlot frais, apaisant son corps surchauffé, encore toute tremblante et stupéfaite. Il était toujours en elle, la couvrant avec son corps pour poser un baiser sur son épaule. Elle soupira.

Un instant plus tard, il se redressa et il sortit en disant :

— Je reviens tout de suite.

Il voulait sans doute se débarrasser du préservatif.

Elle se redressa et elle se tourna, appuyée contre l'îlot, cherchant à reprendre ses esprits. Elle ne voulait pas qu'il profite de son état vulnérable. Elle avait les membres lourds, ses défenses étaient tombées, elle était à nu et vulnérable. Elle n'avait pas encore confiance en ses jambes.

Quand elle se sentit enfin prête à récupérer ses vêtements éparpillés, il revint, la surprenant encore. Il s'avança directement vers elle, sans hésiter, toujours nu, et il la prit immédiatement dans ses bras, l'enveloppant d'amour pur et radieux. Ses câlins ne ressemblaient à rien qu'elle ait ressenti auparavant. Elle se détendit, la sensation de tremblement ayant disparu. Elle voulut rester ainsi pour toujours. Un filet d'angoisse s'inséra dans cette pensée.

Il parla et sa voix gronda profondément dans son torse :

— J'hallucine !

Elle rit.

— Oui, c'est à peu près ça.

～

Plus tard ce soir-là, après avoir mangé des restes du repas à la dinde sans que Ben réussisse à ne pas toucher Missy alors qu'ils étaient tous les deux entièrement vêtus, ils décidèrent mutuellement de monter à l'étage. Le premier round dans la cuisine avait été rapide et brutal, inévitable après l'accumulation de leur tension sexuelle, mais Ben avait l'intention de prendre son temps pour cette nouvelle séance.

Non.

Dès l'instant où ils entrèrent dans sa chambre, ils se jetèrent l'un sur l'autre, les bouches affamées, les mains avides et en s'arrachant les vêtements. Ils tombèrent sur le lit, ou bien peut-être l'avait-il poussée ou inversement. Ce fut un brouillard torride et frénétique. Il fallait qu'il reprenne le contrôle, sinon il ne durerait pas assez longtemps pour la faire jouir.

Il leva la tête, haletant déjà, à moitié sur elle.

— On ne se précipite pas, cette fois.

— Baise-moi.

Il caressa sa lèvre inférieure pulpeuse avec le pouce. Cette bouche, si effrontée, si sexy. Qu'avait-elle dit auparavant ? Qu'elle parlait le langage de tous les hommes ? Comme si elle voulait toujours baiser sans réfléchir, vite et fort. Jouissait-elle vraiment de cette façon ? Car il avait eu l'impression de devoir lui offrir un traitement spécial à la Ben pour atteindre l'objectif la fois précédente. Il l'embrassa et elle posa les mains sur son cul, l'attirant contre elle, écartant ses jambes pour lui. Il entendit les battements de son cœur rugir dans ses oreilles. Il n'avait encore jamais désiré avec une telle intensité, il était dangereusement proche de lui sauter dessus sans réfléchir. Ce n'était pas son genre. Il voulait toujours s'assurer qu'il y ait un plaisir mutuel.

Il écarta les mains avides de Missy et il les serra au-dessus de sa tête, prenant le contrôle.

— Lâche-moi ! cria-t-elle de toutes ses forces.

Inquiet, il la relâcha immédiatement.

— Pardon.

Merde. Elle avait dû avoir une mauvaise expérience.

Elle regarda ailleurs et elle parla d'une voix rauque :

— Sinon je mets tout de suite fin à ça et tu souffriras le martyre.

— Excuse-moi. Je ne recommencerai pas. Promis.

Elle se retourna vers lui avec méfiance.

— Je suis inoffensif, tu te souviens ?

Elle poussa un soupir et ferma les yeux.

— C'est un réflexe. Ça va. Embrasse-moi encore.

Il posa la main sur sa joue et il l'embrassa doucement. Elle accepta le baiser, mais elle ne le lui rendit pas comme avant, en s'abandonnant complètement.

Il retira les cheveux de son visage.

— Je veux te donner du plaisir. Acceptes-tu de me laisser faire ?

Elle ouvrit les yeux et elle hocha la tête.

Il frôla ses lèvres avec les siennes, une fois, deux fois, les entrouvrant avant d'approfondir le baiser. Elle s'échauffa vite, passant les doigts dans ses cheveux, lui rendant le baiser. Il continua longtemps jusqu'à être certain qu'elle soit rassurée. Puis il déposa des baisers doux sur sa tempe, son nez, ses joues, sa mâchoire, la regardant se détendre. Il chuchota près de son oreille :

— Je vais embrasser et goûter chaque centimètre de ton corps sexy, et tes mains seront libres pour faire ce que tu veux.

Il la regarda dans les yeux.

— Ça te convient ?

Un petit sourire apparut sur ses lèvres, et il en fut si content qu'il sourit à son tour. Jusqu'à ce qu'elle dise :

— Ça me semble ennuyeux.

Il ouvrit la bouche, feignant d'être outré.

— Je vais te montrer si c'est ennuyeux.

Il la chatouilla et elle poussa des cris, se tortillant folle-ment, puis il la serra dans ses bras jusqu'à ce qu'elle pousse un soupir. Ce fut le signal dont il avait besoin, alors il se lança, caressant et léchant chaque centimètre d'elle, appré-ciant la sensation de sa douceur, son odeur florale, le goût d'une femme sexy s'approchant de l'abandon total avec chaque gémissement, chaque frisson, chaque fois qu'elle passait les doigts dans ses cheveux. Il sut qu'il avait gagné lorsqu'elle se mit à lui tirer les épaules, cherchant à le faire entrer en elle.

— Je n'ai pas encore terminé, lui dit-il en décrivant un autre cercle autour de son téton avec la langue. Tu vas devoir attendre.

C'est alors qu'elle commença les remarques cochonnes et qu'elle se masturba. C'était une tentatrice : sa voix dégoulinait de sexe, elle le fit bander en lui expliquant qu'elle le voulait en elle, qu'elle était brûlante et mouillée, qu'elle allait le baiser sauvagement.

Par pure force de volonté, il parvint à terminer son exploration avant de plonger entre ses jambes, sa bouche la cherchant, souhaitant la faire jouir avant de perdre tout contrôle. Il la fit trembler, puis il la conduisit jusqu'au bonheur féminin bruyant et glorieux, tout son corps frissonnant sous l'effet d'un orgasme puissant. Ce n'est qu'alors qu'il la baisa. Ou qu'elle le baisa. C'était difficile à dire.

Il commença au-dessus. Puis elle le fit basculer avec une espèce de mouvement de lutte ninja qui faillit mettre fin à la nuit, son genou manquant de le castrer. Heureusement qu'il avait des réflexes.

— Dis-le-moi, quand tu veux changer de position, aboya-t-il.

— Je veux changer de position, aboya-t-elle en retour.

Puis elle fut au-dessus. Puis ils roulèrent, firent une sorte de lutte sexuelle, et il monta au-dessus. Elle déclara soudain qu'elle ne pouvait pas jouir de cette façon.

— Je peux te faire jouir dans n'importe quelle position, l'informa-t-il avec assurance.

Il connaissait les femmes et il apprenait très vite à connaître cette femme en particulier.

Elle répondit alors :

— On le fait assis.

Il s'assit donc. Elle grimpa sur ses genoux et puis il se retrouva sur le dos, Missy à nouveau sur le dessus, le chevauchant violemment. Dès qu'elle se serra autour de lui, il se laissa partir, la puissance de sa jouissance rugissant en lui, le cœur battant, le souffle court. Ce fut incroyablement merveilleux.

Il essaya de reprendre son souffle, ayant l'impression d'avoir participé à un match de lutte hard-core qu'ils avaient tous les deux gagné. Cela ne ressemblait à aucune autre partie de jambes en l'air et il ne put s'empêcher de se demander à quoi ressemblerait la prochaine fois. Merde. Il n'y aurait pas de prochaine fois. Une nuit, en partant avant le matin. Son euphorie retomba un peu. Il se concentra sur le fait que Missy était le genre de femme qui n'exigeait pas le côté pénible de passer la nuit ensemble, ce qui était un soulagement. Il ne comprenait toujours pas comment qui que ce soit parvenait à s'endormir en étant tout emmêlé avec une autre personne. De plus, il fallait partager des choses ; la salle de bains par exemple, ainsi que son espace de sommeil personnel. Il fallait la contourner pour sa routine matinale. La seule exception qu'il faisait, c'était s'il percevait que la femme avait besoin d'être serrée contre lui après le coït. Il s'organisait alors en conséquence. Il voulait toujours que la femme quitte son lit en se sentant bien.

Elle s'écarta de lui et elle se laissa tomber sur le matelas à côté de lui.

Dès que son corps quitta le sien, il ressentit sa perte. Évidemment, sa libido stupide voulait encore davantage de sexe sauvage. Pas tout de suite, mais bientôt. Il se dit qu'il devait apprécier ce qu'il avait. Il inspira profondément. Tant pis, il était trop épuisé pour s'en inquiéter. Tout ce qu'il voulait, c'était s'endormir.

Il la regarda. Elle fixait le plafond, les yeux écarquillés à côté de lui. Attendait-elle qu'il l'invite à passer la nuit ? Il pensait qu'ils étaient d'accord pour ne pas faire cela.

Lui aussi, il fixa le plafond, évitant volontairement de poser le drap sur eux, attendant de voir si elle s'installait sous la couverture ou si elle roulait hors du lit avant de s'habiller. Il se tourna vers elle.

Elle tourna la tête et elle lui fit un sourire pincé.

Ils fixèrent tous deux le plafond. C'était gênant.

De longues minutes s'écoulèrent et il sentit sa peau se

rafraîchir. L'envie de se couvrir s'intensifia, mais il n'avait pas l'intention d'être la raison pour laquelle elle passait la nuit chez lui. Il allait attendre.

Elle se racla la gorge.

— Oui ? demanda-t-il.

— Rien. J'avais la gorge qui chatouillait.

— Tu as froid ?

Tu veux peut-être une couverture ou t'habiller ?

— Ça va. Et toi ?

— Ça va.

J'ai froid, mais ça va.

Bon sang, cette femme était douée pour jouer à la dégonfle. Elle ne fit pas mine de rester ou de partir, et il n'arrivait pas à déchiffrer son visage. Ce n'était peut-être pas si terrible si elle restait. Ils pourraient encore baiser sauvagement le matin. Et puis quoi, s'il ne dormait pas ? Cela en valait la peine.

Cinq minutes plus tard, il proposa l'invitation, s'efforçant de paraître neutre.

— Tu veux, euh, passer la nuit ou…

Elle s'assit.

— Bien que j'apprécie ton invitation réticente…

— Qui a dit qu'elle était réticente ?

Peut-être un peu vague. Il ne voulait pas qu'elle reste, et pourtant il en avait aussi un peu envie.

Elle fronça les sourcils.

— N'insulte pas mon intelligence.

Il retint un sourire.

— Ça m'a semblé être la chose à faire. Je ne savais pas si tu aimais les câlins…

— Non.

— Cool. Moi non plus.

— Nous étions d'accord sur le fait de ne pas passer la nuit ensemble, dit-elle d'un ton mordant.

Elle posa les pieds sur le sol et se leva. Puis elle rassembla ses vêtements et elle se dirigea vers la salle de bains adjacente pour s'habiller, fermant la porte derrière elle. Comme s'il ne venait pas tout juste de voir, de toucher et de lécher chaque centimètre de son corps. Le fait qu'elle s'habille dans la salle de bains et son ton acerbe lui indiquaient qu'il devait arrondir les angles. Il ne voulait pas que ce soit gênant entre eux quand ils se reverraient, comme cela devait inévitablement arriver avec tous les amis qu'ils avaient en commun. Il voulait qu'elle parte d'ici en se sentant bien.

Il ne voulait pas qu'elle parte.

Il jeta un bras par-dessus ses yeux. Il était fatigué, mais très tendu. Maintenant, il ne savait pas ce qu'il voulait par rapport à Missy, et elle était fâchée. Le sexe sauvage perturbait sa réflexion.

Il remonta les couvertures, cala les oreillers derrière lui et attendit. Quand elle finit par sortir, entièrement vêtue, il essaya de l'apaiser.

— Hé, beauté.

Elle rit un peu.

— C'est mieux que cactus. Merci pour ce soir. Pardon d'avoir paniqué.

— Aucun souci. C'est de ma faute.

Elle secoua la tête.

— Non, ce n'était pas toi. Mon ex était mauvais…

Elle balaya ces paroles de la main.

— Tu n'as pas besoin d'entendre tout cela. C'est dans le passé.

Sauf qu'elle était clairement toujours affectée par ce passé.

— Je suis très doué pour écouter, si tu veux en parler.

Écouter sans juger avait été leur façon de vivre avec sa mère qui était travailleuse sociale. Cela ne signifiait pas qu'il voulait absolument tout lui dire quand il était enfant, mais il savait qu'il le pouvait.

Elle se mordilla la lèvre inférieure.

— Merci, mais non. J'aimerais simplement profiter du sentiment de bien-être. C'était… enfin, waouh, tu vois, quoi.

Le visage de Missy s'illumina et elle précisa :

— Je suppose que ça veut dire que c'était bon.

Bon ? Juste bon ? Pas super ? Excellent ! Phénoménal !

— Oui, dit-il.

Le sexe avait été hallucinant. Non ? Elle n'aurait pas pu feindre ces frissons de tout le corps. N'est-ce pas ?

Elle enfila ses tennis.

— Joyeux Thanksgiving.

Il sentit sa poitrine se serrer et cela l'inquiéta, car c'était comme un au revoir pour toujours.

— Toi aussi, grogna-t-il à moitié.

Elle s'avança vers lui, se pencha et l'embrassa. Un baiser rapide, rien de plus, puis elle sortit par la porte en souriant intérieurement.

Il se laissa tomber sur le matelas, fixant le plafond, essayant de comprendre ce qui n'allait pas chez lui. Il aurait dû se sentir détendu et heureux. Ce n'était pas souvent que l'alchimie fonctionnait si bien. Il s'assit, jeta un autre oreiller du lit, donna un coup de poing dans son propre oreiller, puis se laissa tomber sur le côté, fixant la porte ouverte de la chambre.

Elle ne reviendrait pas.

De longs moments s'écoulèrent et il devint de plus en plus agité.

Il éteignit la lampe de sa table de chevet et il ferma les yeux, se retournant plusieurs fois. Il ne trouva pas le sommeil.

Et merde. Il avait manifestement besoin d'une autre nuit folle avec elle avant de pouvoir la laisser partir. Maintenant, il lui fallait recommencer toute la séduction.

Sérieusement, combien de fois devait-elle apparaître sous son nez pour qu'ils reçoivent le message ? Il avait compris. Le destin n'arrêtait pas de les faire se rencontrer. Oh oui, il y croyait maintenant. Et quand le destin plaçait une femme comme Missy sur votre chemin, il fallait l'accueillir les bras ouverts jusqu'à ce que ce soit fait. Deux ou trois nuits maximum allaient devoir faire l'affaire… espérait-il. Il ne cherchait rien de sérieux. Il voulait juste passer un peu plus de temps avec elle.

Il rejoua chaque minute du temps passé tout nu avec elle dans son esprit et il devint encore plus agité, la désirant tout en s'inquiétant de ne plus jamais pouvoir coucher avec elle. Bon sang, elle l'avait vraiment perturbé.

Deux heures plus tard, il abandonna l'idée de dormir et il prit une longue douche brûlante, posant la main sur son sexe en imaginant que c'était la bouche sexy de Missy.

Il s'appuya contre le mur de la douche, lessivé, sachant qu'il allait devoir travailler plus que jamais pour séduire cette femme.

6

Le lendemain, Missy commença son nouveau travail temporaire au centre commercial d'Eastman avec autant de dignité
que possible étant donné sa tenue : une robe en velours vert
avec une ceinture rouge, des collants blancs couverts de
dessins de sucres d'orge, des chaussures en feutrine qui
remontaient en boucle au niveau des orteils et un grand
chapeau vert pointu. Oui, elle était une elfe.

Pense aux enfants. La famille Harper avait besoin d'elle.
C'était un travail honnête dans l'atelier du père Noël. Tout ce
qu'elle avait à faire, c'était supporter les trois semaines et
quatre jours à venir et elle aurait récupéré assez pour
rembourser l'argent volé par Louis. Elle allait devoir se
contenter de faire les courses de Noël en ligne maintenant que
son temps libre était occupé par un deuxième travail. Ce
n'était pas aussi satisfaisant, mais tant pis.

Heureusement, son premier jour, bien qu'il ait été infernalement long, s'était déroulé sans incident. Et surtout, elle
n'avait croisé personne qu'elle connaissait. Elle n'avait pas du
tout parlé de son nouveau travail à qui que ce soit. Ils ne l'auraient jamais lâchée avec ça.

Maintenant, c'était samedi et elle était bien décidée à
continuer en gardant toute sa bonne humeur de Noël.

— Hé, la nouvelle elfe, dit son patron au visage enfantin.

Chris ? Christian ? Elle ne s'en souvenait pas. La veille, quand il s'était présenté, tout ce qu'elle avait entendu c'était clic-clac à cause de son piercing à la langue.

— Tu as oublié *clic* les clochettes *clac*.

Elle posa la main sur sa poitrine où le collier de clochettes aurait dû se trouver.

— Mince. Je cours le chercher.

Elle avait dû le laisser dans le vestiaire du centre commercial où elle s'était changée.

— Pas le temps *clic*, dit-il. Nous avons *clac* déjà la *clac* queue.

Elle jeta un coup d'œil derrière une grande colonne en forme de sucre d'orge et elle vit une énorme file d'enfants s'agitant avec enthousiasme, attendant leur grand moment avec le père Noël. Leurs parents faisaient ce qu'ils pouvaient afin de les garder présentables pour la photo de la carte de Noël.

— Le père Noël n'est pas encore arrivé, dit-elle à son patron. Je fais vite.

— L'arrivée du père Noël est calculée pour avoir un effet théâtral. Attends.

Le garçon à la langue qui claquait passa la main dans un petit coffre de rangement près du trépied de la caméra et il en sortit un nez rouge brillant avec un fil rouge qui semblait appartenir à Pennywise, le clown terrifiant dans *Ça* de Stephen King. Elle réprima un frisson.

Il lui tendit le nez.

— Tiens, tu peux être Rudolph.

Elle fixa le nez avec horreur.

— Je vais ressembler à un clown effrayant. Les enfants vont partir en courant.

— Tu ne feras pas peur. Dis-leur simplement que tu es Rudolph, l'elfe au nez rouge.

Elle était si perturbée qu'elle n'entendit même pas le clic-clac de sa langue. Rudolph l'elfe au nez rouge ou Pennywise l'elfe terrifiant ?

— N'y a-t-il rien d'autre dans le coffre ?

Il fouilla.

— Des lunettes de grand-mère pour la mère Noël, une barbe blanche pour le père Noël, et quelqu'un a laissé un ventre de père Noël ici.

Il leva la tête.

— Ça doit venir du père Noël maigre qui a démissionné.

— Super.

— Tu te donnes des airs dès le deuxième jour ? aboya-t-il en se redressant de toute sa longueur, ne faisant que deux centimètres de plus que le mètre soixante de Missy. Ce n'est pas parce que je suis jeune que je tolère l'insubordination.

Ooh, les grands mots.

— C'est bon, dit-elle en prenant le nez de Rudolph sans toutefois le mettre.

Elle allait attendre qu'il parte.

— Montre-moi ce que ça donne.

Elle l'enfila vaillamment.

— Joyeux Noël, dit-elle avec un grand sourire.

Si quelqu'un la voyait dans cette tenue, elle allait partir se cacher derrière le sucre d'orge géant le plus proche. Elle était certaine de se situer quelque part entre l'absolument ridicule et le terrifiant. Quoi qu'il en soit, ses amies seraient mortes de rire si elles la voyaient.

— Parfait. Les enfants vont adorer.

Et ce fut vrai. Elle était l'elfe qui accueillait officiellement les enfants au début de la file, les maintenant sur place jusqu'à ce que ce soit leur tour. Pas un seul enfant ne fut découragé par le nez. Apparemment, ils n'avaient pas encore découvert Pennywise. Les petits se précipitaient vers ses jambes, la serrant fort en demandant d'être soulevés pour pouvoir appuyer sur son nez. Elle détournait leur attention en leur demandant de chanter « Rudolph the Red-Nosed Reindeer » afin que Rudolph se sente chez lui dans le centre commercial d'Eastman. C'était mignon.

Deux heures après, elle avait mal aux pieds dans ses chaussures pointues, faim, et le début d'un mal de tête à cause des chants de Noël qui tournaient en boucle dans le pôle Nord et du bruit des enfants qui hurlaient et criaient. Le côté mignon s'estompa. Beaucoup. De plus, elle transpirait du nez. Elle avait peur que le rouge déteigne et qu'elle doive expliquer à ses amies pourquoi elle était Missy au nez rouge.

Un petit garçon lui heurta le tibia avec une voiture Hot Wheels en métal lorsqu'il se précipita vers elle. *Aïe !*

Sa mère écarta le garçon, mais la voiture se prit dans son collant et tira dessus avant de se libérer. Elle baissa les yeux pour analyser les dégâts. Super. Maintenant, il y avait un trou dans son collant qui allait sûrement s'agrandir si elle bougeait. Au moins, elle ne saignait pas.

— Vraiment désolée, dit la mère du garçon.

Elle se tourna vers son fils.

— Excuse-toi auprès de la gentille dame.

— Pa'don, dit le garçon. Je peux te pincer le nez ?

Héroïquement, Missy se retint de cacher son nez.

— Non, mais tu peux chanter la chanson de Rudolph. Le père Noël adore entendre la gaieté de Noël.

Le garçon se lança dans une version précoce de Rudolph qui lui fit mal aux oreilles.

Elle retint un soupir. Elle allait devoir acheter une autre paire de collants pendant sa pause déjeuner. Sauf s'ils avaient des collants supplémentaires quelque part. Elle s'approcha de la mère Noël qui se tenait sur le côté, souriant et saluant les enfants qui passaient devant l'atelier du père Noël.

— Sais-tu s'il y a des collants à sucres d'orge supplémentaires par ici ? demanda Missy.

— Ils sont trop radins pour en commander de réserve, répondit la femme d'une voix rauque de fumeuse. Tente ta chance dans le magasin de Noël au deuxième étage.

D'accord, elle allait prendre l'ascenseur près de là, courir au magasin, courir au vestiaire, et être de retour avant que quiconque faisant les courses de Noël puisse la reconnaître.

Son patron apparut à nouveau, les mains derrière le dos, très sérieux en faisant un tour de l'atelier du père Noël et en contrôlant la joyeuse situation. Il lui jeta un regard et se précipita vers elle.

— Tu es en pause. Règle le problème des collants, de préférence avec un dessin de sucres d'orge. Rudolph serait bien aussi.

Il sortit son porte-monnaie et lui tendit un billet de vingt dollars.

— Je le retiendrai sur ton salaire.

— Merci, dit-elle sèchement.

Elle retira le nez horrible, puis le chapeau pointu dans lequel elle rangea le nez. Elle voulut les poser sur l'étagère derrière le comptoir photo lorsqu'il l'arrêta.

— Qu'est-ce que tu fabriques ? demanda-t-il. Garde ton chapeau avec toi en permanence. Sais-tu combien d'enfants aimeraient jouer avec ça ? Je peux te dire tout de suite que les chapeaux d'elfe ne sont pas donnés.

— D'accord, d'accord.

Elle cala le chapeau sous son bras et contourna rapidement la foule d'enfants, passant derrière une colonne en sucre d'orge. L'ascenseur en verre se trouvait au milieu du centre commercial. Elle vit qu'il était bondé, alors elle se dit qu'elle allait se faufiler au milieu pour un meilleur camouflage. L'escalator était bien trop risqué : il fallait marcher longtemps et en pleine vue de n'importe quel client curieux.

Elle se pressa autant que possible avec ses chaussures d'elfe pointues, se sentant davantage comme un canard que ce qu'elle voulait bien admettre, et elle appuya sur le bouton de l'ascenseur. *Allez, allez.*

— Missy Higgins, ça doit être un coup du destin !

No-o-o-on !

Ben ne prit pas la peine de cacher le rire dans sa voix.

— Tu sais, dit-il d'une voix traînante. J'ai toujours eu ce fantasme de l'elfe. Nous devrions voir ce qu'il se passerait.

Missy l'elfe se retourna, grattant sa joue rose vif avec le majeur.

Il éclata de rire. Cela faisait deux jours depuis qu'ils avaient couché ensemble et il avait eu l'intention de l'appeler aujourd'hui pour voir si elle voulait manger un morceau. Elle lui avait manqué, et pas seulement pour le sexe. Elle était drôle et intelligente, c'était une femme forte qui ne se laissait pas marcher dessus, et elle était donc de bonne compagnie. Il pouvait se détendre avec elle, pas besoin de faire des pieds et des mains pour éviter de la blesser. Et il n'avait jamais rencontré qui que ce soit qui, comme lui, avait été adopté en tant que bébé puis orphelin une deuxième fois. Cela lui paraissait spécial, un point commun unique. Et puis le sort n'arrêtait pas de les ramener ensemble. Il fallait maintenant qu'il la charme jusqu'à ce qu'elle en fasse tomber sa culotte d'elfe. Les elfes portaient-ils des culottes ?

Il la dévisagea d'un air approbateur. C'était vraiment quelque chose. La robe en velours vert avec la fausse fourrure sur les bords et la ceinture rouge autour de sa taille fine étaient sexy si on aimait le look elfe, ce qui était définitivement son cas maintenant qu'elle le portait. C'était joli et moulant aussi, avec la jupe courte aérienne.

Elle lui jeta un regard noir.

— La ferme.

Il laissa échapper un petit rire.

— Je n'ai rien dit.

Quelques personnes les rejoignirent, attendant l'ascenseur. Un homme âgé et une maman avec un petit dans une poussette. Personne n'arrivait à détourner son regard de Missy. Elle se contenta de regarder droit devant elle, les joues et le cou bien roses.

Les portes de l'ascenseur s'ouvrirent et plusieurs poussettes en sortirent, suivies par les parents. Il laissa tout le monde passer devant lui, puis il suivit Missy à l'intérieur.

— Tu vas où ? demanda-t-il.

— Au magasin de Noël.

— Au magasin de Noël ! s'exclama-t-il. C'est là que les elfes du centre commercial fabriquent les jouets ?

L'homme âgé rit doucement. L'enfant dans la poussette leva des yeux admirateurs vers Missy.

— Oui, dit-elle en serrant les dents.

Ses joues devinrent rouges par-dessus le rose : même son nez était rouge. Elle était manifestement gênée d'être surprise à jouer à l'elfe. Il aurait dû être plus gentil avec elle.

Mais il n'était pas du genre sage.

— Pourquoi ton nez est-il rouge ? demanda-t-il. Je n'ai jamais vu quelqu'un rougir de cette façon.

— Je ne veux pas en parler, aboya-t-elle.

Le silence retomba, tout le monde regardant discrètement l'elfe grognon, lui compris.

Les portes de l'ascenseur s'ouvrirent et ils sortirent. Il resta à la même hauteur que Missy qui faisait de son mieux pour traverser le centre commercial avec ses chaussures ridicules.

— Pourquoi n'essaies-tu pas de marcher sans les chaussures ? demanda-t-il.

Elle s'arrêta et elle fronça les sourcils.

— J'essaie de me dépêcher. Je dois acheter des collants, me changer, déjeuner et être de retour dans moins d'une heure. Au cas où tu ne l'aurais pas remarqué, les magasins sont bondés et il y aura certainement la queue à la boutique de Noël. Il me faudra peut-être essayer plusieurs magasins s'ils n'ont pas ce dont j'ai besoin.

Il tendit la main.

— Tes chaussures.

Elle attrapa son bras pour l'équilibre et elle retira une chaussure.

— Très bien.

Elle retira l'autre et elle les garda dans la main.

— Que fais-tu ici ? Je croyais que tu faisais tes courses de Noël à la foire artisanale.

— C'étaient les courses de Noël de ma grand-mère.

Elle continua à marcher, avançant beaucoup plus vite sans les chaussures.

— Tu es donc prêt à affronter le centre commercial pour...

— Une pile de montre.

— Dommage. Tu aurais dû la commander en ligne.

— C'était une urgence de ma grand-mère.

De plus, le centre commercial possédait un kiosque vendant des piles pour montres et il n'habitait pas très loin.

Missy sourit pour une raison qu'il ignorait, comme s'il venait de se faire avoir.

Maintenant qu'il y réfléchissait, c'était étrange. Sa grand-mère avait fait toute une histoire au sujet de sa montre qui n'était jamais à l'heure, disant qu'elle se sentait « désorientée » et qu'elle arrivait en retard partout, alors qu'elle était arrivée chez lui exactement à l'heure ce matin pour le petit-déjeuner. Elle aimait venir le voir une fois par semaine pour s'assurer qu'il ne laissait pas sa maison se détériorer. Il ne savait pas ce qu'elle voulait dire. Il employait un service de ménage. Grand-mère avait eu un rêve étrange dans lequel il épousait une rousse. Elle faisait souvent des rêves bizarres qu'il trouvait sans importance, mais maintenant qu'il regardait la brune qui était en réalité une rousse, il commençait à avoir des soupçons. C'était la deuxième course qu'il faisait pour sa grand-mère où il croisait également Missy. Missy connaissait-elle sa grand-mère ? Elles fréquentaient la même église, mais sa grand-mère avait un autre nom de famille que lui, alors Missy pouvait ignorer qu'ils étaient apparentés.

Il fut sur le point de poser la question lorsque Missy glissa soudain, laissant voler son chapeau et ses chaussures avant d'atterrir sur son derrière. Elle jura comme un charretier.

Il rassembla ses affaires pour elle.

— Tu t'es fait mal ?

— Seulement à ma fierté.

Il ricana.

— C'est ainsi que tu appelles ton cul ?

Elle lui jeta un regard noir.

Il fit des efforts pour cacher son sourire.

— C'est drôle de voir que nous sommes tous les deux tombés sur le cul en face de l'autre.

Il lui fit un clin d'œil et il tendit la main pour l'aider à se relever.

Elle ignora sa main et se leva lentement. Elle récupéra son chapeau et ses chaussures.

— N'as-tu pas une pile de montre à acheter ?

Il tapota la poche de son jean.

— Elle est là. J'étais sur le point de partir quand j'ai aperçu ton elfosité.

— Moque-toi.

Elle marcha d'un pas plus calme, sûrement parce qu'elle avait mal après sa chute.

Il eut immédiatement des remords.

— Je suis désolé, j'ai été insensible à ta situation d'elfe. Les elfes aussi ont des sentiments. Tiens, laisse-moi tenir ton chapeau d'elfe et tes chaussures d'elfe.

— Pourrais-tu dire le mot elfe encore une fois ?

Elle lui tendit ses affaires, ravie d'en être débarrassée.

— Elfe.

Elle fronça les sourcils et l'effet était adorable avec sa petite robe verte d'elfe.

Il se retint de rire.

— Quoi ? Tu me l'as demandé. Laisse-moi t'acheter le déjeuner pour rattraper mon insensibilité aux elfes.

Elle lui jeta un regard de travers.

— Pas besoin. Et j'aimerais vraiment beaucoup que tu ne dises à personne ce que tu as vu aujourd'hui.

— Je resterai muet comme une carpe.

Lorsqu'ils arrivèrent au magasin de Noël, elle récupéra son chapeau et ses chaussures.

— Alors, euh, au revoir. S'il te plaît, efface tout souvenir de ce moment gênant.

— Je ne suis pas du tout gêné.

Elle leva les mains.

Il sourit.

— Que vas-tu acheter ?

— Des collants sucres d'orge ou Rudolph. Mon stupide collant est troué.

Il l'avait remarqué, mais il s'était retenu de faire un commentaire à cause de tout le reste.

— Je croyais que tu adoptais un look d'elfe gothique.

Elle sourit.

— J'ai besoin de quelque chose qui aille avec ça.

Elle ouvrit son chapeau pour lui montrer le nez rouge de Rudolph. Il serra les lèvres. Heureusement qu'il ne l'avait pas vue porter ça également, sinon il n'aurait pas pu s'arrêter de rire.

Elle tourna les talons et entra dans le magasin. Il inspira profondément et il la suivit dans le neuvième cercle des enfers. La musique était assourdissante, c'était une chanson sur un âne de Noël. Des lumières vives clignotaient dans des sapins de Noël et perturbaient les yeux, et un étrange bonhomme de neige gonflable géant avec le ventre transparent rempli de bonhommes de neige se trouvait au centre de la salle.

Il s'arrêta derrière elle dans l'allée des chaussettes et des collants à motif.

— Quelle taille fais-tu ?

Elle sursauta.

— Bon sang, Ben, fais du bruit avant de surprendre quelqu'un.

— Je ne suis pas vraiment discret. Tu étais simplement perdue dans la beauté de… est-ce que ce sont des collants avec du gui ? Ah oui. J'aimerais bien te rencontrer là-dessous.

— Sous quoi ? demanda-t-elle d'un air absent.

Il gloussa et elle vit le motif dont il parlait.

— Quel âge as-tu, déjà ? demanda-t-elle en attrapant des collants blancs couverts de petits sapins de Noël. Ça fera l'affaire.

— J'ai trente et un ans, et toutes mes dents… Pour l'instant.

Elle pinça les lèvres, essayant de ne pas sourire. Ses yeux brillaient d'amusement lorsqu'elle se dirigea vers la caisse.

Il la suivit.

— Oui, ne t'inquiète pas pour les collants au gui. J'ai un bon pressentiment au sujet de cette culotte d'elfe.

Elle lui jeta un regard assassin.

— Chut.

Il lui fit son sourire à fossettes qui faisait fondre les culottes d'elfes.

Elle secoua la tête, riant en prenant place au bout d'une longue file.

— Que veux-tu pour le déjeuner ? demanda-t-il. Je vais le chercher pendant que tu changes de collant.

Elle se tourna vers lui avec un regard surpris.

— Ça me rendrait vraiment service. En général, j'apporte mon repas, mais je n'ai pas eu l'énergie de faire les courses hier soir.

— Tu vois, je peux être attentionné, prévenant, …

Il s'arrêta, essayant de trouver d'autres qualités appréciées par les femmes, lorsqu'elle termina pour lui.

— N'oublie pas modeste. Peux-tu aller me chercher une salade de tacos chez le Mexicain ?

— *Sí, sí, senorita.* C'est moi qui paie, d'accord ?

Elle hocha la tête en souriant.

— *Gracias.*

— Donne-moi ton téléphone. Je vais y entrer mon numéro afin que tu puisses m'envoyer un message en arrivant dans l'aire de restauration.

Elle le sortit d'une poche de sa jupe et lui tendit. Ça, c'était un progrès. Il composa son numéro et le lui rendit.

— À tout à l'heure.

Elle avança dans la queue.

— À toute.

Vingt minutes plus tard, son téléphone vibra avec un texto de Missy. *Prête.*

Sur le point de payer. Où es-tu ?

Assise en face de Yo-Fro.

Il se tourna, scrutant l'endroit bondé, et il l'aperçut. Elle semblait épuisée, la tête posée sur la main. Il se sentit coupable. Elle travaillait dur pour un deuxième boulot et il s'était moqué d'elle sans grande discrétion.

Il marcha jusqu'à sa table, posa le déjeuner devant elle et s'assit juste en face. Elle commença immédiatement à manger, comme si elle était morte de faim.

Au bout de quelques bouchées, elle s'arrêta et elle le regarda.

— Tu ne manges pas ?

— J'ai encore le ventre plein après le petit-déjeuner. Omelette et tout le tralala. Ma spécialité au petit-déjeuner. Un jour peut-être, tu en feras l'expérience toi-même.

Elle parla, la bouche pleine de salade.

— Ne faisons pas comme si tu voulais que je passe la nuit chez toi.

Il se pencha en avant.

— J'allais t'appeler.

Elle prit une autre bouchée, mâcha et déglutit.

— Je ne t'ai pas donné mon numéro.

— Je t'ai cherchée. Je peux presque tout trouver sur Internet.

Elle fronça les sourcils, mais elle ne fit pas de commentaire.

— Mais ensuite, je t'ai croisée. Missy — il inspira profondément — je crois que nous n'en avons pas terminé.

Elle ouvrit sa bouteille d'eau et but longuement.

— Veux-tu manger ensemble ce soir ? demanda-t-il.

Elle posa sa bouteille d'eau.

— Peux pas. Déjà prise.

— Tu fais quoi ?

— Je vois mes amies, dit-elle d'un ton impassible.

— Et après ?

Elle prit une autre fourchette de salade.

— Pour un plan cul ? Non, merci.

Son cou se mit à brûler de honte. Il est vrai que ça pouvait être mal interprété. C'était raté pour le charme.

— Et dimanche pour un rendez-vous ?

— Je travaille.

Elle posa sa fourchette avant de poursuivre.

— Écoute, Ben, nous étions d'accord pour une seule nuit. Je ne comprends pas ce que tu veux de ma part.

Il voulait passer plus de temps avec elle.

— Que représente une fois de plus ? Nous nous croisons tout le temps, de toute façon.

— Je suis désolée, c'est juste…

Il leva une main.

— Non, ne sois pas désolée. J'ai compris.

Elle sourit.

— Merci. Et merci pour le déjeuner également. J'apprécie ton aide aujourd'hui.

Il n'avait encore jamais été dans cette situation, à essayer d'étendre un plan cul à quelque chose de plus long. En général, c'étaient les femmes qui voulaient le voir davantage, pas l'inverse. Était-ce simplement le plaisir de la chasse ?

Irrité d'être si nul pour draguer, il ferma la bouche. Elle continua à manger, complètement concentrée sur sa salade.

Enfin, il ne put s'empêcher de demander :

— Pourquoi travailles-tu en tant qu'elfe ?

Elle leva les yeux vers lui en rougissant.

— Je pensais te l'avoir déjà dit. Il me faut juste un peu d'argent en plus pour les fêtes.

— Pour des cadeaux ?

— Oui.

Il l'examina pendant une minute. Ce travail semblait vraiment dur juste pour acheter quelques cadeaux supplémentaires. Il se pencha plus près d'elle.

— Pourquoi le fais-tu vraiment ? J'imagine que tu n'aimes pas être un elfe.

Elle soupira.

— J'ai une bonne raison.

— Qui est ?

Elle resta silencieuse, posant la fourchette comme si elle venait de perdre l'appétit.

Tous ses instincts lui indiquaient qu'il se passait quelque chose de sérieux avec Missy. Elle était clairement une femme dans le besoin. Et il aidait toujours les femmes dans le besoin. Il avait passé la moitié de sa vie à s'occuper de sa mère malade — elle avait souffert de terribles migraines à cause de son cancer du cerveau — et parfois il avait été davantage un parent qu'un enfant. Elle l'avait surnommé Super Ben parce qu'il venait toujours à la rescousse. C'était une part de lui qu'il ne savait pas mettre en veille.

Il devint sérieux.

— Missy, tu peux me le dire. Je ne le répéterai à personne.

Elle mordilla sa lèvre inférieure pendant un moment.

— J'ai levé des fonds pour le Noël d'une famille dans le besoin. La foire de Noël était dans ce but. Tout le monde a fait don de la majorité des profits, et puis quelqu'un a volé l'argent. Plus de deux mille dollars. J'essaie de les récupérer en travaillant.

— As-tu signalé le vol ?

— Non. Je ne voulais pas que les autres le sachent après

tout le travail qu'ils ont fourni pour que la foire soit une réussite. Je me suis dit que j'allais simplement remplacer l'argent discrètement. De toute façon, c'est moi qui récoltais l'argent et c'est moi qui fais les courses de Noël pour la famille.

Il la fixa, sentant une boule inattendue se former dans sa gorge. Elle avait pris ce travail ridicule d'elfe pour aider une famille dans le besoin ? Elle n'était pas simplement une femme forte, elle se souciait aussi profondément des autres. C'était important pour lui, c'était une valeur avec laquelle il avait grandi et qu'il prenait très à cœur.

— Missy, je vais te donner l'argent…

— Non. C'est mon problème. C'est à moi de le régler.

Il poussa un soupir.

— En quoi est-ce ton problème ? Ce n'est pas comme si *tu* avais volé l'argent.

— C'est comme ça, c'est tout. Maintenant, arrête avec ça.

Elle cassa un morceau du bol de salade fait en taco et elle le mâcha férocement. Elle était simplement têtue.

Ne le fais pas. Ne lui propose pas ce travail d'administratrice.

Ce serait un enfer en sachant comme il la désirait, en sachant combien cela pouvait être bon, en sachant qu'elle lui plaisait et qu'il voulait passer plus de temps avec elle, alors qu'il fallait garder des distances professionnelles entre eux. Il ne pouvait pas la voir dans son bureau jour après jour en niant tous ses instincts.

Elle se leva brutalement, attrapa ses chaussures d'elfe et se tint au dos de la chaise en les enfilant.

— Je ferais mieux de retourner au travail. Merci pour le déjeuner.

Il s'avança vers elle et il ramassa son plateau de la table.

— Je m'en vais. Je te raccompagne jusqu'au pôle Nord afin que tu ne sois pas accostée par des enfants surexcités.

— J'ai surtout peur d'être accostée par toi.

Cela le blessa.

— Sérieusement ?

Elle sourit et elle lui serra le bras.

— Je plaisante. Tu as été très attentionné.

— C'est un peu mon truc.

Il vida le plateau à la poubelle et ils prirent l'escalator au bout de la zone de restauration pour redescendre à l'atelier du père Noël.

Elle se tourna vers lui.

— Tu sais ce qui est fabuleux quand on est un elfe avec le nez de Rudolph ?

Il sourit.

— Quoi ?

— On répand la joie de Noël, dit-elle d'un ton pince-sans-rire.

Ils éclatèrent de rire.

— Mais sérieusement, ça en vaut la peine, même si j'ai d'abord pensé à Pennywise. Tu sais, le clown terrifiant dans *Ça* ?

Il rit.

— Je ne crois pas que tu puisses être terrifiante avec cette robe.

— Je suppose que non. Les enfants étaient ravis. Quoi qu'il en soit, il me tarde de rendre la fête de Noël des enfants Harper unique. Ils sont trois et je pense que les deux plus jeunes croient encore au père Noël. Ils ont traversé tant d'épreuves, et je veux simplement que leur premier Noël dans leur nouvelle maison soit parfait.

Son cœur se serra en l'entendant exprimer ce sentiment.

— Tu es quelqu'un de bien, Missy Higgins.

Elle rougit.

— Ce n'est pas moi. Beaucoup de gens m'ont aidée.

— Contente-toi de dire merci.

— Je ne suis pas très douée pour recevoir les compliments.

Il agita les sourcils.

— Que penses-tu de ce compliment, alors ? Tu es un magnifique — et oserai-je le dire ? — très sexy elfe du père Noël.

Elle ricana.

— Je vais avoir la grosse tête, et comment vais-je la rentrer dans mon chapeau pointu ?

— Tu sais ce dont tu as besoin ? D'oreilles d'elfe.

— N'en parle surtout pas. Mon patron serait ravi.

— Peut-être quelques clochettes…

— Arrête, je me suis déjà fait reprocher d'avoir oublié mon collier de clochettes. Merde, je l'ai encore oublié. J'étais au vestiaire tout à l'heure. J'étais tellement pressée que je n'y ai même pas pensé.

— Je suis sûre que ça ira.

Ils descendirent de l'escalator en se dirigeant vers l'atelier du père Noël. Missy lui parla de son patron au visage poupin et à la langue qui faisait clic-clac, l'imitant de façon hilarante.

— Garde ton chapeau avec toi en permanence ! cria-t-elle. Je peux te dire tout de suite que les chapeaux d'elfe ne sont pas donnés !

— Je suis ravi que tu trouves cela amusant, aboya une voix.

Ils se tournèrent tous les deux et se trouvèrent face à un homme petit au visage tout rouge, qui ne devait pas avoir plus de vingt ans et qui écumait de rage.

— Tu es virée.

— Quoi ? s'exclama Missy. Je suis désolée, c'était une plaisanterie de mauvais goût. Cela n'arrivera plus.

L'homme resta impassible.

— Un garde de sécurité t'escortera jusqu'au vestiaire. Je veux récupérer tout le costume, y compris le collier de clochettes.

L'air désemparé de Missy poussa Ben à intervenir.

— Elle a dit qu'elle était désolée. Nous plaisantions, c'est tout.

— Vous n'avez qu'à le dire à la sécurité.

La petite fouine fit signe à un garde. C'était un homme chauve avec un énorme ventre rebondi. Il s'approcha, apparemment content d'avoir quelque chose à faire.

— C'était de ma faute, dit Ben. J'ai imité mon patron, alors elle a fait le sien.

Missy lui jeta un regard qui signifiait *vraiment* ? Il leva une épaule. Il était difficile de nier ce qui était arrivé alors que le type avait tout entendu.

Missy se tourna vers son patron lorsque le garde se plaça à côté d'elle.

— Je ne risque pas de m'enfuir, espèce de crétin, aboya-t-elle. Tiens.

Elle posa le chapeau et le nez de Rudolph dans les mains de son patron. Puis elle retira les chaussures et elle les lui jeta.

— Hé !

Le type se baissa.

— Elle m'agresse ! Vous avez vu ça ?

— Pourquoi n'essaierais-tu pas d'être un elfe ? cracha Missy. Tu ressembles déjà à un troll.

Elle tourna les talons et elle partit à grands pas, le garde la rejoignant rapidement.

Ben n'eut pas besoin d'y réfléchir à deux fois. Il se tourna et il la suivit. Et merde, il allait lui proposer ce travail d'administratrice.

7

Missy sortit des vestiaires vêtue de son manteau en laine, d'un pull et d'un jean. Elle tenait le costume d'elfe dans la main et elle était toujours énervée non seulement d'avoir était renvoyée, mais aussi parce que son patron avait appelé la sécurité. Quelle femme saine d'esprit aurait voulu être surprise en train de porter cette tenue d'elfe ailleurs que dans le centre commercial ?

Elle revint dans le centre commercial par la porte réservée au personnel, devant laquelle le garde la fixa avec un regard sévère. Elle lui tendit le costume sans un mot. Le type partit en se donnant des airs.

Elle se tourna et elle aperçut Ben appuyé contre le mur près de la sortie. Il leva une main, l'ayant apparemment attendue. Elle le salua à son tour. Maintenant qu'elle n'était pas vêtue de façon humiliante, elle prit le temps d'apprécier ce qu'elle voyait. Il avait les cheveux courts, ses pommettes et sa mâchoire étaient saillantes, son corps musclé était parfaitement couvert par sa veste en cuir noir et son jean usé... tout cela ensemble lui donnait un air dur et sexy. Elle aimait le contraste entre son apparence et son comportement prévenant et réfléchi. Elle n'avait encore jamais rencontré d'autres hommes comme lui.

Bien sûr, il n'hésitait pas à la taquiner, mais il savait être sérieux quand l'occasion le demandait. Comme quand elle avait paniqué lorsqu'il l'avait tenue par les poignets sur le lit. Louis, son ex, faisait cela : il maintenait ses poignets d'une main au-dessus de sa tête et il la giflait. Il ne laissait jamais d'hématome, c'était juste pour lui faire savoir qu'il était fâché à cause d'une minuscule infraction, qu'il l'ait imaginée ou non. Il était désolé ensuite, la couvrant de cadeaux et d'attentions pendant des semaines, lui promettant que cela n'arriverait jamais plus. Elle s'était mariée à dix-huit ans, effrayée et seule, et il avait promis de prendre soin d'elle. Leur première année de mariage avait été bonne, mais elle avait été suivie par deux années de violence. C'était arrivé si progressivement… il lui mettait une claque ici et là, l'attrapait par les cheveux, criait. Elle avait fini par se rendre à l'évidence et elle lui avait dit vouloir divorcer. Il l'avait presque étranglée en disant qu'il préférait la tuer plutôt que de la laisser partir. Elle avait eu la chance de pouvoir s'échapper en attrapant la lampe de la table de chevet et en l'assommant.

Sa patronne Amy avait aidé Missy à quitter la Californie et à s'installer avec un nouvel emploi dans une autre ville, à Seattle. Amy était également celle qui avait aidé Missy à trouver un avocat et à demander le divorce. Missy renvoyait de l'argent à Amy dès qu'elle le pouvait afin de rembourser les frais d'avocat. La vie continuait, mais Missy faisait beaucoup plus attention aux hommes. L'amour n'en valait pas la peine. Aucun homme n'aurait plus jamais ce pouvoir sur elle.

Elle se dirigea vers Ben. Il se redressa et la rejoignit à mi-chemin, s'arrêtant devant elle.

— C'est la première fois de ma vie que j'ai été virée, dit-elle en levant les mains. D'un travail d'elfe !

Il répondit d'un ton très sérieux :

— Tu as besoin d'un emploi, j'en ai un. Viens travailler pour Logan et moi. Il nous faut une administratrice. La nôtre sera absente jusqu'après le Nouvel An. Sa fille vient d'avoir son premier bébé et elle s'est rendue dans le Vermont pour être avec elle.

— Travailler pour toi ? répéta-t-elle, surprise par la proposition.

Ben dans une position d'autorité sur elle ? Ben qui la tentait au bureau ? Ben, Ben, Ben, chaque jour pendant les trois semaines suivantes ? C'était tenter le diable. Il allait vouloir être au-dessus d'elle, mais d'une façon pas du tout appropriée.

— Ben, j'apprécie...

Il l'interrompit :

— Je sais que tu essaies de faire quelque chose de vraiment spécial pour cette famille, et je sais que tu veux obtenir l'argent à ta manière. Si tu as envie de faire un peu de travail administratif pour Checkin, le travail est à toi. Il n'y a que Logan et moi au bureau, c'est assez calme, en général. Nous ne sommes pas des patrons du genre à traîner autour des employés. Et Sabrina travaille dans le même bâtiment, alors tu pourrais la rejoindre pour le déjeuner, par exemple.

Elle sentit sa résolution ferme de refuser l'offre vaciller. Cela paraissait effectivement agréable. Sabrina était une bonne amie à elle, elle vivait sur le même palier qu'elle. C'était une de ses premières amies quand elle avait emménagé à Clover Park. Et Ben ne serait pas vraiment son patron, se raisonna-t-elle. Elle allait simplement aider Logan et lui pendant quelques semaines. Logan, le plus jeune fils du clan Campbell était adorable, facile à vivre et détendu. Il ne causerait aucun problème. Et puis ce serait tellement plus facile de travailler dans un bureau plutôt que de gérer le travail saisonnier au centre commercial. Son idée suivante — la seule — avait été de travailler dans un magasin ayant besoin de renforts, sans doute également dans le centre commercial bondé.

Elle décida que cela pouvait fonctionner s'ils restaient tous les deux professionnels.

— J'ai été administratrice pendant onze ans, secrétaire de direction pendant six de ces années, et je suis à l'aise avec la plupart des applications de bureau, y compris les tableurs et les bases de données. Je travaille dans la construction maintenant, mais je travaillais pour une entreprise de technologies à Seattle.

— C'est parfait, parce que nous travaillons dans les technologies. C'est Logan qui gère ce côté, à vrai dire. Moi, je suis plutôt celui qui s'occupe des nombres.

Elle hocha la tête.

— Je travaille le matin chez Marino et Capello Constructions jusqu'à la fin de l'année. C'est assez calme à cette saison. Est-ce que les après-midi vous conviendraient ?

Il fixa un point au-dessus de son épaule.

— Oui. Ça ne serait que jusqu'au réveillon de Noël. Nous fermons pour les fêtes.

Il avait parlé d'un ton monocorde si distant qu'elle s'en inquiéta.

— Es-tu certain de vouloir que j'accepte ce travail ?

Il la regarda enfin dans les yeux, d'un air très sombre.

— Oui, j'en suis certain.

— Parce que tu as besoin de mes talents ? demanda-t-elle en le sondant.

Elle n'avait pas l'habitude de ce côté sombre de Ben. Quelque chose n'allait pas.

Il poussa un soupir.

— Parce que tu as besoin d'un travail.

Elle le fixa.

— C'est tout ?

Il pinça les lèvres avant de parler d'une voix presque robotique :

— Et j'ai besoin d'une administratrice.

Elle croisa les bras.

— Tant que nous nous comportons en professionnels.

— Bien sûr, aboya-t-il. Penses-tu que j'allais agir autrement ?

Elle décroisa les bras, surprise par son ton hostile.

— Je ne voulais pas sous-entendre… je suis désolée. Vraiment. Je suppose que j'ai pensé à…

Elle s'interrompit, décidant qu'il valait mieux ne pas mentionner le sexe à la lumière de leur nouvelle relation professionnelle.

— Merci et j'accepte ton offre.

— Nous agirons en professionnels. Juré craché.

Il fit semblant de cracher dans sa main, une lueur d'amusement revenant dans ses yeux.

Elle se détendit, très soulagée qu'il soit redevenu comme avant. Elle fit semblant de cracher et lui serra la main.

— Berk.

Il lâcha sa main.

— C'est gluant. Tu n'étais pas censée cracher pour de vrai.

Elle rit, un poids immense tombant de ses épaules. Elle avait réussi pour les Harper. Et ce serait amusant de passer du temps avec Ben. Tant qu'ils gardaient leurs distances au bureau, aucun d'eux ne serait tenté. Et Logan serait là également, alors Ben n'allait pas voler des baisers devant son associé. Ce serait bien.

Elle se dirigea vers la sortie, planifiant déjà les choses qu'elle allait faire pendant son après-midi soudain libre, les courses se trouvant en haut de la liste.

Ben marcha au même rythme qu'elle.

— Veux-tu que ce soit par écrit ? Veux-tu un contrat professionnel officiel ?

— Pas besoin de le mettre par écrit. Je te crois sur parole.

— C'est bien, ma parole vaut de l'or.

— J'en suis sûre.

Il s'arrêta brusquement.

— Je suis sérieux. Je ne reviendrai pas sur ma parole. Jamais. Particulièrement quand il s'agit du travail. Je te traiterai comme n'importe quel autre employé.

Il disait tout ce qu'il fallait, mais elle se sentit un peu frustrée. C'était assez décevant après leur alchimie.

— Merci, Ben. Il me tarde.

— À lundi, dit-il brusquement avant de se diriger vers la sortie à grands pas.

Elle le regarda partir, admirant sa silhouette de derrière en le voyant légèrement rouler des mécaniques. Elle soupira. Pourquoi le désirait-elle encore plus maintenant qu'il avait juré de rester professionnel ? Il avait un comportement droit et digne d'un gentleman, la mettant à l'aise alors qu'elle n'avait qu'un travail temporaire.

Fréquenter cet homme était pire que tenter le diable. Il était irrésistible.

Après la messe de onze heures le lendemain matin, Missy sortit de l'église et rejoignit l'adorable Madame Walsh, qui la salua en souriant depuis le trottoir. Elle portait une doudoune fuchsia très vif avec un bonnet tricoté en fuchsia sur ses cheveux blancs fins coupés au niveau de la mâchoire.

Missy posa une main sur le bras de Madame Walsh.

— Êtes-vous certaine que c'est une bonne idée de sortir par ce temps ?

Il faisait assez froid pour qu'il neige et elle avait dit être malade la semaine dernière.

La respiration de Madame Walsh sortit de sa bouche sous la forme d'un souffle d'air…

— Ça va. J'ai entendu dire que la foire a été un très grand succès. Félicitations !

Elle sentit ses entrailles se nouer. La honte de s'être fait voler l'argent lui fit presque perdre son sourire, mais Missy resta forte.

— Merci, c'est vrai. Tout le monde a travaillé dur pour que ça fonctionne.

— Ne sois pas si modeste. Nous savons tous que tu as été le moteur de l'événement.

— C'était vraiment un effort de groupe.

— Pff. Alors, quoi de neuf ?

Missy aperçut la famille Harper descendant les marches de l'église. Rena, une petite brune aux cheveux longs luttait pour empêcher ses deux fils turbulents, Todd et Will, de courir. Leur grande sœur, Madelyn, avait dix ans et elle portait un manteau rose trop petit. Elle baissa la tête et suivit sa famille. Missy sentit un poids sur sa poitrine. Elle se souvenait vivement d'avoir eu dix ans avec des vêtements qui n'étaient pas à la bonne taille parce que personne n'avait l'argent pour en acheter d'autres, et pire, de sentir tout son univers basculer d'un jour à l'autre. Ce serait le premier cadeau de Noël qu'elle achèterait : un nouveau manteau d'hiver pour Madelyn. Ce n'était pas grand-chose, mais parfois les petites choses étaient celles qui avaient le plus d'importance pour un enfant.

— Bonjour, Rena, appela Madame Walsh. Bonjour Todd, Will et Madelyn.

— Comment allez-vous ? appela Missy.

Les garçons étaient trop occupés à se bousculer pour les remarquer.

— Bonjour, dit doucement Madelyn en fourrant les mains dans ses poches et en fixant le sol.

— Bonjour, dit Rena en ramassant un gant qui venait de tomber de l'une des poches des garçons. Désolée, je n'ai pas le temps ce matin. Il faut que nous allions au supermarché avant la tempête de neige.

— La neige ! crièrent les garçons.

— Je pourrais y aller à votre place, proposa Missy.

— C'est gentil, dit Rena en poussant les garçons sur le trottoir. Mais cela fait partie d'une leçon d'économie pour les enfants.

Ils partirent en se pressant. Missy se tourna vers Madame Walsh.

— Leur fait-elle l'école à la maison ?

— Non, ils sont inscrits à l'école primaire de Clover Park. Je crois qu'elle leur enseigne des leçons de vie. Il faut bien les apprendre un jour, alors autant commencer quand ils sont jeunes.

— Je suppose.

— Du nouveau de ton côté ?

Madame Walsh sourit, ses yeux marron étincelants comme si elle savait quelque chose. Madame Walsh l'avait-elle aperçue dans son costume d'elfe ?

Missy lutta contre la chaleur qui lui montait dans le cou.

— Non, pas grand-chose.

— No-o-o-on ? chantonna Madame Walsh. Peut-être un nouveau travail, un nouveau mec ?

Missy se concentra sur ce qui n'avait aucun rapport avec les elfes.

— Un mec ?

— Tu sais, un petit-ami. Comment dites-vous maintenant, vous les jeunes ? Un coup d'un soir ?

Missy inspira brusquement. Les gens de l'église colportaient-ils des ragots au sujet de la séance de baisers entre Missy et Ben à la foire du week-end dernier ?

— Avez-vous entendu quelque chose à mon sujet ? demanda Missy.

Madame Walsh sourit sereinement.

— Non, j'ai juste remarqué que tu sembles briller un peu, comme si tu avais eu une bonne nouvelle.

Briller ? Brillait-elle encore après avoir couché avec Ben trois jours auparavant ? Il était plus probable que Ben ait parlé d'eux. Les nouvelles se répandaient vite dans cette ville. Comme c'était grossier. Et elle qui avait cru que c'était le genre de type qui savait garder un secret. Super. Il allait ensuite parler à tout le monde de son épisode humiliant en tant qu'elfe de Noël. Elle allait être connue sous le nom de Missy l'elfe dévergondé.

— Non, mentit Missy. Pas de nouvelles de ce côté. Et vous ?

Madame Walsh serra la main de Missy.

— J'espère avoir bientôt une bonne nouvelle. Je te souhaite la même chose.

— Merci.

— J'ai prié pour toi, ajouta Madame Walsh.

Missy inclina la tête.

— Pourquoi…

Elle s'arrêta, car Madame Walsh était déjà à mi-chemin du trottoir. Elle était plutôt fringante pour une octogénaire.

Madame Walsh leva une main en disant par-dessus son épaule :

— Mes prières seront bientôt entendues ! J'ai un bon pressentiment.

Missy fixa le dos de la femme qui s'éloignait, son manteau fuchsia flottant autour d'elle comme un nuage de barbe à papa géante. Cette femme avait de bonnes intentions, mais parfois elle était incompréhensible.

8

Lundi matin, Ben n'arriva pas à se concentrer en sachant que Missy devait arriver à treize heures ce jour-là. Il y avait du travail, bien sûr. Logan et lui devaient rester à jour de leurs clients actuels, prévoir le marketing pour ramener une nouvelle clientèle après les fêtes et organiser des réunions avec les investisseurs pour le mois de janvier. Checkin était évalué à deux cent cinquante millions, et ils cherchaient quarante millions de plus afin de s'agrandir avec une équipe commerciale et une technologie encore meilleure qui intégrait une partie des systèmes RH plus anciens. C'était une période intéressante pour eux, ils étaient sur le point de percer. Jake, le grand frère de Logan, possédait une entreprise très prospère dans les nouvelles technologies et il avait le réseau dont ils avaient besoin auprès des investisseurs de la Silicon Valley. Jake n'avait pas proposé de les financer et ils ne le lui avaient pas demandé. Essentiellement parce qu'ils ne souhaitaient pas mélanger la famille et l'argent. Ils savaient tous que s'ils demandaient des fonds au fortuné Jake, celui-ci les offrirait, mais Ben et Logan ne souhaitaient pas choisir la facilité. Cette entreprise était entièrement à eux et ils voulaient s'en sortir seuls. C'était un peu comme Missy qui avait envie de gagner l'argent toute seule afin d'aider cette famille. C'était une autre chose qu'ils avaient en commun.

Le destin.

Remets-toi les idées en place !

Il tapota des doigts sur son bureau. Son plan était simple : passer les trois semaines et deux jours suivants à apprendre à connaître Missy en tant que professionnelle et la traiter comme une employée estimée. Il n'avait absolument pas besoin d'une autre employée mécontente comme Ashley. Il ne devait pas échouer. L'enjeu était trop élevé avec les réunions d'investisseurs à venir. Ils ne pouvaient pas se permettre un autre avertissement contre lui, et il ne voulait surtout pas décevoir Logan.

Le sexe était donc une impossibilité.

Non, c'était plus qu'une impossibilité : il allait faire vœu de célibat. Il s'agita, mal à l'aise. Peut-être fallait-il qu'il trouve un autre exutoire pour tout ce désir accumulé. Si seulement il n'était pas si accro à Missy. Il ne s'était encore jamais autant attaché à un coup d'un soir. Peut-être qu'apprendre à se connaître sans sexe mènerait à des sentiments plus profonds. Ou pas. Il ne savait pas jusqu'où il souhaitait aller. Il n'aimait pas tellement les relations longues, mais ce qu'il y avait avec Missy lui semblait différent. Peut-être finiraient-ils par se haïr. Peut-être ne voulait-elle que du sexe avec lui. Il ne pouvait que deviner ce qu'il se passait dans la tête de Missy. Elle était un véritable mystère.

Il fallait qu'il en apprenne davantage.

Il se surprit à cliquer sur le site Internet de Checkin, à se connecter et à taper le nom de Missy. Comme il ne pouvait pas s'empêcher de penser à elle, il se dit qu'il allait en apprendre plus à son sujet. Il l'aurait fait pour n'importe quel employé temporaire. C'était tout l'objectif de Checkin : vérifier le passé des intérimaires. De plus en plus d'entreprises s'y intéressaient désormais pour toutes leurs embauches, même de longue durée. Il avait déjà tapé Missy dans Google après leur coup d'un soir et il n'avait pas trouvé grand-chose sur elle, juste la base : un numéro de téléphone et une adresse. Bingo. Elle avait été mariée à Louis Braxton, divorcée trois ans plus tard. Bon sang, elle avait été jeune quand elle s'était mariée, juste après le lycée. Peut-être était-elle enceinte ? Peut-être avait-elle des enfants ? Peut-être que l'argent qu'elle essayait de gagner pour les fêtes était pour sa propre famille. Qui était-elle vraiment ?

Elle avait trente ans, un an de moins que lui. Pas de casier judiciaire. Jamais de contravention. Plusieurs changements de nom : Carson, Higgins, Braxton, Higgins. Carson était peut-être son nom avant qu'elle se fasse adopter ? Il avait envie d'en savoir plus.

Une main s'abattit sur son bureau, le faisant sursauter.

— Je veux ces rapports pour dix-sept heures au plus tard !

Il vit le regard amusé de Logan et il rougit de s'être fait surprendre en train d'espionner.

— Crétin. Quand vas-tu te raser, hein ?

Logan portait une barbe et une moustache châtain soignées, il jouait au hipster. Il ressemblait à sa mère, une reine de beauté blonde. C'était le seul frère Campbell avec les cheveux châtains, les autres étant bruns. Il avait aussi son nez fin qui remontait au bout comme une piste de saut en ski. Un beau sportif aux traits trop parfaits devenu hipster geek. Les femmes adoraient regarder Logan, mais il n'était jamais sérieux avec aucune, étant toujours obsédé par sa petite amie de fac. Celle qui lui avait filé entre les doigts.

— Tu as une vraie tête de coupable.

Logan se précipita derrière le bureau de Ben pour jeter un coup d'œil par-dessus son épaule.

— Qu'est-ce que tu regardes ? Du porno ?

Ben ferma son ordinateur portable.

— Rien. Juste du travail.

Logan lui donna un coup d'épaule.

— Allez. Partage.

— Qu'est-ce que tu veux ?

Logan refit le tour du bureau et s'assit sur un des fauteuils confortables.

— Mon vieux, il faut vraiment que tu baises si tu dois regarder du porno le lundi matin. Le week-end a dû être long et solitaire. Ta main est fatiguée ?

Ben grinça des dents. Le week-end avait été long, effectivement. Après avoir vu Missy au centre commercial, il avait passé le reste du week-end submergé par des souvenirs de leur sexe torride. Il la désirait plus qu'avant, et maintenant qu'il avait fait la chose charitable, lui offrant un travail au moment où elle en avait le plus besoin, sa stupide libido avait encore empiré. Comme si le fait de savoir qu'il ne pouvait pas l'avoir le faisait la désirer encore plus. C'était ce qui arrivait quand on agissait de façon honorable : on souffrait.

— Comment va ta chérie ? demanda Ben juste pour l'énerver.

C'était ainsi que Ben appelait Sabrina depuis que Logan avait prétendu qu'elle était trop adorable pour lui. Elle travaillait dans les bureaux du rez-de-chaussée dans son cabinet de relations conjugales. Logan déjeunait parfois avec elle, mais il insistait, malgré leur compatibilité évidente — cette femme riait à toutes les blagues stupides de Logan — pour dire qu'ils étaient seulement amis. Son genre de douceur, sa compassion silencieuse avec ses grands yeux de biche, c'était l'opposé exact de ce que Ben cherchait chez une femme. Il fallait dépenser bien trop d'énergie pour ne pas la blesser. C'était une des choses qu'il aimait chez Missy, qui était pragmatique et forte, aussi terre à terre au sujet du sexe que lui.

N'y pense pas ! Reste concentré.

Logan prit l'agrafeuse de Ben, ouvrit le clapet et tira une agrafe dans sa direction. Elle rebondit sur son épaule.

— Je nous ai obtenu un rendez-vous avec Elias Gold.

— Sans rire ? C'est fabuleux !

— Oui. Le mois de janvier sera énorme pour nous. Tu verras, tous les gros investisseurs seront là quand ils entendront qu'il est intéressé.

Il se pencha au-dessus du bureau et ils se félicitèrent avec une poignée de main enthousiaste.

— Putain, c'est génial ! Quand est-ce arrivé ?

— Je l'ai croisé en ville ce week-end au gala de charité de Claire. Jake a vanté notre travail, et l'assistant d'Elias m'a envoyé un mail ce matin pour confirmer.

Claire était la femme de Jake, une star de cinéma qui fréquentait l'élite.

— Il est tôt là-bas, n'est-ce pas ? demanda Ben.

Elias était basé en Californie.

— Il reste à l'heure de la côte Est pour suivre la bourse, alors son assistant le fait également.

Ils se regardèrent en souriant.

Ben tapota les doigts sur son bureau, en souriant toujours.

— Ça y est. On réussit vraiment.

Logan posa l'agrafeuse et sauta sur ses pieds.

— Oui, vraiment. Quand arrive Missy ? J'ai un énorme boulot de saisie informatique pour elle. Tu crois qu'elle peut aussi se charger d'un peu de comptabilité ? Je voudrais commencer à préparer les montants pour nos réunions du mois prochain et rassembler tout avec de beaux graphiques de notre ascension jusqu'au sommet.

Ben s'agita encore, mal à l'aise.

La veille, Logan avait accepté par texto d'engager Missy sans poser de questions, car il avait confiance en Ben. Et puis il la connaissait, car il l'avait rencontrée à quelques fêtes.

— Je n'en ai aucune idée, admit-il. Tu peux le lui demander. Elle sera là à treize heures.

Logan le fixa longuement.

— Tu es en train de me dire que tu as engagé une administratrice et que tu ne sais même pas ce qu'elle sait faire ?

— Elle a été assistante de direction pendant des années. Je suis certaine qu'elle a beaucoup de compétences.

Logan lui tendit la main en ouvrant la paume et en agitant les doigts.

— Montre-moi son CV.

Ben s'éclaircit la gorge.

— Je, euh, je ne lui ai pas demandé de CV.

Logan leva les sourcils.

— Toute notre entreprise est basée sur les recherches dans le passé des employés et tu n'as même pas couvert les bases ?

Il pointa un doigt accusateur vers lui.

— Tu la désires !

Ben lutta pour prendre un air innocent. Il n'avait jamais dit à personne qu'il avait couché avec Missy.

— Elle avait besoin d'un travail temporaire et il nous fallait quelqu'un.

Logan passa une main dans ses cheveux.

— Espèce d'obsédé. Ne la sors pas de ton pantalon, je suis sérieux. Nous avons beaucoup de travail avant le mois de janvier.

Ben serra la mâchoire.

— Je resterai professionnel. Je sais que nous ne pouvons pas nous permettre un autre mauvais point contre moi.

Logan lui jeta un regard compatissant.

— Je ne te décevrai pas.

— Je sais, dit Logan en sortant.

Il frappa l'encadrement de la porte au-dessus de sa tête avant de dire par-dessus son épaule :

— La prochaine fois, c'est moi qui gère les embauches.

Missy monta à l'étage jusqu'à Checkin, son nouveau travail de bureau, avec appréhension. Ben et elle s'étaient mis d'accord pour que cela reste professionnel, ce qui était tout à fait la bonne chose à faire, mais elle savait que ça ne serait pas facile de nier leur attirance. Elle ne regrettait pas le sexe avec lui, cela avait été *fantastique*, mais cela lui avait donné envie de plus. Arg ! Non, absolument pas. Céder à cette attirance ne faisait que mener à des sentiments plus profonds, car quelque part en chemin elle avait dépassé le simple désir et s'était mise à ressentir une admiration et un respect réels. Combien d'hommes auraient aimé être surpris à acheter pour leur grand-mère un tricot de Noël fait main dans une foire ? Combien auraient passé leur Thanksgiving à travailler joyeusement dans un refuge pour sans-abri ? Il avait même aidé un elfe stressé au centre commercial, lui proposant un travail bien plus respectable. Elle essaya de ne pas trop penser à sa courte carrière d'elfe.

Non, une relation était hors de question. Aucun homme n'était digne de confiance. N'avait-elle pas appris cette leçon à la dure, plusieurs fois ? D'abord avec son ex-mari, puis

avec son travail au refuge pour femmes et à l'assistance télé-
phonique, puis avec Matt qui était marié. Elle s'était promis
de gérer les hommes comme elle l'entendait ; c'était une part
vitale de son plan pour rester en sécurité. Être une survivante impliquait de savoir à quel moment il fallait rompre
les liens qui risquaient de laisser des dégâts permanents.
Après son travail temporaire, Ben et elle iraient chacun de
leur côté.

Il n'y avait aucun signe sur la porte, mais la seule autre
porte à l'étage affichait un petit panneau de praticien de reiki.
Elle ouvrit la porte sur un grand espace avec une table ronde
et blanche au centre, entourée de six chaises pivotantes
blanches. Une cuisine improvisée se trouvait dans un coin
derrière une simple cloison. Trois bureaux aux murs en verre
faisaient face à l'espace central, leurs portes grandes ouvertes.

Elle s'avança plus loin, jetant un coup d'œil dans le
premier bureau spacieux, où Ben était assis derrière une table
moderne en forme de L en bois clair naturel avec des pieds en
métal. Il portait son tee-shirt à manches longues et son jean
habituels, ce qui correspondait à la culture décontractée du
travail dans les technologies qu'elle connaissait de Seattle.
Elle avait choisi une tenue décontractée, mais professionnelle
— un gilet bleu marine sur un chemisier blanc et un pantalon
gris sombre — afin de donner le ton dès le départ.

Il se leva brusquement.

— Hé, tu es là ! Laisse-moi te faire visiter.

— Ah, d'accord. Je crois que j'ai presque tout vu en arrivant. Vous ne fermez pas la porte à clé ?

Il s'avança vers elle, s'approchant suffisamment pour
qu'elle puisse sentir son odeur : les épices chaudes, le cuir, et
l'homme.

— Pourquoi fermerions-nous la porte ?

Elle retourna vers l'espace central ouvert, déjà tentée par
la proximité de Ben.

— Et si vous partez déjeuner et que quelqu'un vole tous
les ordinateurs portables ?

Il vint se placer à côté d'elle en fronçant les sourcils.

— Tu es parano. C'est le centre-ville d'Eastman. Il n'y a

que des gens qui font les courses ou qui mangent au bar en face.

Il se rendit au coin cuisine et elle le suivit, profitant de son dos, se souvenant du jeu des muscles sous ses mains. *Professionnelle, je suis une professionnelle.* Elle déplaça son regard vers sa nuque, toujours trop séduisante, puis jusqu'à ses cheveux courts qui avaient été étonnamment doux.

— Il existe un commissariat de police pour une raison, dit-elle un peu tard.

— Alors, voici l'essentiel, dit-il en montrant ce qu'il y avait autour de lui. Une cafetière, un micro-ondes, un mini frigo. Logan y conserve des glaces aux Snickers. Tu les manges à tes risques et périls.

— Parce qu'ils sont périmés ?

— Non, parce que je n'aime pas partager, dit joyeusement Logan en les rejoignant dans le petit espace cuisine.

D'après elle, Logan était le plus beau du clan Campbell. Tous les frères Campbell étaient grands et sportifs, mais il y avait une beauté masculine dans son visage qui avait la qualité d'une star de cinéma. Ses yeux marron chaleureux étaient soulignés par ses cheveux châtains courts et sa barbe sexy, ses traits étaient parfaitement symétriques, même son nez était mignon. Si l'on ajoutait à cela sa nature sympathique et chaleureuse, Missy était certaine que les femmes se jetaient à ses pieds. Pas elle, cependant, car elle aimait les hommes un peu plus sombres, du genre à ne pas exiger la gentillesse et la luminosité chez une femme.

Le genre avec lequel elle allait avoir une relation professionnelle, même si c'était affreusement dur.

Logan lui tendit la main, très professionnel, malgré un tee-shirt à manches longues, un jean et des tennis.

— Ravi de t'avoir à bord. Sais-tu faire la comptabilité, les graphiques, utiliser les logiciels de présentation, faire de la saisie de données et classer ?

— Elle vient d'arriver, grogna Ben.

— Eh bien, je n'ai pas vu son CV, répondit Logan un peu sèchement.

— Oui à tout cela, dit Missy.

— Merveilleux, nous pouvons commencer tout de suite.

Logan lui fit signe de le suivre.

— Viens.

— Je suis en train de la faire visiter, dit Ben en grinçant des dents.

Logan sourit et montra sa version de la visite.

— Trois bureaux, cuisine, toilettes, réserve, voilà, c'est fait. Missy, je ne sais pas si Ben te l'a expliqué, mais nous avons des réunions importantes en janvier avec des investisseurs, et j'aimerais être prêt.

— Bien sûr, je commence tout de suite.

Ben jeta un regard assassin à Logan.

— Laisse-la au moins retirer son manteau et prendre ses repères.

Les deux hommes tendirent la main pour attraper son manteau, mais elle fit un pas de côté et le retira elle-même.

— Montrez-moi juste mon bureau et je commence.

Ben se tourna vers Logan et grogna :

— Il y a de la paperasse dans mon bureau pour l'embauche.

— Contentons-nous de lui faire un chèque, rétorqua Logan. Elle n'est ici que pour un peu plus de trois semaines. Ne perdons pas de temps.

Elle avait la tête qui tournait pendant que les deux hommes s'affrontaient étrangement pour elle.

— Je suis ici pour travailler. J'aimerais commencer.

Logan lui fit un sourire si éblouissant qu'elle se sentit rougir.

— Une femme comme je les aime, déclara-t-il. Priorité numéro un : le travail.

Il jeta un regard noir à Ben.

— À plus tard.

Ben grommela quelque chose puis il s'occupa avec le café, alors Missy suivit Logan.

Quelques heures plus tard, elle était enfoncée jusqu'aux coudes dans les nombres extraits des bilans des trois dernières années lorsque quelqu'un frappa à sa porte ouverte. Elle avait la chance d'avoir son propre bureau avec une porte ici et elle trouvait que c'était beaucoup plus facile de se concentrer sur son travail de cette façon. Chez Marino et Capello Constructions et dans son ancien travail à Seattle, elle n'avait pas eu de bureau fermé. Elle appuya sur le bouton sauvegarder.

— Entre.

— Pause café, dit Ben en entrant avec deux gobelets jetables de café.

— Tu es allé chercher du café ? Qu'est-ce qui ne va pas avec le café d'ici ?

— Rien. J'aime commencer la semaine avec le bon café de chez Something's Brewing.

Il lui tendit un gobelet.

— C'est leur mélange pour les fêtes. Logan a pris le moka à la menthe poivrée qui ne contient presque pas de café.

Il fit une grimace.

— C'est un peu comme un chocolat à la menthe avec un kilo de sucre par-dessus.

— C'est très sucré, c'est vrai, acquiesça-t-elle. J'aime beaucoup leur mélange de Noël, merci.

Elle posa les mains autour du gobelet chaud. Son club de lecture se réunissait à Something's Brewing et elle faisait toujours en sorte d'arriver assez tôt pour obtenir un café avant qu'il ferme. Le Club de Lecture Happy End avait le droit de se réunir là après la fermeture parce qu'elles apportaient de la clientèle à la librairie qui y était reliée. Elle s'appelait Book It et ses propriétaires étaient le couple Shane et Rachel O'Hare.

Ben s'assit sur un des fauteuils en face d'elle. Alors qu'il y avait une table entre eux, elle surchauffait parce qu'il était dans le même bureau. C'était ridicule. Non seulement il était hors de sa portée, mais en plus la porte était grande ouverte et tout le mur était fait en verre, tourné vers l'espace de réunion central. Il ne se passerait rien.

— Comment ça va ? demanda-t-il. Logan ne te fait pas travailler trop dur ?

— Pas du tout. J'aime être occupée. C'est un peu mort dans mon travail habituel. Je m'occupe seulement de boucler l'année. Ceci est bien plus intéressant. Tu ne m'as pas dit que vous cherchiez des investisseurs.

Il but un peu de café en la regardant par-dessus le bord du gobelet.

— Nous n'avons pas beaucoup parlé.

Elle se concentra sur son café délicieux, essayant de ne pas penser à ce qu'ils avaient fait au lieu de parler.

— As-tu eu l'occasion de voir Sabrina ? demanda-t-il.

Elle sourit.

— Oui, nous avons déjeuné ensemble juste avant que je monte ici.

— Alors, comment vis-tu ? As-tu une colocataire ou… ?

Elle se raidit.

— Pourquoi veux-tu le savoir ?

Il haussa sa grande épaule.

— Je suis simplement curieux à ton sujet.

— Je vis seule. As-tu l'intention de me suivre chez moi ?

— Pas besoin.

Il s'appuya contre le dossier de son fauteuil.

— Je n'arrête pas de te croiser.

Le destin, pensa-t-elle sans le dire, un peu surprise qu'il ne la taquine pas à ce sujet. Il agissait comme le professionnel qu'il avait promis d'être. Bon sang. Ben le chaleureux et taquin lui manquait. Cette version-ci de Ben était cordiale, mais distante. Il lui avait cependant apporté ce merveilleux café lors de sa première journée.

Elle retint un soupir.

— Je suppose que ce n'est plus le destin si nous nous croisons puisque je travaille ici.

— Mmm, dit-il d'un ton incertain. Tu n'es pas obligée de répondre si tu ne le veux pas…

Elle essaya de rester calme, redoutant déjà ce qu'il allait dire.

— Je me demandais simplement si tu avais déjà vécu avec quelqu'un, comme un petit-ami ou un mari. J'ai toujours vécu seul.

Un mari ? Son estomac se noua. Elle ne voulait surtout pas parler de Louis. Il était sans doute planqué dans un taudis quelque part, ayant déjà dépensé tout l'argent qu'il avait volé pour s'acheter de la drogue. Penser à lui suffisait à la submerger de honte. Ben était-il au courant d'une façon ou d'une autre ? Il avait dit pouvoir trouver n'importe quoi sur Internet.

— Missy ?

Elle déglutit, son cœur battant fort contre ses côtes.

— As-tu fait des recherches sur moi ? Fouillé dans mon passé sur Internet ?

Il but son café.

— Ce n'était qu'une question.

— Pourquoi cet interrogatoire ? aboya-t-elle.

Il se leva et dit calmement :

— Ne t'énerve pas. Nous apprenons juste à nous connaître.

Elle inspira lentement.

— J'ai beaucoup de travail.

Il tapota le bureau de Missy.

— Effectivement. Je suis content que tu sois là.

— Merci.

Il partit et elle le regarda s'éloigner, regrettant d'avoir été tellement sur la défensive. Elle l'avait chassé alors qu'il essayait d'agir en ami. Elle examina son merveilleux café. Ce n'était pas un secret qu'elle vivait seule. Pourquoi avait-il parlé d'un mari ? C'était toujours un sujet difficile pour elle. S'agissait-il d'une simple conversation ou bien savait-il quelque chose ? La sœur de Missy était au courant de son mariage et elle avait également mentionné en passant à ses amies qu'elle avait été mariée, disant seulement que le mariage n'était pas pour elle. Elle supposa que cela avait pu se savoir. Il voulait sûrement en apprendre davantage, étant simplement curieux à son sujet comme il l'avait dit. Elle n'avait pas à être si paranoïaque.

Elle se remit au travail et elle n'arrêta pas avant dix-huit heures, lorsque Ben réapparut à la porte de son bureau.

— La journée de travail est terminée, dit-il.

— Presque, répondit-elle, les yeux rivés sur l'écran de l'ordinateur.

— Je vais devoir te payer des heures supplémentaires si tu continues.

Elle copia et colla une dernière colonne de données, appuya sur « sauvegarder » et se laissa un mot pour se rappeler à quel endroit elle s'était arrêtée.

— C'est bon, j'ai fini.

Il se tenait de l'autre côté de son bureau.

— Tiens.

Il lui tendit un chèque.

— C'est une avance afin que tu n'aies pas à t'inquiéter d'aider cette famille à temps pour Noël.

Elle regarda le chèque. Trois mille dollars. Ils n'avaient pas parlé de salaire, mais c'était très généreux pour trois semaines de travail à temps partiel, particulièrement en avance.

Elle le lui tendit.

— Je ne peux pas accepter. Je n'ai pas encore fait le travail.

— J'ai confiance en toi.

— Je n'aime pas accepter de l'argent pour quelque chose que je n'ai pas fait.

Elle poussa le chèque dans sa main.

— Tu pourras me payer quand tu feras les autres salaires, d'accord ?

Il plia le chèque en deux et le rangea dans la poche arrière de son pantalon.

— Pourquoi n'acceptes-tu pas un peu d'aide ?

Parce que je ne peux compter que sur moi.

— Ce n'est pas nécessaire.

Elle sortit son sac du tiroir inférieur de son bureau et elle se leva.

Il lui fit signe de passer devant lui. Elle le regarda dans les yeux et elle vit qu'ils étaient plus chaleureux maintenant, plus attentionnés que pleins de désir. Comme s'il voyait vraiment qui elle était et qu'il appréciait cela.

Elle s'avança, des papillons dans le ventre, jusqu'à ce que quelque chose la pousse à s'arrêter. Debout à côté de lui, fixant ce regard bleu tendre, elle voulut dire... quelque chose. Elle ne savait pas quoi. *Merci encore pour le café et le travail, et je t'aime vraiment beaucoup ? Pardon de t'avoir chassé alors que tu étais si gentil ?*

Les lèvres de Ben esquissèrent un sourire à fossettes.

— Oui ?

Elle sentit son cœur battre à cause de sentiments réels. Ce n'était pas que du désir. C'était bien plus.

— Bonne nuit tous les deux ! appela joyeusement Logan.

Missy sursauta.

Ben posa une main sur son épaule et il la serra doucement.

— Bonne nuit, Logan.

Logan s'arrêta à l'extérieur du bureau de Missy.

— Hé, je préfère vous prévenir, la table de réunion a un côté bancal, alors il vaut mieux que vous vous en teniez au bureau.

— Nous allions sortir, dit Ben en jetant un regard noir à Logan. Rentre chez toi.

Logan ricana.

Missy se sentit rougir. Logan savait-il que Ben et elle avaient déjà couché ensemble ? Elle n'avait pas l'intention de poser la question à Ben.

Ils sortirent tous les trois et Logan s'arrêta pour verrouiller la porte derrière lui.

— Longue journée, hein ? demanda Logan en la rattrapant dans les escaliers. Je vois déjà que tu vas beaucoup nous aider.

— Merci, dit Missy. J'apprécie le travail.

Ils parvinrent en bas des escaliers.

— Tu veux aller boire un verre pour célébrer ta première journée ? lui demanda Logan.

— Nous pouvons tous y aller, dit Ben qui sembla soudain très renfrogné.

Sabrina sortit de son cabinet à ce moment-là.

— Salut tout le monde ! Comment s'est passée ta première journée ?

Sabrina avait repris son look de fille ordinaire : ses cheveux blonds foncés étaient attachés dans sa nuque avec une pince et le maquillage était très discret autour de ses yeux marron et de ses joues rondes. Missy avait été mal à l'aise avec Sabrina quand elles s'étaient rencontrées pour la première fois, car Sabrina avait été plutôt silencieuse et très gentille. À mesure qu'elle avait appris à la connaître, elle avait découvert qu'elle avait un sens de l'humour sarcastique et subtil et une loyauté envers ses amies que Missy appréciait vraiment.

— Salut, marmonnèrent Ben et Logan.

— Super, dit Missy à Sabrina. Je te raconte tout ça à la maison.

Elle se tourna vers les hommes.

— Sabrina vit sur le même palier que moi. À demain.

Elle passa la porte avec Sabrina, laissant les hommes derrière elles. Elles se dirigèrent vers le parking à l'arrière. Sabrina lui serra le bras et dit à voix basse :

— C'était une éruption majeure de testostérone là-dedans. Étaient-ils en train de se battre pour toi ?

— Je crois qu'ils s'en font baver à travers moi. Tu sais comment les hommes se cherchent.

Sabrina secoua la tête.

— Ben est davantage ton genre, n'est-ce pas ? Tout dur sur les bords.

Sauf que ce n'était qu'à l'extérieur. Missy connaissait un autre aspect de lui : attentionné et au grand cœur. Zut. Elle ne voulait pas tomber amoureuse de lui. Elle ne voulait tomber amoureuse de personne.

Elle se força à se reconcentrer sur Sabrina.

— Je ne sais pas, dit-elle d'une voix taquine. Logan est plutôt sexy avec cette barbe.

— Tu crois ? dit Sabrina d'une petite voix. Ah.

Comme si elle ne l'avait jamais remarqué.

— Ouais, ah.

Elles éclatèrent de rire.

— Je te vois à la maison, dit Sabrina en se dirigeant vers sa nouvelle voiture, une belle Lexus blanche.

Les affaires allaient bien pour Sabrina depuis que les gens disaient que c'était une vraie « guérisseuse de relations ». Il y avait même un article dans le journal local sur elle.

— Passe chez moi. J'ai des lasagnes prêtes à être mises au four.

Sabrina était une véritable fée du logis.

— Super, merci.

Elle glissa dans sa vieille Subaru juste au moment où Ben et Logan arrivèrent dans le parking, tous les deux roulant des mécaniques et jouant les durs en bombant le torse. Ils ne se parlaient pas. Elle imagina qu'ils venaient de se chercher encore une fois, poussés par leur testostérone. Il y en avait sûrement un qui avait bousculé l'autre. Les hommes…

9

La tension était montée à Checkin. Pour Ben, en tout cas.
C'était déjà assez terrible de ne pouvoir s'empêcher de penser
à Missy avec sa bouche trop sexy qui parlait affaires avec lui,
son corps sexy dans ses jupes et ses chemisiers moulants...
même son tailleur pantalon lui faisait se sentir à l'étroit dans
son jean. Il avait envie de la prendre sur son bureau chaque
fois qu'elle entrait. Il voulait la ramener chez lui pour davantage de sexe sauvage dans son lit, dans la cuisine, où et quand
il en avait envie. Il se sentait comme une bête qui tirait sur ses
liens professionnels. Bien sûr, Logan empirait les choses,
s'amusant à énerver Ben au sujet de Missy. Sa vengeance
allait être terrible.

Missy agissait de façon très professionnelle, ce qui le poussait à se sentir encore plus dépravé. Non pas qu'il le montrait.
Il suivait son plan, essayant d'apprendre à la connaître. Les
femmes adoraient parler, particulièrement si on posait des
questions sur elles. Pas Missy.

Lundi : un café et une question de Ben sans réponse. Elle
ne souhaitait pas lui dire qu'elle avait déjà été mariée.

Mardi : un café et deux questions de Ben sans réponse.
Elle ne voulait pas lui révéler sa plus longue relation. Elle ne
voulait pas non plus dire ce qu'elle aimait faire quand elle ne
travaillait pas.

Mercredi : un café et une question de Ben évitée. Elle ne voulait pas lui dire où elle avait grandi.

Jeudi : un café et une nouvelle stratégie. Oui, il avait appris de ses erreurs. Plus de questions. Il allait parler de son passé le premier. Aujourd'hui, il allait briser ses défenses ou mourir en essayant. Dire qu'elle restait un mystère était un euphémisme. Bien qu'il admire sa force de caractère, elle était si évasive au sujet de son passé que cela commençait à l'inquiéter, comme si elle cachait quelque chose d'important. Une chose qu'il devait savoir pour apprendre à la connaître. Le fait qu'il ne puisse pas abandonner aurait dû lui servir d'avertissement. Il s'enfonçait bien plus profondément qu'elle, il était trop investi dans la création du lien avec elle, pour des raisons qui étaient effrayantes et très claires : il l'aimait bien trop pour que cela soit expliqué par un banal désir. Il se trouvait à mi-chemin de la pente glissante vers une relation alors qu'il n'avait reçu qu'un retour de sentiments minime de sa part.

Oui, il était mordu. Il était certain que c'était le plaisir de la chasse qui lui avait donné un tel béguin. Si elle avait montré un intérêt pour lui, il serait déjà passé à autre chose. Il ne pouvait en vouloir qu'à elle avec son comportement évasif.

Il frappa à la porte ouverte, ne prenant pas la peine d'attendre une réponse, et il entra avec le café pour leur pause de l'après-midi. Elle avait les yeux rivés sur l'écran de l'ordinateur, mordillant sa lèvre inférieure pulpeuse dans sa concentration. Ce fut un mouvement qui l'atteignit directement à l'entrejambe.

— Pause café, dit-il en posant les cafés à emporter sur son bureau et en s'asseyant en face d'elle.

Il allait toujours chercher du café pour Logan également, alors ce n'était pas comme s'il la ciblait précisément. Il était simplement amical, ce qui était tout à fait approprié avec une collègue.

Elle cliqua quelques fois de plus et elle leva la tête en souriant.

— Merci. Je pourrais m'y habituer. En général, c'est moi qui vais chercher le café.

Elle prit le gobelet et elle but quelques gorgées.

— Je croyais que tu étais le gars des nombres ici ?

— C'est vrai.

— Alors comment se fait-il que j'aie seulement travaillé sur la compta avec le type de l'informatique toute la semaine ?

Il serra la mâchoire, ne voulant pas révéler pourquoi Logan prenait la tête des réunions avec les investisseurs. Missy ne regarderait jamais Ben de la même façon si elle savait qu'il avait été accusé de harcèlement sexuel, même s'il était innocent. Il finit par dire simplement :

— Logan gère les réunions des investisseurs, alors il doit être au courant des petits détails.

— Je croyais que vous vous en chargiez tous les deux. Tout ce que j'ai fait, c'est te déposer des copies.

Il but un peu de son café avant de dire :

— Tu connais la nouvelle pour Charlotte et Ty ? C'est excitant.

Leurs amis communs représentaient une conversation neutre. Ty était le frère honoraire avec lequel il avait grandi et Charlotte était une des amies de Missy du club de lecture. Charlotte avait commencé l'accouchement peu de temps auparavant. Ty avait transmis la nouvelle à tout le monde par texto en promettant des mises à jour régulières. Ty était naturellement paniqué à l'idée que son premier enfant naisse avec un mois d'avance, particulièrement parce que la grossesse de Charlotte était à risque. Cela faisait plusieurs mois qu'elle devait rester alitée.

Missy sourit.

— C'est excitant, oui. Charlotte est de bonne humeur. Le médecin dit que le bébé a un poids correct et que tout devrait bien se passer. Avec un peu de chance, nous aurons la bonne nouvelle ce soir.

— C'est super.

Il l'observa un moment, car son visage s'était illuminé en parlant de la naissance à venir.

— Un bébé, c'est beaucoup de travail, dit-il nonchalamment.

Il savait que c'était vrai puisqu'il avait vu son frère honoraire, Alex Campbell, peiner en tant que père célibataire avec
sa petite fille. Ce qu'il voulait vraiment savoir, c'était ce qu'en
pensait Missy.

Missy eut un sourire tendre qu'il n'avait encore jamais vu
chez elle. Il fut heureux de voir cette faille dans sa carapace
dure.

— C'est beaucoup de travail, mais ça en vaut tellement la
peine. J'ai donné un coup de main avec ma nièce, Chloe,
depuis sa naissance et maintenant avec Leo. Il a six semaines
et il sourit déjà.

Elle eut un regard lointain.

— Il sent tellement bon, tout doux et nouveau.

Il ne sut pas quoi répondre à cela. Il n'avait jamais senti
un bébé.

— C'est pour cette raison que j'ai déménagé à Clover Park,
dit Missy, le surprenant en continuant à lui parler ouvertement. Ma sœur, Lily, voulait que je fasse partie de sa famille.
J'adore ses enfants, c'est sûrement ce qui s'approchera le plus
du fait d'être maman dans ma vie.

Sa voix s'était adoucie, pleine d'envie.

— Y a-t-il une raison pour laquelle tu ne pourrais pas être
maman ? demanda-t-il doucement.

Peut-être ne pouvait-elle pas en avoir physiquement, mais
ils savaient tous les deux que l'adoption était aussi une bonne
solution.

Elle se redressa et dans un flot de paroles sans précédent,
elle nia son propre désir.

— Je ne veux pas spécialement être mère. J'adore être une
tante. Je peux leur donner autant d'attention que je veux et
sortir de là avant d'avoir à changer la couche ou gérer les
pleurs et tout cela. Tu as raison, les bébés, c'est beaucoup de
travail.

Elle but une gorgée de café et s'étrangla, se mettant à
tousser avec les larmes aux yeux.

— Ça va ?

Il perçut sa vulnérabilité en cet instant là, et il eut très
envie de la serrer contre lui.

— Oui, j'ai dû avaler de travers.

— La plupart des choses qui valent le coup dans la vie représentent beaucoup de travail, dit-il.

— Veux-tu des enfants ?

— Je n'y ai jamais vraiment pensé.

Il réfléchit alors, imaginant rentrer à la maison et être accueilli par Missy avec ce sourire tendre et par quelques petits gamins roux mignons surexcités de le voir.

— Je comprends l'attrait. Et maintenant que je sais qu'ils sentent très bon au début…

Il se tut avec un sourire.

Elle rit.

— Oui.

— J'aimerais beaucoup rencontrer Chloe et Leo.

Il voulait voir Missy avec les enfants qu'elle aimait tant. Il voulait voir ce regard doux dans ses yeux, ce sourire doux.

Elle écarquilla les yeux.

— Oh, ce n'est pas nécessaire.

Il pose le café sur son bureau.

— Je sais que ce n'est pas nécessaire, mais ils semblent importants à tes yeux.

— C'est ma famille, dit-elle doucement.

— Et ils ont l'air amusants.

Elle rayonna.

— C'est vrai, mais non.

— Allez, nous sommes amis, n'est-ce pas ? Quel est le problème ?

Son visage se ferma.

— Le problème, c'est que ma sœur se fera des idées. Elle pensera que toi et moi c'est sérieux alors que c'est faux. Je ne l'ai encore jamais présentée à aucun homme que j'ai fréquenté.

Il la regarda d'en haut en exagérant volontairement.

— Tu es une vraie poule mouillée.

— Pas du tout.

— Tu fais semblant d'être si forte…

— Je suis forte, aboya-t-elle.

— Mais tu ne veux même pas traîner avec moi, dit-il habilement.

Ils se regardèrent fixement et il attendit qu'elle cède.

Elle déglutit.

— Tu veux vraiment être mon ami ?

— Je veux vraiment être ton ami.

Pour commencer.

— Crois-tu que c'est possible ?

— Pourquoi pas ? demanda-t-il d'un ton très décontracté alors qu'il était tendu.

Missy allait-elle le laisser entrer dans sa vie ? Ceci était le seul moyen. Les amis qui traînaient ensemble, cela menait potentiellement à autre chose.

Elle devint toute rouge et elle jeta ses cheveux en arrière.

Se souvenait-elle du sexe ? Il ne dit rien. Ce n'était pas approprié au travail. Il ne voulait pas non plus tenter quoi que ce soit en dehors du bureau tant qu'elle travaillait pour lui.

Elle le regarda avec des yeux doux.

— Je...

Logan entra brusquement.

— Salut. Missy, j'ai trouvé ces vieux rapports.

Ben partit discrètement en les laissant travailler. Il avait suggéré l'idée. C'était à Missy de jouer désormais.

Dès que Missy fut à nouveau toute seule dans son bureau, elle partit discrètement aux toilettes et elle aspergea son visage d'eau froide. Ben commençait à l'obséder. Il lui apportait son café préféré tous les après-midi et il était si amical. Elle avait conscience que la plupart des hommes ne prenaient pas la peine de lui poser des questions, préférant parler d'eux-mêmes. S'il avait seulement été là pour le sexe, elle se dit qu'il ne ferait pas l'effort de toute cette conversation, il se serait contenté de lui faire des avances. Pas au travail, bien sûr, car ils avaient décidé que cela devait rester professionnel. Cependant, il n'aurait sûrement pas hésité à la raccompagner jusqu'à sa voiture après le travail ou à lui envoyer un texto explicite tard le soir.

Elle était tellement perdue. Elle avait cru comprendre les hommes et ce qu'ils voulaient d'elle. Aucun homme n'avait jamais voulu être son ami. Elle n'était toujours pas certaine de pouvoir prendre son offre au sérieux. Jouait-il à une espèce de jeu avec elle ?

Elle prit une serviette en papier et elle se sécha le visage en redevenant raisonnable. Elle n'était pas obligée de découvrir les raisons de Ben, il lui fallait simplement être claire sur ce qu'elle voulait.

Elle poussa un soupir. Le problème était qu'elle n'en était plus très sûre.

Après le travail, elle fut soulagée d'avoir prévu de voir Sabrina et Lexi, ce qui lui permettait d'arrêter de penser à Ben. Elles préparaient des cupcakes au chocolat pour après leur réunion du Club de Lecture Happy End, anticipant la bonne nouvelle du bébé de Charlotte et Ty. Charlotte leur avait demandé depuis le début de rester positives, et ceci était leur façon d'honorer sa demande. Le plan était le suivant : réunion du club de lecture au café Something's Brewing, puis passage au Garner's Sports Bar & Grill de l'autre côté de la rue pour leurs verres habituels après leur réunion, où elles attendraient les nouvelles et fêteraient l'arrivée de bébé avec du champagne et des cupcakes.

Elles arrivèrent un peu en retard au groupe de lecture, car il fallut attendre que les cupcakes refroidissent. Lexi et elle les couvrirent de glaçage au chocolat à la chaîne pendant que Sabrina les décorait avec du glaçage à la vanille, écrivant joliment « bébé » et « love » en alternance sur le dessus.

— Pas encore de nouvelles, annonça Hailey, la chef de leur club de lecture dès qu'elles passèrent la porte du café Something's Brewing.

D'habitude, l'endroit chaleureux avec ses murs d'un rouge profond, ses appliques dorées et ses tables en bois sombre rempli de l'odeur du café et des pâtisseries délicieuses détendait Missy, mais ce soir, il y avait une tension certaine dans l'atmosphère pendant qu'elles attendaient toutes de savoir comment se portaient Charlotte et son bébé.

— Je suis certaine que nous aurons bientôt des nouvelles, dit Sabrina de son ton apaisant.

Elle posa la boîte de transport des cupcakes à trois étages sur une des tables qui avait été repoussée afin de faire de la place pour leur réunion. Les femmes étaient assises au milieu du café, sur un cercle de chaises.

Elles prirent place rapidement. Missy regarda les amies les plus proches qu'elle avait jamais eues, et elle vit tous leurs visages aux traits tirés par l'inquiétude pour Charlotte. Charlotte était à l'hôpital et Claire, la star de cinéma, était en Californie pour la postproduction de son film, alors il n'y avait que huit femmes, elle comprise.

Mad, une ceinture noire avec un côté sensible secret, tapa des pieds sur le sol en se levant.

— Pourquoi est-ce aussi long ? Cela fait quatre heures qu'elle accouche maintenant.

Carrie, une gentille infirmière puéricultrice blonde, prit la parole.

— C'est parfaitement normal, particulièrement pour un premier enfant. Le bébé arrivera quand il sera prêt.

Mad tourna brusquement la tête vers Carrie, enlevant ses cheveux rouges de devant ses yeux.

— Facile à dire pour toi. Ce n'est pas ta famille.

Depuis que Charlotte avait épousé le grand frère de Mad, elle la considérait comme sa sœur.

— Mad, dit doucement Hailey.

— Quoi ? grogna Mad en serrant les poings. Elle ne sait pas ce que ça fait. J'ai envie de frapper quelque chose.

Hailey se leva, marcha vers Mad et lui parla à voix basse avant de la serrer dans ses bras. Elles avaient à peu près la même taille, environ un mètre soixante-cinq, et leurs cheveux se mêlèrent : les longs cheveux blond vénitien de Hailey attrapant les mèches rouges de Mad. C'était sûrement l'électricité statique, mais Missy ne put s'empêcher de penser à leur lien étroit. Elles étaient si différentes et pourtant tellement en phase pour une reine de beauté ultra féminine et un garçon manqué très dur.

Mad s'écarta, essuyant ses yeux avec le poing avant de s'asseoir en croisant les bras, avachie sur sa chaise.

— Vous savez quoi ? demanda Hailey dont les yeux bleu clair s'illuminèrent. Au lieu de parler de *Cœur de Glace*, parlons du propriétaire terrien écossais préféré de Ty avec la trilogie *Laird*.

Elles éclatèrent de rire. Même Mad gloussa. Lorsque Charlotte avait dû prendre le lit quelques mois auparavant, elles avaient fait quelques réunions du club de lecture dans sa chambre, et Ty avait insisté pour y assister en disant qu'il était « curieux de romances ». Elles avaient toutes compris qu'il était en mode de mari surprotecteur, et qu'il voulait surveiller Charlotte afin de s'assurer qu'elle ne s'excite pas trop dans son état vulnérable. Ce qui était hilarant, c'était que Ty avait vraiment apprécié les histoires et qu'il s'était investi dans les discussions autour de *La Mission du Highlander*. Il était également très impatient de lire les deux livres suivants de la trilogie.

— Je ne serais pas surprise si Ty se mettait à porter un kilt à la maison après ça, dit Missy d'un air pince-sans-rire.

— Oui ! s'exclama Mad. Je vais lui acheter ça pour son cadeau de Noël. Je suis tombée sur lui au tirage au sort du père Noël secret.

— Prends des photos, intervint Lexi avec un sourire diabolique qui contrastait vivement avec sa douceur habituelle, d'autant plus que ses cheveux bruns étaient attachés en queue de cheval haute. C'est le chantage parfait.

— Tu es une femme sournoise, dit Mad en faisant un check à Lexi.

— C'était triste que Brianna doive subir ce mariage arrangé, dit Sabrina, toute douce et sincère.

Elle fit passer une mèche de cheveux châtains derrière son oreille avant de développer :

— Je veux dire, je sais que c'était courant à cette époque-là, mais il était tellement évident qu'elle devait finir avec Roan.

— Ce n'était pas entièrement négatif, dit Missy. Roan en a

fait sa maîtresse. Au moins, elle pouvait être avec lui et il vivait dans la meilleure maison puisqu'il était le *laird*.

— Ce n'est pas comme si c'était un honneur, rétorqua Sabrina avec beaucoup d'indignation pour l'héroïne. Son mari lui en aurait voulu pour ça. Les tensions ont dû être insupportables dans sa maison.

— Remets-toi, répondit Lexi en se tournant vers Sabrina à côté d'elle. Tout d'abord, son mariage arrangé est tombé en morceaux quand le type est mort, deuxièmement, c'est de la fiction.

Sabrina inclina la tête.

— Pardon, mais ne sommes-nous pas censées prendre les histoires au sérieux ?

— Bien sûr que si ! s'exclama Hailey.

Sabrina poursuivit en s'adressant au groupe :

— J'ai toujours pensé qu'il y avait ici des profondeurs concernant l'amour, l'espoir et la rédemption. Tout ce qui *importe* dans la vie.

Elles restèrent toutes silencieuses pendant un moment.

— Oh, la ferme, dit Lexi en donnant un coup d'épaule espiègle à Sabrina. On sait que tu en pinces pour Roan et son… épée.

Les joues de Sabrina devinrent toutes rouges.

— Je dois admettre ne pas être insensible à l'attrait d'un homme fort, qui…

— Est nu sous son kilt, ajouta Missy.

— Et torse nu, ne l'oublie pas, intervint Lexi, dont les yeux se mirent à briller. Vous vous souvenez de la couverture ? Il est comme ça — elle montra ses propres épaules étroites — des épaules massives, des bras musclés, des abdos fermes et puis il y a Brianna, toute petite et collée contre lui. Ne vouliez-vous pas être elle ?

Les femmes acquiescèrent toutes avec enthousiasme.

Hailey rayonna en rejetant ses longs cheveux derrière son épaule, et elle commença une discussion enthousiaste au sujet de Roan, Brianna, et les frères guerriers de Brianna qui tombaient tous follement amoureux de leurs femmes.

Pendant un court moment, tout le monde se détendit en

profitant des ragots au sujet d'une de leurs lectures préférées. Missy avait même relu le premier livre de la trilogie. Il y avait quelque chose de si attirant chez le *laird*, qui était un adversaire terrible pour ses ennemis, mais loyal et compatissant envers ceux dont il avait la garde, c'est-à-dire les gens de sa communauté et tout particulièrement Brianna. Oh, merde. Elle avait une attirance particulière pour les hommes sauvages dotés d'une compassion profonde, n'est-ce pas ? Pas étonnant que Ben se fraye un chemin dans son cœur.

Lorsque la conversation s'essoufla et que tout le monde redevint sombre, Hailey décréta un câlin de groupe.

— Allez, pour Charlotte. Nous allons toutes rassembler notre énergie positive et la diriger vers elle. Puis, nous irons boire un verre en son honneur.

— Quand sommes-nous devenues aussi irréalistes ? grommela Mad, mais elle se dirigea quand même vers Hailey, passant un bras par-dessus ses épaules.

Missy rejoignit le groupe, un bras autour de Sabrina, l'autre autour de Lexi, ses deux amies les plus proches, et puis elle fut entraînée et serrée dans le cercle.

— Nous t'aimons, Charlotte, chuchota Hailey. Et nous savons que tu vas donner naissance à un magnifique garçon en bonne santé.

Elles savaient toutes que c'était un garçon.

— Et nous savons que tout se passera bien, ajouta Sabrina.

Missy sentit sa gorge se serrer, les mots positifs lui rappelant l'enjeu. Elle ferma les yeux, retenant ses larmes pendant que chaque femme offrait un message d'espoir dans le cercle. Missy fut la dernière à passer, tout juste capable de parler à cause de la boule dans sa gorge.

— Amen, dit-elle simplement.

Les femmes s'écartèrent en souriant, les larmes aux yeux.

— Allez, on va boire chez Garner's, dit Hailey en enfilant son long manteau en laine blanche. Mad a dit que les garçons sont tous rassemblés là-bas pour attendre des nouvelles de Ty.

Missy s'immobilisa. Cela signifiait que Ben était là. Ce qui n'était absolument pas un problème. Il fallait simplement qu'elle reprenne son sang-froid, qu'elle ait des pensées positives pour Charlotte, et il ne la verrait jamais dans cet état vulnérable. Elle enfila son manteau. Ce n'était pas comme si Ben était là pour elle. Les garçons s'étaient certainement rassemblés là parce que Josh Campbell était le barman et le gérant. Il était le plus âgé des frères, avec son jumeau, mais il habitait sur place alors que Jake se déplaçait avec sa femme, Claire. Josh était subtil dans son rôle de grand frère, mais Missy avait remarqué qu'il prenait soin de ses frères plus jeunes, qu'ils soient biologiques ou honoraires, ainsi que de sa petite sœur, Mad. Elle avait entendu plus d'une fois un des garçons parler de Josh d'un ton confidentiel. Et Mad qui n'avait pas de filtre essayait de ne jamais l'énerver, car elle disait qu'elle lui « devait bien trop de choses ». Missy ne savait pas ce que Josh avait fait pour Mad, mais si Mad lui témoignait ce respect, cela avait dû être significatif.

Quelques minutes plus tard, Hailey ouvrit la voie en traversant la rue, tout en parlant joyeusement et à toute vitesse de ses projets pour les fêtes à Clover Park, essayant soit de leur faire garder le moral, soit de se préparer mentalement à revoir Josh, ce qui la faisait toujours retomber dans un tourbillon de planification. Elle était organisatrice de mariages, après tout, et comme il y avait moins de travail pendant les fêtes, elle avait prévu des tonnes d'événements pour Clover Park. Ce week-end était le premier de décembre et Hailey avait planifié une balade le samedi, avec des sculptures de glace, des chocolats chauds et des châtaignes grillées, des chorales de chants de Noël et des tours en calèche. Pour dimanche, il était prévu de décorer le sapin communal à Ludbury House, une villa immense détenue par la ville dans laquelle Hailey travaillait. Elle était essentiellement utilisée pour accueillir les mariages, mais elle pouvait être louée pour d'autres événements. Hailey ne voulait pas seulement décorer le grand pin dans le jardin devant la villa, elle avait également plusieurs arbres qui attendaient d'être décorés à l'intérieur, avant d'être distribués aux seniors en ville qui avaient besoin d'un peu d'aide supplémentaire pour profiter des fêtes. Elle prévoyait également d'emballer des cadeaux à donner aux seniors.

— Hailey, respire, conseilla Sabrina. Je serai là pour t'aider, tout comme Lexi et Missy.

— Super ! Plus on est de fous. Et vous, Mesdames ?

Elle marcha plus vite afin de poser la question aux autres amies. Missy entendit Ally accepter avec beaucoup d'enthousiasme, mais les autres n'étaient pas disponibles. Ally, une institutrice blonde pétillante, travaillait à mi-temps avec Hailey. Elle avait commencé une entreprise de sologamie jointe à l'entreprise organisatrice de mariages de Hailey. Cette histoire de sologamie était plutôt sympa : c'était une sorte de cérémonie libératrice au cours de laquelle on s'épouse soi-même et on fait vœu de se faire honneur et de chercher son propre bonheur au lieu d'attendre qu'un type arrive comme dans un stupide conte de fées. Missy avait adoré le moment où elles avaient tenu leur propre cérémonie de sologamie avec ses amies quelques mois auparavant, car elle savait qu'elle ne divorcerait jamais d'elle-même.

Hailey passa devant dans le bar bondé et elle se dirigea tout droit vers Josh qui se tenait derrière le bar, ses cheveux bruns plus ébouriffés que d'habitude.

— As-tu eu des nouvelles de Ty ? demanda immédiatement Hailey.

Missy et Sabrina se penchèrent en espérant entendre la réponse. Josh secoua légèrement la tête, les lèvres pincées.

— Les dernières nouvelles, c'était il y a une heure quand Ty est venu chercher de la glace pilée, dit Clarissa, la petite amie de Josh, depuis le tabouret de bar à côté de Hailey.

Hailey sursauta.

— Oh, je ne t'avais pas vue. C'est bon à savoir, merci.

Elle regarda Josh, puis Clarissa et encore Josh.

— Puis-je avoir un verre de chardonnay, s'il te plaît ?

Avec une vitesse sans précédent, Josh versa la boisson demandée par Hailey et la posa devant elle. Missy ne put s'empêcher de remarquer que Clarissa le surveillait de près.

Josh se tourna vers les autres et demanda d'une voix morose :

— Que puis-je vous offrir, Mesdames ?

Soit Josh était aussi stressé au sujet de Charlotte que les autres, soit il avait changé avec Clarissa. Il avait toujours été détendu au bar, était très souriant et charmant, plaisantant souvent et appréciant beaucoup d'affronter Hailey. Ceci n'était pas le Josh qu'elles connaissaient toutes et qu'elles aimaient.

Une fois que leurs verres furent servis, Sabrina demanda à Josh de garder les cupcakes derrière le bar pour plus tard et elle voulut avoir la confirmation que le champagne était au frais. Satisfaite, Sabrina passa le bras autour de celui de Hailey et elle la guida dans un coin calme, à l'écart de la situation gênante avec Clarissa et Josh. Missy et Lexi les suivirent.

— Je vais bien, dit Hailey à Sabrina lorsque leur petit groupe se fut installé en cercle, bloquant la vue de Hailey sur Josh. De l'eau a coulé sous les ponts.

— Il a failli tuer un homme pour toi, dit doucement Sabrina en faisant référence à la confrontation entre Blake et Josh à la fête de fin de tournage d'*Amour Féroce* la semaine précédente.

— Il l'a seulement secoué un peu, dit Hailey, totalement dans le déni.

Elle but une grande gorgée de vin.

— N'en faisons pas toute une affaire.

Missy et Sabrina échangèrent un regard. Hailey avait passé les deux dernières années à s'occuper de son petit groupe, mais elles avaient maintenant décidé par accord tacite qu'il était temps de prendre soin d'elle.

Sabrina fut catégorique, levant même la voix :

— Je n'aime pas la dynamique de cette situation. C'est un triangle classique et la meilleure solution est de s'en retirer complètement. Tu mérites une relation saine et aimante, pas ce genre de dysfonctionnement.

Hailey secoua la tête.

— Tu y accordes trop d'importance.

— Et je n'aime pas la façon dont elle te regarde, ajouta Sabrina. Elle est jalouse ou fâchée ou les deux.

Hailey rougit, but une gorgée de vin et tapota le bras de Sabrina.

— Merci de me soutenir, mais occupons-nous de l'affaire en cours. Attends de voir la pile de dons à Ludbury House. La communauté a vraiment fait un effort. Demain j'ai carrément un camion rempli de nourriture à donner et vous devriez voir combien de jouets nous avons récoltés pour les enfants dans le besoin. Les seniors recevront des liseuses numériques afin de ne pas avoir à attendre que les livres en gros caractères arrivent à la bibliothèque. Il leur suffit d'augmenter la taille de la police de caractère. J'ai même obtenu que la bibliothécaire de Clover Park leur donne un cours pour apprendre à s'en servir avec le programme de prêt de livres numériques de la bibliothèque.

— C'est merveilleux, dit Lexi.

— Cela a dû coûter beaucoup d'argent, intervint Missy en pensant aux liseuses.

Hailey fit un grand sourire.

— Tu vois ce qui peut arriver quand la communauté se bouge pour une grande cause ?

Lexi précisa :

— Nous savons toutes que c'est toi qui as réussi cette prouesse, pas la communauté.

Hailey cligna des paupières avant d'affirmer modestement :

— J'ai peut-être servi de déclencheur, mais ils ont fait le reste.

Non seulement Hailey avait mis la main à la poche pour acheter de la nourriture et des jouets — et sûrement des liseuses également — afin de commencer la campagne de dons, mais elle avait aussi pris beaucoup de photos qu'elle avait postées sur les réseaux sociaux et mises dans des prospectus distribués en ville avec le titre : « Donner pour Clover Park, c'est augmenter la joie des fêtes ! ». Cette femme était une dynamo et elle était aussi belle à l'intérieur qu'à l'extérieur, ce qui était beaucoup dire.

— Tu sais quoi, Hailey, dit Missy. Je vais me porter volontaire pour tout le week-end : depuis l'installation jusqu'au nettoyage. Tant que tu travailleras, je serai là.

Hailey poussa un petit cri.

— Beaucoup de bras rendent le travail léger, dit une voix masculine chaleureuse derrière Missy.

Elle sentit les cheveux se dresser dans sa nuque. Ben apparut à ses côtés, affichant un sourire à fossettes sexy avant de se tourner vers ses amies.

— Bonjour, Mesdames, dit-il d'une voix mielleuse qui irrita immédiatement Missy.

Elle n'avait pas l'intention de rester là pendant qu'il flirtait avec ses amies. Si Ben et elle devaient devenir amis, alors il fallait établir quelques règles : aucun flirt, aucun baiser, *rien du tout* avec une autre femme devant elle.

Oh mon Dieu. Je le veux pour moi seule. Cette jalousie inhabituelle ne lui convenait pas du tout.

— Salut, murmurèrent Lexi et Hailey en jetant des regards curieux à Ben et Missy.

Elle ne leur avait pas parlé de leurs relations sexuelles, même si elles savaient qu'elle travaillait temporairement pour lui.

— Bonjour, chanta Sabrina.

Missy fit de son mieux pour ne pas paraître affectée par la présence de Ben à côté d'elle, mais elle sentit la chaleur de ses joues, le passage de son corps en surrégime, les terminaisons nerveuses qui se mettaient à picoter d'anticipation. Il ne la toucha même pas, mais l'attirance était électrique, lui donnant envie de se jeter à ses pieds. C'était terrible.

Hailey se tourna vers Missy et pour une fois, elle ne fit pas de commentaire sur une mise en couple éventuelle.

— Merci beaucoup de t'être portée volontaire. Je ne voulais pas insister, je veux dire, c'est bénévole, mais c'est très difficile pour moi d'être partout où il faudra ce week-end. J'aimerais beaucoup que quelqu'un travaille avec moi tout ce temps. Il nous faudra nous envoyer des textos et nous appeler régulièrement pour coordonner les détails.

— Oh la la, Missy, tu nous culpabilises, dit Lexi.

— Oui, ajouta Sabrina avec un sourire. Hailey, tu sais que je serais là davantage si je le pouvais.

— Aucun souci, chantonna Hailey, c'est une période de l'année très chargée pour tout le monde.

— Ça m'a l'air d'être beaucoup de travail, dit Ben. J'en suis. Si tu as besoin de gros bras, je suis ton homme.

Il gonfla un biceps impressionnant.

— Ou de quoi que ce soit d'autre. Missy peut se porter garante : je peux laver la vaisselle, la sécher, servir la nourriture, à toi de me le dire.

— Oh mon Dieu, tu me sauves la vie ! s'exclama Hailey en sautillant sur la pointe des pieds. Oui ! J'aimerais beaucoup que tu sois là. Il y a des tonnes de choses qui doivent être déplacées pour l'installation et le rangement. J'allais me contenter de quelques remorques et petits chariots.

— Des petits chariots ? répéta Ben. Tu veux dire, comme le jouet pour enfants ?

— Il faut travailler avec ce que l'on a, répondit Hailey. Je suis très créative.

Ben fixa Hailey.

— Je vais demander à quelques-uns des garçons de transporter les remorques.

Il y eut une discussion intense sur la logistique et l'inventaire avant de définir l'étendue du travail.

Missy se tourna vers Ben, toute alanguie par cet homme merveilleux qui faisait tant de choses merveilleuses. Elle n'avait encore jamais rencontré d'hommes comme lui. Elle croyait qu'ils n'existaient pas.

Il gloussa.

— Quoi ?

— Rien, murmura-t-elle.

Quelqu'un fit tinter un verre. Puis Josh cria d'une voix de général :

— Silence !

Tout le monde se tourna vers Josh qui avait fait le tour du bar afin d'annoncer :

— Le bébé est arrivé ! La maman et bébé TJ vont bien !

Tout le monde s'exclama joyeusement en s'embrassant.

Impulsivement, Missy serra Ben dans ses bras et il fit de même, la soulevant du sol en la faisant rire. Elle sentit son cœur bondir de joie pour Charlotte.

Ben la reposa avec un grand sourire.

— Je suis à nouveau tonton.

— Et je suis tata à nouveau, dit-elle, les larmes aux yeux.

Elle cligna des paupières.

— Je suis tellement heureuse pour eux.

— Champagne et cupcakes ! s'exclama Sabrina.

Rien n'avait jamais paru aussi bon.

10

Sans mentir, dès le premier pas de Missy dans la grand-rue de Clover Park le samedi matin, elle eut l'impression d'avoir mis les pieds dans un film de Noël de Hallmark. Non pas qu'elle en regardait. Pas trop. La promenade de Noël n'avait pas encore été ouverte au public, alors elle avait une belle vue du centre-ville charmant avec ses magasins et ses restaurants qui brillaient désormais d'éclairages de Noël scintillants. Des lumières blanches formaient des arches au-dessus de la rue, entouraient les arbres de chaque côté et étincelaient dans chaque vitrine de magasin. Les réverbères à l'ancienne étaient décorés de verdure avec de gros nœuds rouges. Hailey avait même acheté énormément de couronnes de fleurs, de flocons de neige à paillettes, d'arbres miniatures avec des boules dorées et de menoras afin que tous les magasins puissent coordonner leurs vitrines.

La rue avait été fermée aux véhicules afin de la réserver aux piétons et aux balades en calèche. Deux calèches, chacune tirée par un grand cheval marron portant des clochettes autour du ventre attendaient de l'autre côté de la rue, devant la mairie. Il y avait déjà une odeur sucrée et épicée venant du stand de chocolats chauds et de la charrette de noix grillées devant le café Something's Brewing. Elle avait testé les noix plus tôt. Le chef Shane O'Hare avait préparé des amandes caramélisées à la cannelle, des noix de pécan au chocolat épicé à la mexicaine et des mélanges sucrés et épicés. Il avait donné des échantillons à tous les volontaires tôt ce matin, et elle lui avait dit — comme elle l'avait fait pour de très nombreuses occasions après avoir profité de son merveilleux café, de ses pâtisseries et de sa glace maison — quelle chance ils avaient d'avoir son talent culinaire dans la ville. Il avait rougi autant que la couleur de ses cheveux en marmonnant :

— Merci.

Mais le mieux, c'était de profiter de cette journée joyeuse avec Ben.

Elle ne travaillait même pas directement avec lui, mais chaque fois qu'elle l'apercevait dans sa parka noire, son bonnet en tricot noir et ses gants de travail noirs en train de porter des choses, elle ne tenait plus en place. Il semblait si robuste et capable et *canon*.

Maintenant que tout était en place, Ben l'avait rejointe pour admirer leur travail. Il était occupé à envoyer un texto à quelqu'un, alors elle jeta un coup d'œil discret à son profil, à son visage anguleux avec la barbe naissante qu'elle avait envie de sentir contre elle. Elle réprima un soupir et leva le visage vers le ciel, respirant l'air pur et frais. Les festivités allaient commencer à dix heures, dès l'ouverture des magasins. C'était presque l'heure et il lui tardait de voir tous les enfants s'amuser. La plupart des familles avec de jeunes enfants allaient se rendre au petit-déjeuner de pancakes avec le père Noël à la cafétéria du lycée de Clover Park ce matin, à quelques pâtés de maisons de la grand-rue, avant de venir ici.

Elle se tourna vers Ben en voyant sa respiration former un petit nuage.

— La seule chose qui pourrait encore rendre tout ça plus parfait serait la neige.

— Nous avons déjà le bonhomme de neige, dit-il en indiquant le bout de la rue avec le pouce. Une sculpture de glace.

— Oh, je ne l'ai pas vue. Allons-y.

Ils descendirent de quelques pâtés de maisons en direction du parc Baldwin. La sculpture de glace avait été déposée sur l'herbe à côté du trottoir : c'était un immense bonhomme de neige taillé avec un haut-de-forme et un nez en forme de carotte de glace. À côté du bonhomme de neige se tenaient une dame de neige et deux petits enfants de neige. C'était adorable !

Ben regarda à nouveau son téléphone.

— Hailey a besoin que j'aide Marcus et Logan à remonter une table, des chaises et quelques tonneaux de la cave de Ludbury House.

Elle le suivit en direction du centre-ville.

— Des tonneaux ?

— Je ne sais pas si elle parle de véritables barriques. C'est pour recevoir les dons à la banque alimentaire et pour les cadeaux des enfants dans le besoin. Ce soir, nous devons aider à charger le camion et faire la livraison. Nous finirons sans doute tard, il y a deux dépôts différents à une heure de route d'ici et ils ne sont pas proches l'un de l'autre.

C'était bien plus que ce à quoi il s'était engagé en se portant volontaire et elle l'admira encore davantage.

— Ça m'a l'air d'être beaucoup de travail.

Il haussa les épaules.

— Ce sont les fêtes. Il faut participer pour les rendre vraiment uniques.

Elle se sentit frappée de culpabilité. Entre le travail et Ben, elle avait presque oublié les Harper. Il fallait qu'elle remette de l'ordre dans ses priorités. Dès qu'elle allait recevoir son premier chèque de salaire, elle allait commencer le shopping. Elle avait besoin de tant de choses pour que leur Noël puisse être fêté comme il se doit. Elle avait déjà regardé sur Internet, mais elle savait que pour certaines choses, elle devait se rendre sur place pour trouver l'élément parfait. De plus, il lui fallait prévoir un menu, acheter les ingrédients et les décorations. Rena avait fui de leur maison avec le strict minimum, ne souhaitant pas révéler à son mari violent qu'elle avait l'intention de le quitter avec les enfants. Missy n'aurait pas dû négliger son travail pour eux cette semaine.

— Tu as raison, dit-elle. Le travail que l'on fait maintenant rendra les fêtes exceptionnelles plus tard.

Elle allait réfléchir au menu le soir même.

— Après ça, Hailey n'a pas besoin de moi avant la fermeture. Veux-tu de l'aide au stand de chocolats chauds ?

Son pouls accéléra, ses joues rougirent et elle sentit des
papillons dans le ventre.

— Ce serait merveilleux, dit-elle doucement.

Il s'arrêta de marcher et un sourire sexy s'étala lentement
sur son visage, ses dents blanches contrastant avec ses joues
assombries par la barbe naissante. Il la regarda avec des yeux
bleus chaleureux.

— D'accord. À tout à l'heure.

Il ne la toucha pas, pourtant elle sentit un embrasement
radieux descendre jusqu'à ses orteils, comme s'il l'avait fait.
Comme dans un de ses câlins.

Elle hocha la tête et elle leva la main pour le saluer.

Il lui fit un clin d'œil, tourna les talons et s'éloigna.

Comment était-elle censée résister à un homme aussi irrésistible que Ben ?

Elle ne le pouvait pas. Ne le pouvait plus. Elle voulait plus
avec lui : plus de temps, plus de conversations, et oui, plus de
sexe. Elle allait le lui faire savoir dès la prochaine occasion.

Ben suivit Marcus Shepard, son frère honoraire, jusqu'à la
cave de Ludbury House en pensant à Missy. Il avait ressenti
quelque chose de sa part tout à l'heure sur le trottoir, quelque
chose de tendre qui indiquait qu'il lui plaisait aussi. Heureusement. Il ne voulait surtout pas être le seul en mal d'amour.
Holà ! Pas si vite. D'amour ? Non. Ce n'était pas possible. Ils
étaient encore en train d'apprendre à se connaître. Il pouvait
compter sur une seule main les éléments qu'il savait au sujet
de Missy, mais il était fier de constater que son regard
semblait plus ouvert à lui maintenant. S'il parvenait simplement à passer les deux semaines et un jour suivants sans faire
ou dire quoi que ce soit d'inapproprié, tout irait bien. Bien
sûr, ce serait plus facile s'il passait moins de temps avec elle,
au lieu de toutes ces conneries amicales, mais il n'y pensa
même pas. Il voulait être avec elle, que les choses deviennent

ou pas plus intimes. Bon sang, c'était comme une toute nouvelle étape de son éveil spirituel.

Marcus et lui localisèrent rapidement la longue table en bois requise par Hailey. Elle y avait collé une feuille sur laquelle était inscrit au marqueur noir : Table des dons pour la promenade de Noël. Elle avait même ajouté un gros cœur au marqueur rouge.

Marcus souleva un côté de la table avec facilité. C'était un mastodonte : il était grand avec un corps très musclé par ses entraînements quotidiens. Il aurait sans doute pu porter la table tout seul. Ben souleva son côté et ils manœuvrèrent jusqu'aux escaliers, Ben marchant devant et guidant plus qu'il ne portait.

Il regarda Marcus plus bas qui le fixait avec ses yeux sombres aux cils épais, ne montrant pas le moindre signe d'effort.

— Tu fréquentes toujours trois femmes ? demanda Ben, curieux.

Les femmes étaient toutes au courant les unes des autres, et Marcus semblait ne pas pouvoir choisir.

— C'était il y a un moment. Faut que tu te remettes à jour.

C'était vrai. Avant, il voyait Marcus régulièrement pour jouer au basket les samedis après-midi au parc non loin de là, mais ils ne jouaient pas en hiver. Marcus vivait et travaillait dans la grande ville, il était propriétaire de son bar à Manhattan.

— Alors, que fais-tu ? demanda Ben. Tu passes de trois femmes à zéro ? Ou bien en as-tu choisi une ?

Marcus poussa un soupir.

— On dirait Hailey avec toutes tes questions sur mes relations. Peux-tu avancer plus vite ? Le bois m'entaille la main. Je crois que je vais avoir une écharde.

Ça, c'était typique de Marcus. Il pouvait soulever des poids énormes et faire travailler son corps jusqu'au bord de l'épuisement, mais une petite écharde et il était cuit. Il était étrangement sensible, parfois.

Ben avança plus vite dans l'escalier. Ils manœuvrèrent pour passer la porte et ils posèrent la table.

— Par ici, appela Hailey. Nous allons nous installer devant Garner's. Josh a accepté.

Marcus et Ben échangèrent un regard appuyé. Josh, même avec une petite-amie, obéissait toujours au doigt et à l'œil de Hailey. Ce qu'ils ne comprenaient pas, c'était pourquoi elle ne le savait pas. Son ignorance était un véritable mystère, étant donné que c'était une femme qui cherchait toujours à créer des couples, qui se disait « accro à l'amour ». Il était tellement évident que Josh s'intéressait à elle : il était apparu comme par magie pour effrayer Blake Grenier à la fête de fin de tournage d'*Amour Féroce*, et il adorait ses échanges animés avec elle au bar. Un jour, ils avaient vu Josh jeter le ballon de basket à Hailey pendant un de leurs matchs du samedi, alors qu'elle était *dans l'autre équipe*. C'est là qu'ils avaient su que Josh avait le béguin. Leurs matchs de basket avaient toujours été extrêmement compétitifs et personne n'aurait jamais donné la balle de cette façon. L'autre mystère était pourquoi Josh n'avait jamais fait de proposition à Hailey. Elle était belle, ambitieuse et intelligente même si elle était évidemment très exigeante, ce qui expliquait pourquoi les autres n'avaient pas tenté leur chance avec elle. Plus d'une fois, ils avaient essayé d'obtenir une réponse de Josh. Il restait muet comme une tombe.

— Logan, appela Hailey, et il sortit immédiatement de l'endroit où il attendait.

Josh n'était finalement pas le seul à lui obéir au doigt et à l'œil.

— Pourrais-tu aller chercher le long chariot à quatre roues dans la remise ? Je crois que ce serait mieux pour transporter les tonneaux.

— Oui, M'dame, dit Logan avant de disparaître.

Hailey le regarda partir avant de se tourner vers Ben et Marcus.

— Il est adorable, n'est-ce pas ?

— Non, répondirent-ils en chœur.

Pas parce que Logan n'était pas un type super. C'était juste que Logan et Josh étaient frères et si Hailey s'immisçait entre eux, cela pouvait tourner mal.

Hailey rejeta ses longs cheveux derrière l'épaule.

— Reprenons le travail. Aimeriez-vous porter des bonnets d'elfe ?

Marcus prit un air horrifié.

— Non merci, marmonna-t-il.

— Je vais en prendre un, dit Ben en se disant qu'il pourrait le mettre sur Missy et la taquiner sur son ancienne vie d'elfe.

Hailey poussa un petit cri et elle partit le chercher en courant.

Ben haussa les épaules.

— C'est pour Missy.

Marcus secoua la tête avec un petit sourire en coin.

— Quoi ? demanda Ben, sur la défensive. Nous sommes amis. C'est une blague entre nous.

Marcus sourit encore davantage.

— Logan dit qu'il a envie de vomir en voyant tes yeux de merlan frit amoureux quand tu es avec elle.

— Je n'ai pas des yeux de merlan frit amoureux, dit Ben avec autant de dignité que possible.

Si ? Merde. Missy l'avait-elle remarqué ? Cela aurait été gênant, d'autant plus qu'il n'avait pas détecté qu'elle se languissait d'amour pour lui.

Marcus lui jeta un regard sceptique. Logan ne mentait jamais et ils le savaient tous les deux.

— Nous sommes amis, dit Ben fermement.

— Mais oui…

— C'est vrai.

Marcus parla à voix basse :

— Il n'y a aucune honte à apprécier une femme.

Ben croisa les bras, bien décidé à faire savoir à tout le monde que leur relation était purement professionnelle et amicale.

— Elle travaille à Checkin. Tout doit être irréprochable.

Marcus lui jeta un regard compatissant.

— C'est nul.

Ben serra la mâchoire. Ce n'était que pour quelques semaines, mais il ne pouvait pas expliquer qu'il attendait le moment approprié, car ce dont il avait vraiment honte, c'était la raison qui le faisait attendre : l'accusation de harcèlement sexuel faite contre lui par Ashley. Il n'en avait jamais parlé à ses amis. Malheureusement, certaines personnes de l'industrie, des personnes pouvant causer le plus de dégâts, étaient au courant. Il ne pouvait pas se rater avec Missy. L'enjeu était trop grand et il devait garder un profil intéressant pour les investisseurs. Il avait une approche à long terme dont l'issue était beaucoup plus incertaine qu'il l'aurait voulu.

Hailey apparut avec le bonnet et Ben le lui prit, ravi de pouvoir s'échapper. Il rangea le bonnet dans la poche de son manteau et Marcus et lui transportèrent la table de l'autre côté de la rue et le long d'un pâté de maisons, le déposant sur le trottoir devant Garner's. La promenade était officiellement ouverte et les gens avaient commencé à arriver. Son regard s'attarda de l'autre côté de la rue où Missy servait quelques enfants au stand de chocolats chauds.

— Pourrais-tu aller chercher les chaises ? demanda-t-il à Marcus. Je dois y aller.

Il traversa la rue.

— Mais bien sûr, laisse-moi tomber ! cria Marcus après lui.

— Merci !

Ben leva une main et continua sa route. Il savait que Marcus pouvait facilement porter deux chaises pliantes tout seul et Logan allait l'aider avec les tonneaux. Il avança vite, souhaitant poser le bonnet sur la tête de Missy, mais il ralentit en s'approchant suffisamment pour déchiffrer son expression de visage. Elle souriait aux jeunes enfants, deux garçons et une fille, mais il y avait une trace de douleur dans ses yeux.

Il alla se tenir à côté d'elle et il observa les enfants. Deux garçons aux cheveux bruns et courts, peut-être six et huit ans, tenaient chacun leur gobelet de chocolat chaud. La fille aux longs cheveux bruns, dix ans environ, portait un manteau rose serré qui était clairement trop petit pour elle.

— Ce n'est pas grave, dit Missy à la fille. C'est juste entre nous.

Elle sourit.

— Tu aimes la chantilly ?

— Nous ne savions pas que ce serait si cher, chuchota la

fille. Maman ne nous a donné assez d'argent que pour deux chocolats chauds.

Elle jeta un coup d'œil vers l'endroit où sa mère achetait une pochette de noix épicées, mais elle ne l'appela pas pour réclamer plus d'argent.

— C'est offert par la maison, annonça joyeusement Missy en lui versant le gobelet.

La fillette leva brusquement le menton, fière et réfractaire.

— Maman dit que nous devons travailler pour ce que nous voulons. Je dois le mériter.

Le sourire de Missy faiblit.

— C'est parce que tu t'occupes si bien de tes frères.

Juste à ce moment-là, le plus jeune garçon cria :

— Hé ! Tu m'as tout fait renverser !

Une grande flaque de chocolat chaud s'étala sur la route et coula par la grille du caniveau.

— Je t'ai dit de ne pas enlever le couvercle ! cria son frère. C'est toi qui as tout renversé !

— Maddy dit qu'il n'y a pas assez d'argent pour un autre chocolat chaud ! Donne-moi le tien !

— NON !

La fillette courba le dos, les joues rouges. Elle se tourna et commença à partir.

— Toi, là, avec le chocolat chaud renversé ! appela Ben en s'adressant au petit garçon. Sais-tu que le chocolat chaud est gratuit si tu crois au père Noël ?

— Je crois au père Noël ! cria le petit dont le visage s'illumina.

— Alors, tu as droit à un autre chocolat chaud.

Il se tourna vers Maddy.

— Et toi, tu en auras un aussi.

— Je n'ai pas dit que je croyais au père Noël, chuchota-t-elle.

— As-tu déjà écrit une liste au père Noël ? demanda-t-il en prenant une des carafes de chocolat chaud et en remplissant un gobelet pour le petit garçon qui sautillait de joie sur le trottoir.

— Eh bien, oui, dit-elle en hésitant.

— As-tu déjà chanté une chanson de Noël ? demanda Ben en tendant le gobelet neuf au petit garçon.

— Comme tout le monde, dit Maddy.

Missy intervint :

— On dirait donc que tout le monde a droit à un gobelet gratuit.

Elle lui jeta un regard de reconnaissance qui lui fit gonfler le torse de fierté avant de se retourner vers Maddy.

— Es-tu du genre à aimer la chantilly ?

Maddy hocha la tête. Missy posa de la chantilly sur le dessus, replaça le couvercle et lui tendit le gobelet.

Maddy fixa le gobelet et l'accepta, sa lèvre inférieure se mettant à trembler.

— Merci.

Elle rejoignit sa mère au chariot de noix caramélisées, ses frères courant pour les rejoindre en criant que le chocolat chaud était gratuit.

Missy se tourna vers lui. Elle posa une main sur son bras et elle se leva sur la pointe des pieds en s'approchant de lui, plus près qu'elle ne l'avait été pendant toute cette semaine infernalement longue.

Il arrêta de respirer. Elle allait l'embrasser. Il avait le droit de rendre son baiser si elle initiait la chose. Son cœur se mit à battre fort, le sang circulant à toute vitesse dans ses veines. C'était bien, vraiment bien. Il ne pouvait pas être blâmé, c'était inévitable, ils n'étaient pas au bureau, cela venait entièrement d'elle et il n'aurait que…

Elle se décala pour chuchoter à son oreille et il faillit pousser un grognement.

— C'étaient les enfants Harper que j'aide pour Noël. Merci beaucoup, mais j'ai peur que tout le monde entende parler de chocolats chauds gratuits… Ce stand fait partie de la levée de fonds pour la banque alimentaire.

Il fallait vraiment qu'il se calme. S'il pouvait traverser cet enfer professionnel, il méritait la médaille de gentleman de l'année. Si une telle chose existait. Maintenant oui. C'était lui.

Il parla d'une voix rauque, énervé contre lui-même de s'être monté la tête quand ce n'était pas le cas de Missy.

— Je paierai.

— Ben…

Il sortit le bonnet d'elfe de la poche de son manteau et il le posa sur la tête de Missy.

— Je viens à la rescousse. C'est mon truc. Maintenant, tu es absolument elfantastique.

Missy ne réagit pas du tout au bonnet, son regard se perdant en direction de Maddy.

— Qu'est-ce qu'elle a ? demanda Ben.

Missy se retourna vers le stand.

— Il y a la queue. Remettons-nous au travail.

Son absence de réponse le mit mal à l'aise un instant, mais il y avait effectivement la queue. Combien coûtaient les chocolats chauds d'ailleurs ? Peu importe. C'était pour la bonne cause. Il pouvait bien payer en sachant que cela apportait un peu de joie de Noël à Maddy et ses frères. De plus, il contribuait ainsi à la banque alimentaire.

Une heure s'écoula et il commençait à s'inquiéter au sujet de Missy. Elle lui parlait à peine pendant qu'ils travaillaient côte à côte, devenant de plus en plus distante, ne souriant même pas aux clients. C'est alors qu'une femme qui ne pouvait être que la sœur de Missy rejoignit la queue. Cette femme était beaucoup plus grande que Missy, mais elle avait la même belle teinte de cheveux roux et ses lèvres, avec le creux au-dessus et la lèvre inférieure rebondie, étaient identiques. Elle portait une petite fille sur sa hanche. La petite avait les yeux qui brillaient, elle portait un bonnet en tricot rose avec un pompon sur ses cheveux bruns et un manteau rose assorti. Un grand homme italien se tenait à côté d'eux avec un bébé serré contre lui dans son manteau noir. On ne voyait que le bonnet rayé du bébé posé sur ses cheveux bruns. C'était certainement le mari de sa sœur. Les enfants avaient ses cheveux sombres.

— Missy ! appela la rousse en agitant joyeusement la main. Nous sommes là !

— Salut ! répondit Missy avec un grand sourire.

— Comment va ta voiture ? demanda l'homme.

Ben se tourna vers Missy. Avait-elle des problèmes de

voiture ? Il aurait pu s'en occuper s'il l'avait su. En tant qu'ami. Les amis pouvaient s'entraider.

— Très bien, Nico, merci, dit Missy. J'apprécie que tu y aies jeté un coup d'œil.

Elle se tourna vers Ben.

— Ma voiture faisait un drôle de bruit chaque fois que je m'arrêtais. Nico est un maître mécanicien. En général, il travaille uniquement sur des voitures classiques, mais il a fait une exception pour moi.

Nico ricana.

— Cette chose est si vieille qu'elle est déjà classique.

Missy rit.

— Je sais, je sais.

Nico baissa le regard vers le bébé sur son torse et commença à sautiller un peu sur place en disant quelque chose à la mère.

— C'est ta sœur ? demanda Ben à Missy pendant qu'ils continuaient à verser des chocolats chauds, essayant de faire avancer la queue.

Missy écarquilla les yeux.

— Ça se voit ?

— Quand même, ces cheveux roux ? Ces lèvres ?

Elle rougit. Elle était si mignonne quand elle rougissait.

— Oui, c'est Lily. Nous ressemblons toutes les deux à notre mère biologique.

Il se demanda si Missy avait été proposée à l'adoption alors que sa sœur avait été gardée. Ou peut-être avaient-elles toutes deux été adoptées. Ce n'était pas le moment de poser la question. Elle détestait répondre aux questions. S'il y avait bien une chose qu'il savait au sujet de Missy, c'était qu'elle s'éloignait s'il insistait trop. Et avait-il vraiment besoin d'autre chose que simplement être avec elle ? Il connaissait déjà l'essentiel après avoir vérifié son passé sur Internet. Les petits détails de son passé avaient-ils vraiment une importance ?

Missy appela sa nièce :

— Chloe, as-tu vu le père Noël ?

Chloe hocha vigoureusement la tête en faisant rebondir son pompon rose.

— Oui ! Poney !

Nico tapota Chloe sur le nez.

— Le père Noël n'a pas de poney. Il fait trop froid au pôle Nord.

— Il a peut-être un My Little Pony, suggéra Missy.

— Oui, c'est possible ! s'exclama Lily avec beaucoup d'enthousiasme. Tu te souviens de Princesse Celestia et de Twilight Sparkle ?

— Non. Poney, dit Chloe avec entêtement.

Les parents échangèrent quelques mots en chuchotant.

Lorsque Lily et sa famille arrivèrent au début de la queue, Chloe avait arrêté de parler du poney, trop occupée à jouer avec la petite torche accrochée au trousseau de clés de son père. Nico faisait des allers-retours sur le trottoir avec le bébé. Missy présenta Ben à tout le monde. Lily lui fit un grand sourire et elle l'invita immédiatement au dîner du dimanche.

— Oui, avec plaisir, dit-il en jetant un coup d'œil à Missy.

Elle n'avait d'yeux que pour son bébé neveu.

— Nico, appela Missy, puis-je prendre Leo un moment ? Je suis en sérieux manque de bébé. Vous pourrez faire la balade avec Chloe pendant que je m'installe au café avec lui.

Nico regarda Lily qui hocha la tête.

— Je l'ai nourri avant de partir, dit Lily. Il est sans doute prêt pour la sieste.

Nico retira le bébé de son porte-bébé, toujours enveloppé dans une épaisse couverture, et il le tendit à Missy qui s'extasia devant lui.

— Comment va mon petit Leo ? Comment va mon petit mignon tout rond ?

Leo la fixa pendant un moment avant de faire un grand sourire de bébé sans dents.

— Je prends ma pause, dit-elle à Ben pardessus son épaule.

— D'accord.

Bien sûr, elle n'avait qu'à le laisser se débrouiller avec la foule. Il ne fut cependant pas très irrité, car elle était si ravie de passer du temps avec son bébé neveu.

Quelques minutes plus tard, il croisa son regard à travers la grande vitrine du café, le bébé pelotonné sur sa poitrine, apparemment endormi. Missy semblait détendue et contente. Elle lui fit un sourire doux qui traversa la distance entre eux et électrifia son cœur. Il ne put pas détourner le regard, quelque chose de primitif s'éveillant en lui pour la toute première fois. Missy était une femme faite pour avoir des enfants, et il était fait pour les lui donner. Il le sut comme si c'était... le destin.

Et puis il se mit à neiger.

Il montra le ciel du doigt. Missy ouvrit la bouche d'étonnement avant de sourire.

Il l'observa pendant qu'elle regardait tomber la neige avec un regard de pur émerveillement. Il déglutit malgré la grosse boule dans sa gorge. Une femme qui pensait que la neige était magique, qui fondait quand elle avait un bébé dans les bras.

Il n'avait jamais rien vu de plus beau.

11

Missy passa la semaine et demie suivante dans une incerti-
tude frustrée. Elle avait été certaine que Ben s'intéressait à elle
lors de la balade de Noël, mais une fois qu'elle était revenue
travailler à Checkin, il avait été si distant qu'elle commença à
croire qu'elle l'avait imaginé. Ou pire, qu'il ne s'intéressait
plus à elle. Elle aurait aimé pouvoir suivre son instinct juste
après la promenade de Noël, mais il était occupé à ranger et
puis il avait passé du temps à charger le camion avec Logan
et Marcus pour leurs livraisons. Elle n'arrêtait pas de penser à
Ben. Quelque chose en elle avait changé, il y avait une
tendresse envers lui qui l'effrayait autant qu'elle l'enthousias-
mait. Elle savait qu'il ne fallait pas faire confiance aux
hommes, mais avec Ben, elle voulait au moins lui donner le
bénéfice du doute.

Oui, elle était comme ça. La reine du romantique !

Ben passait quand même pour leur pause café chaque
après-midi, mais il n'avait plus son regard de braise. Aucune
trace de flirt dans son ton. C'était extrêmement frustrant, car
il lui plaisait plus que n'importe quel homme rencontré dans
sa vie.

Maintenant c'était mercredi matin, et son dernier jour était
le lundi suivant. Elle craignait de manquer de temps pour se
rapprocher de Ben. Ils allaient tous deux être très occupés

pendant les fêtes et puis combien de temps allait-il s'écouler avant qu'ils puissent se revoir par hasard ? Elle ouvrit la porte de Checkin et se dirigea vers son bureau. Logan lui dit un rapide bonjour en allant chercher du café. Elle passa devant le bureau de Ben et elle jeta un coup d'œil à l'intérieur en le saluant de la main. Il était au téléphone et il la salua avant de reprendre sa conversation.

Elle était bête. Ce n'était pas parce qu'elle éprouvait des sentiments différents qu'ils allaient s'embarquer dans une histoire d'amour passionné. Ce n'était pas comme s'ils cherchaient une vraie relation. N'est-ce pas ? Même si dernièrement elle s'était dit qu'il fallait peut-être simplement voir où cela pouvait les conduire. Mais si Ben ne ressentait pas du tout la même chose ? Toute son amabilité était peut-être sa façon de s'adresser à tout le monde. Ne l'avait-elle pas vu parler d'un ton chaleureux et amical avec chaque homme, femme et enfant qu'il avait servi au refuge pour sans-abri lors du repas de Thanksgiving ?

Arg. Ça ne lui ressemblait pas, d'être obsédée par un homme.

Elle démarra l'ordinateur et elle trouva un e-mail détaillé de Logan au sujet de son travail pour la journée. Il était extrêmement organisé. Comme toujours, il était ouvert aux questions, mais tout était énuméré avec tant de clarté qu'elle put commencer tout de suite. Elle repoussa les pensées concernant Ben et elle se plongea dans les logiciels de présentation. Elle eut l'impression que seules quelques minutes s'étaient écoulées lorsque quelqu'un frappa à la porte.

Elle jeta un coup d'œil à l'heure. Il était déjà seize heures et elle leva la tête en souriant, anticipant la visite de Ben pour la pause café.

Logan. Son sourire disparut.

Il entra.

— Oh, allez, je ne suis pas si terrible. N'ais pas l'air si déçue.

Prise sur le fait ! Elle rougit.

— J'avance bien avec la présentation.

— Merveilleux. Je veux mettre ça sous forme de rapport.

Je pense maintenant que ce serait mieux de faire une présentation vidéo. Ils auront la version papier pour analyser les nombres, mais je veux quelque chose qui les appâte et leur donne le syndrome FOMO à fond, de sorte qu'ils aient envie de signer. As-tu déjà créé une vidéo ?

— Non.

Il croisa les bras en regardant au loin.

— Je devrais peut-être sous-traiter ça.

Il se concentra à nouveau sur elle.

— Des idées ?

— Essaie auprès de Claire. Si ce n'est pas avec son entreprise de production, je suis certaine qu'elle connaîtra des freelance cherchant du travail.

— Pourquoi n'y ai-je pas pensé ? Ma propre belle-sœur !

Il lui fit un sourire chaleureux.

— Ai-je déjà dit que tu étais brillante ? Pas seulement pour ça. J'ai été très impressionné par ton travail.

Elle détourna la tête, gênée. Elle n'avait pas de beau diplôme d'université : elle avait abandonné le lycée et obtenu son certificat de fin d'études secondaires. Tout ce qu'elle avait appris venait d'elle ou de son travail. Brillante, ce n'était pas un adjectif qu'elle avait entendu quiconque appliquer à elle.

— Missy, aimerais-tu nous rejoindre à plein temps ? demanda Logan. Nous avons besoin de quelqu'un comme toi, qui travaille dur, est intelligente et possède des talents dans l'informatique. Cela pourrait être un poste que tu fais croître à mesure que l'entreprise grandit. Nous pourrions créer un poste de responsable administrative quand nous aurons plus d'employés. C'est juste une idée comme ça. Qu'en penses-tu ?

Elle ferma sa bouche ouverte d'un coup sec. Waouh. Elle avait travaillé deux semaines et demie pour lui et il voulait l'embaucher à plein temps. C'était une entreprise qui allait exceller et elle savait d'après les calculs avec lesquels elle avait travaillé qu'ils s'en sortaient déjà très bien.

— N'as-tu pas une administratrice qui revient après le Nouvel An ? demanda-t-elle.

— Oui, c'est le cas. Mais j'aimerais t'avoir ici également. Elle s'occuperait des affaires plus strictement administratives, les e-mails, le classement, la saisie de données et toi tu ferais des choses plus avancées comme les rapports, peut-être des bêtatests quand nous améliorons le logiciel, la comptabilité. Si cela t'intéresse de travailler sur le logiciel en lui-même, nous pourrions te payer des cours de code informatique afin de te mettre à niveau. Comme je l'ai dit, ce serait un poste que tu pourras faire grandir en fonction de ce qui t'intéresse. Nous ne sommes pas obsédés par les intitulés de postes. Nous voulons seulement travailler avec les meilleurs.

Face à son silence stupéfait, il poursuivit :

— Tu auras tous les avantages et les stock-options. Que gagnes-tu à ton travail actuel ?

Elle pensa à ses patrons, Vince et Sophia Marino, des gens aimables qui travaillaient dur et qui lui avaient permis de déménager à Clover Park afin de se rapprocher de sa sœur. Lily l'avait traitée comme sa famille dès le premier jour, même avant qu'elles se connaissent très bien, et elle l'avait présentée à la famille Marino et à tout ce qui était bon dans sa vie. Elle était tellement redevable aux Marinos. Combien de fois Sophia lui avait-elle dit qu'elle ne savait pas comment ils s'en sortaient avant qu'elle arrive ? C'était plus qu'une histoire d'argent, c'était la famille. La loyauté. Elle avait l'impression que partir là où l'herbe était plus verte était une trahison.

Logan tapota sur son bureau.

— Quoi que tu gagnes, nous pouvons te payer l'équivalent et plus. Réfléchis-y.

Il partit.

Elle resta assise un moment, avec la tête qui tournait. Elle essaya de penser de façon logique. Il s'agissait du travail et ce que Logan venait de lui proposer était une occasion immanquable. Les stock-options à elles seules pouvaient être extraordinaires si l'entreprise était cotée en Bourse. Mais ses émotions prirent le dessus. Il lui faudrait quitter ses deux patrons, qui étaient devenus comme sa famille. Marino et Capello Construction était une bonne entreprise solide qui durerait dans le temps. Ils la traitaient bien, lui versant un salaire complet même alors qu'elle travaillait à mi-temps pendant les périodes de creux. Si elle travaillait ici, son nouveau patron ne serait pas seulement Logan, cela pourrait être Ben également. La situation pouvait devenir tordue et compliquée si Ben avait l'autorité sur elle. Une véritable autorité, pas comme pour un travail temporaire. Il déterminerait ses augmentations et s'il continuait ou non à l'employer. Et si cela ne fonctionnait pas, il lui faudrait retourner chez Marino et Capello Construction pour les supplier de lui laisser reprendre son ancien travail. Elle perdrait le sentiment d'appartenance chaleureux des dîners du dimanche chez les Marino, le seul moment où elle se sentait comme faisant partie d'une vraie famille depuis la mort de ses parents. Ils allaient penser qu'elle n'appréciait pas tout ce qu'ils avaient fait pour elle.

Non. C'était trop risqué. Elle allait dire merci à Logan, mais non merci.

D'un autre côté, la proposition de travail était plus intéressante que ce dont elle avait pu rêver pour elle-même : c'était un poste taillé sur mesure en fonction de ses capacités et de ses intérêts qui pouvait évoluer vers autre chose.

Elle se tourna vers l'ordinateur, l'écran devenant flou devant ses yeux soudains humides. Bon sang, qu'est-ce qui n'allait pas avec elle ces derniers temps ? Elle n'était jamais aussi émotive. Arg. Et maintenant elle ne pouvait pas se concentrer ! Elle se leva, envisageant de descendre voir Sabrina qui était toujours très douée pour écouter les autres, mais elle se ravisa. Sabrina était sans doute avec un client. Elle avait un flot régulier de personnes venant la consulter.

Elle se rendit à la cuisine. Elle irait chercher son propre café aujourd'hui. Elle était justement en train de se verser une tasse fumante lorsque la porte s'ouvrit, laissant apparaître Ben qui portait un plateau de cafés à emporter pour leur rituel de l'après-midi. Elle sentit son cœur tambouriner et elle ne sut pas si c'était son apparence soudaine — les joues rougies par le froid, grand et beau avec sa veste en cuir noir et son jean — ou parce qu'elle avait été surprise sur le point de boire un café sans lui.

— Qu'est-ce que tu prends ? demanda-t-il. Viens et bois ce qui est bon.

Il n'attendit pas sa réponse, continuant simplement à marcher.

— Logan, café !

Elle vida sa tasse, la rinça et rejoignit Ben dans son bureau. Il était assis dans le fauteuil habituel, avait retiré sa veste et s'était mis à l'aise. Elle lutta contre une envie soudaine de s'asseoir sur ses genoux, de passer ses doigts dans ses cheveux doux…

Non. Il avait été bien trop distant pour qu'elle prenne le risque de ce rejet. En outre, elle était professionnelle. Ne venait-on pas de lui proposer un poste fabuleux sur la base de ses qualifications professionnelles ? Son estomac fit un petit bond qu'elle ignora. Elle continua à s'avancer vers sa chaise et elle accepta le café.

— Merci.

Il leva son gobelet vers elle avant de boire une gorgée.

— Logan m'a proposé un poste à plein temps.

Il se redressa, écarquillant les yeux.

— Il a fait ça ?

— Apparemment, il ne t'a pas consulté avant.

— Quand est-ce arrivé ?

— Il y a quelques minutes. Quand tu étais sorti chercher le café, je suppose.

Il hocha lentement la tête.

— Logan ! aboya-t-il.

Et lorsqu'il n'eut pas une réponse immédiate, il prit le téléphone et l'appela.

— Alors comme ça, tu proposes du travail sans me consulter ? Nous sommes associés.

Il y eut une longue pause.

— C'est vrai. Oui, d'accord.

Il raccrocha.

— Qu'a-t-il dit ?

Ben inclina la tête.

— Il a dit et je le cite : « Sors-toi le doigt. Nous étions d'accord pour dire qu'elle nous a beaucoup aidés et qu'elle a fait un travail impressionnant. Je fignolerai les détails avec toi plus tard. »

Il but son café en la regardant.

— Je peux t'imaginer ici, à vrai dire. Ça te dirait ?

Elle serra son gobelet de café avec les deux mains.

— Je ne sais pas. J'ai déjà un bon travail chez des gens bien.

— Et nous, alors ? Sommes-nous les méchants ?

— Non, pas du tout. Vous avez été super.

Elle déglutit.

— Il dit que mon poste pourrait évoluer avec l'entreprise, au-delà de l'administratif, dans la direction que je veux.

Ses lèvres esquissèrent un petit sourire.

— C'est une belle offre. Il sait reconnaître le talent quand il le voit et il veut le récompenser.

Elle rougit, gênée par le compliment, le deuxième de la journée. Brillante et talentueuse. Elle se dit de ne pas se monter la tête, mais une fierté inhabituelle gonfla sa poitrine. Ses deux magnifiques patrons reconnaissaient la qualité de son travail. Oh oh.

Elle se pencha près de lui pour chuchoter :

— Tu serais mon patron.

— Et ce serait une mauvaise chose parce que…

— Tu sais.

Ses fossettes firent une brève apparition avant qu'il devienne plus sérieux.

— Non, je ne sais pas. Explique-le-moi.

Parce que nous avons couché ensemble ! Parce que je te désire encore et que je ne sais pas du tout si tu me désires aussi.

— Ne fais pas l'idiot.

Il s'adossa contre son fauteuil.

— Si tu veux travailler ici, tu peux travailler ici. Il n'y a absolument rien qui t'en empêche.

Elle se sentit brusquement abattue. Il ne s'intéressait vraiment plus à elle. Il but son café, silencieux et calme, ce qui l'angoissa encore plus.

Elle déglutit.

— Tu essaies simplement de me faire dire quelque chose d'inapproprié.

J'espère.

Il leva un sourcil en la regardant toujours, complètement calme.

Elle sut alors comment résoudre tous ses problèmes actuels. Elle allait draguer Ben maintenant et qu'il réagisse ou pas, cela mettrait un frein à la possibilité de l'emploi et de toutes ces complications. Elle eut un bref moment d'hésitation au cours duquel elle chercha un autre moyen, mais la dernière semaine et demie de frustration par rapport à Ben la poussa à agir. Elle jeta un coup d'œil à la zone centrale des bureaux. Aucune trace de Logan.

Elle se pencha par-dessus le bureau et chuchota :

— Après le travail, quand Logan sera parti pour la journée, nous baiserons.

Il fixa sa bouche.

— Ah bon ?

Elle se détendit sur sa chaise, satisfaite par sa solution élégante. *Tant pis pour les frontières professionnelles, cédons au désir qui nous ronge et refermons cette possibilité d'emploi.*

Elle réprima un sourire, presque étourdie à l'idée d'être à nouveau avec Ben. Ce soir. Peut-être sur ce même bureau. Puis elle se dit qu'il fallait qu'elle donne l'impression que c'était sans lendemain, ne pas faire peser de grandes espérances là-dessus. Elle ne voulait pas l'effrayer. Il avait été très clair avec elle au sujet de la nature ponctuelle de ses relations.

Elle le regarda dans les yeux. Il avait à nouveau ce visage calme. D'accord, elle pouvait être tout aussi cool et décontractée. Elle parla d'un ton posé en espérant ne pas trahir son niveau d'excitation.

— Oui, une dernière fois.

Et plus, avec un peu de chance.

— Et je ne travaillerai jamais pour toi après ce travail temporaire. Tu ne seras jamais mon patron.

Il se leva en lui jetant un regard noir.

— Tu veux foutre en l'air une opportunité de carrière pour baiser une seule fois ?

Les joues rouges, elle balbutia :

— Je, je pensais juste…

Elle s'arrêta lorsqu'il fit le tour du bureau en s'approchant d'elle. Elle sentit sa bouche s'assécher, tous ses sens se mettre en alerte, excitée par son côté sauvage qu'elle n'avait pas vu depuis qu'elle avait commencé à travailler ici, excitée de voir qu'il s'intéressait vraiment à elle.

Sa chaise tourna brusquement. Il avait les mains sur les accoudoirs et il la coinça en s'approchant de son visage, la brûlant à nouveau du regard.

— Tu ne vas *pas* me baiser une fois.

Il était si proche. Elle humecta ses lèvres en regardant sa bouche.

Il s'écarta un peu, parlant d'une voix rauque :

— Je me moque du travail. Fais ce que tu veux.

Ils se regardèrent, respirant plus fort tous les deux. Elle sentit la chaleur s'étaler entre ses jambes : son corps était déjà d'accord avant même qu'elle le touche.

— Alors pourquoi es-tu si fâché ? demanda-t-elle d'une voix haletante de désir.

Il parla férocement, énonçant sèchement chaque mot :

— Le sexe d'une seule fois et sans lendemain ne me satisfait pas.

Elle sentit son estomac se nouer, son pouls accélérer.

— Redis « sexe ».

Il commença à se redresser, s'écartant d'elle, lorsqu'elle attrapa sa tête et l'embrassa. Il l'embrassa à son tour, la soulevant de sa chaise, le feu se mettant à brûler entre eux. Mon Dieu, comme cela lui avait manqué ! L'excitation, le fait de se perdre dans son odeur et son goût. Elle passa les bras autour de son cou, se serrant contre son corps dur, l'instinct primitif prenant le relais pour un baiser qui dura longtemps. Elle voulait se mêler à lui, se rapprocher autant que possible de lui.

Il s'écarta soudain, faisant un pas en arrière.

— C'était toi, grogna-t-il. C'est toi qui m'as embrassé.

Elle attrapa le coin de son bureau, car ses jambes flanchèrent.

— Je sais.

Il passa une main sur son visage, l'air absolument misérable. Elle se sentit à nouveau abattue, l'estomac retourné.

Il lui jeta un regard dur.

— Bon sang, ce n'était pas censé arriver.

— Pourquoi ?

Il parla en serrant les dents.

— Parce que je suis un professionnel. Je ne peux pas draguer les salariées. Tu es une salariée.

— Mais je…

Il tourna les talons et il sortit à grands pas. Quelques instants plus tard, elle entendit claquer la porte d'entrée. Il était parti à cause de son baiser.

Elle posa les doigts sur ses lèvres en regardant le café qu'il avait oublié, étant trop perturbé pour le prendre. Elle sentit une certitude terrible s'installer en elle. Elle avait royalement merdé.

Missy en eut immédiatement la preuve lorsque Ben l'évita au cours des jours suivants. Plus de pause café, plus de conversation. Juste un salut poli comme on le ferait avec n'importe quel collègue dans le couloir. Elle l'avait perdu avant même de le connaître vraiment. Elle n'aurait pas dû agir avec autant de désinvolture, c'était ça qui l'avait éloigné. Elle avait pris des précautions au cas où il ne ressentait pas la même chose et maintenant tout avait… disparu. Elle ne savait pas s'il était contrarié parce qu'elle l'avait traité avec désinvolture ou parce qu'elle avait franchi une limite au travail. Peut-être les deux. Elle aurait dû mieux gérer tout cela, attendre un meilleur moment, quelque part en dehors du travail.

Ben rôdait dans le bureau, aboyant contre Logan, le visage fermé. Pas du tout comme le Ben chaleureux et taquin qu'elle aimait tant. Logan n'arrêtait pas de lui demander quel était son problème. Ben ne répondait jamais. Mais elle savait que c'était à cause d'elle. Elle se sentait très mal de l'avoir fait souffrir alors qu'elle voulait seulement se rapprocher de lui.

La veille, jeudi, elle avait dit à Logan qu'elle ne voulait pas quitter son employeur actuel par loyauté, ce qu'il respectait. Ça n'avait fait qu'empirer son mal-être. Elle aurait dû prendre cette approche dès le départ au lieu d'y mêler Ben.

Le pire était qu'elle n'avait plus le temps de réparer les choses avec Ben. Il était presque dix-sept heures le vendredi et elle n'avait que le week-end pour trouver une idée, car lundi était son dernier jour. Si elle ne réglait pas le problème à ce moment-là, tout était perdu. Pouvait-elle voir Ben en privé et essayer d'être un peu plus ouverte au sujet de ses sentiments grandissants pour lui ?

Logan apparut dans l'encadrement de sa porte.

— As-tu une minute ?

— Bien sûr.

Il s'assit et il la regarda d'un air sérieux avant de dire :

— Missy, nous apprécions vraiment tous les deux le travail que tu as fait ici.

Il marquait une pause et pendant cette pause, Missy paniqua. Ben avait-il dit à Logan qu'elle avait agi de façon inappropriée, franchissant les limites ? Elle n'avait encore jamais rien fait de tel et elle aurait détesté que cela laisse des traces en sa défaveur. Et s'il lui donnait une mauvaise appréciation ? Merde. Elle n'avait pas réfléchi aux conséquences de son acte impulsif. Cela ne lui ressemblait pas du tout.

Elle se prépara au pire.

— Merci, l'expérience a été très enrichissante.

— Aujourd'hui est ton dernier jour.

Elle déglutit.

— Vous me renvoyez ?

Il fit glisser une enveloppe vers elle sur le bureau.

— Le salaire total. Si jamais tu as besoin d'une recommandation, il te suffit de la demander.

Il ne semblait pas fâché. Ben n'avait peut-être rien dit.

Elle fixa l'enveloppe avant de le regarder dans les yeux, ne sachant toujours pas de quoi il était question.

— Vous n'avez pas besoin de moi lundi ?

Il lui fit un petit sourire.

— Considère ça comme un cadeau de Noël anticipé. Prends ton lundi, prépare-toi pour les fêtes, détends-toi, fais ce que tu veux.

Lundi était la veille du réveillon de Noël.

Elle faillit s'évanouir de soulagement. C'était si généreux et si inattendu. Malgré tout, elle devait s'assurer qu'il n'y avait pas d'autres raisons derrière ce geste. Elle savait qu'il restait du travail.

— Logan, pourquoi ? Je veux dire, c'est très généreux, mais ai-je fait quelque chose de mal ?

— Pas du tout.

Il se leva brutalement.

— Profite de ton week-end.

— Toi aussi, répondit-elle dans son dos.

Il était sorti à toute vitesse de son bureau.

Bon… eh bien, apparemment elle venait de perdre le peu de temps qu'il lui restait pour régler les choses avec Ben. C'était maintenant ou jamais.

Elle jeta un coup d'œil à son chèque de salaire. Il avait payé le salaire complet et un peu plus. Sa gorge se serra : travailler avec Logan allait lui manquer. L'expérience ici avait été fantastique, elle avait aimé savoir que son travail était apprécié. Mis à part sa bêtise avec Ben, elle n'avait absolument pas de regrets. Elle rangea le chèque dans son sac, se leva et posa le sac sur son épaule. Elle regarda son bureau. C'était sans doute la dernière fois qu'elle avait sa propre pièce fermée. Elle soupira. Puis elle sortit lentement, attrapant son manteau et le portant sur son bras en se donnant un peu de temps pour réfléchir à ce qu'elle allait dire à Ben.

Ceci n'était pas le bon endroit pour ce genre de conversation. Elle devait lui demander de dîner avec elle, dans un endroit agréable où ils pourraient parler et manger, comme pour un rendez-vous galant. Un véritable rendez-vous. Elle se sentit traversée par l'adrénaline. Elle n'avait encore jamais demandé à un homme de dîner avec elle et elle ne se souvenait pas de la dernière fois qu'elle avait eu un véritable rendez-vous galant.

Elle marcha plus vite, entrant brusquement dans le bureau de Ben avant d'avoir le temps de perdre son courage.

Il leva la tête de surprise.

— Salut.

Elle serra son sac, les mains tremblantes. Elle s'assit en face de lui.

— Logan me laisse partir. C'est mon dernier jour, alors je voulais dire au revoir.

Il fronça les sourcils.

— Je croyais que tu travaillais jusqu'à la fin de la journée de lundi.

Elle haussa une épaule.

— Il a dit que mon lundi était un cadeau de Noël anticipé. Il m'a payé le salaire complet.

— Et ça te convient ?

Elle hocha la tête.

— C'est très gentil de sa part. Maintenant, j'aurais le temps de faire les courses. Je pourrais tout préparer avant la dernière ruée du réveillon de Noël. Ce sera peut-être la première fois que je n'aurai pas besoin de faire les courses le jour du réveillon.

Elle parlait sans réfléchir, disant tout ce qui lui passait par la tête sauf le plus important.

— As-tu aimé travailler ici ? demanda-t-il d'un ton brusquement professionnel, comme si elle avait un entretien de sortie avec le responsable des ressources humaines.

— Oui, tout était super.

Et pardon d'avoir agi comme si tu n'étais qu'un plan cul.

Il acquiesça.

— Et tu es contente de la façon dont les choses se sont terminées ? Tu n'as aucune plainte ?

— Non. Je suis très contente.

Je le serais beaucoup plus si je pouvais être à nouveau avec toi.

— Bien.

Ils se regardèrent longuement.

Elle ne sut pas du tout déchiffrer son visage. Elle rompit le silence, pressée de franchir la distance affreuse entre eux.

— Alors je…

Je suis désolée. Tu me plais beaucoup. Les mots restèrent coincés dans sa gorge. Elle n'avait pas l'habitude de parler de ses sentiments, particulièrement avec un homme. Elle avait passé tant de temps et d'énergie à se protéger des dangers qu'ils représentaient.

Il se pencha en avant.

— Quoi ?

Elle serra les mains avec force.

— Je me demandais, je veux dire, si tu veux…

Elle s'arrêta et respira profondément. Il la surprit en parlant exactement au même moment avec exactement la même question :

— Aimerais-tu sortir à dîner ce soir ?

12

Depuis que Missy et lui s'étaient embrassés au bureau, Ben avait été tourmenté par la culpabilité d'avoir franchi la limite du professionnalisme, d'avoir laissé tomber l'entreprise, d'avoir déçu Logan. Il avait été un collègue horrible, il le savait, mais il n'arrivait pas à se calmer, car chaque fois qu'il voyait Missy, il se souvenait qu'il avait merdé. Il connaissait l'enjeu ; il se l'était rappelé encore et encore quand il était tenté. Une part de lui avait voulu avouer la vérité à Logan, mais il ne pouvait pas supporter de voir la déception dans ses yeux. Il ne pouvait penser qu'aux pires scénarios : et si Missy retournait la situation et faisait comme si Ben avait été un agresseur ? Les dégâts à sa réputation affecteraient les négociations de Logan avec les investisseurs. Et si elle était énervée parce qu'il l'avait évitée, ne lui apportant même plus le café ? Et si elle apprenait pour Ashley et pensait qu'il était le genre de type à draguer de façon inquiétante ? Bien sûr, c'était elle qui avait initié le geste, mais il y avait répondu sans hésiter. Il avait dit « sexe » bien trop souvent. Il avait simplement été énervé qu'elle agisse comme s'il n'était que ça pour elle : du sexe qui lui permettait de ne pas avoir à refuser un poste. Il s'était senti déchiré entre plusieurs choses, ne sachant plus ce qu'il était bien de faire, et carrément malheureux.

Et puis toute la situation s'était renversée. Logan avait agi et mis fin à son malheur en laissant Missy partir dans un geste de bonté. Il sut à ce moment-là que Logan comprenait à la fois la cause et la solution à la tristesse de Ben. C'était un cadeau pour Ben également, et il devait beaucoup à Logan. Et puis Missy était venue le voir, prête à lui demander de sortir avec elle. Il arrivait à peine à le croire. Depuis le malheur le plus profond à la joie en cinq minutes chrono. C'était l'effet que Missy avait sur lui.

Il arriva devant la porte de son appartement ce soir-là et il appuya sur la sonnette en tenant un bouquet de roses rouges. Il faisait les choses comme il faut, lui montrant comme elle était importante pour lui.

Elle ouvrit la porte et son regard se posa immédiatement sur les roses qu'il tendait vers elle. Elle avait clairement un visage stupéfait. Elle le fixa, fronçant les sourcils, perplexe.

Il faillit rire.

— Pour mon magnifique rencard.

Elle fixa à nouveau les fleurs. N'avait-elle jamais reçu de bouquet ? Elle avait dû fréquenter de vrais ratés.

Il tendit la main, souleva la sienne et plaça le bouquet à l'intérieur.

— Ben, dit-elle d'une voix rauque avec les yeux brillants, merci.

— Tu pleures ? demanda-t-il, choqué que les fleurs puissent faire pleurer Missy qui semblait si forte.

— Non !

Elle cacha son visage dans les fleurs et s'écarta de la porte.

Il la suivit à l'intérieur et la prit dans ses bras. Elle posa la joue contre son torse, mouillant le coton doux de sa chemise. Il la serra plus fort, se sentant protecteur de son côté étonnamment tendre.

Elle renifla avant de lever la tête, essayant de sécher sa chemise en la frottant.

— Pardon.

Il sourit et dit d'une voix espiègle :

— Et moi qui croyais que tu étais si forte, alors que tu craques pour quelques fleurs.

Elle lui sourit avec des yeux toujours larmoyants.

— La ferme.

Il inclina le menton de Missy vers lui et il l'embrassa doucement, ravi de pouvoir la toucher à nouveau sans culpabilité après s'être privé si longtemps.

— Allez viens, je vais t'emmener dîner.

Elle pinça les lèvres.

— Je suis vraiment désolée d'avoir franchi les limites au travail.

— Aucun problème. J'étais surtout fâché contre moi-même.

Il se frotta la nuque avant de poursuivre :

— C'était simplement très important pour moi que les choses restent professionnelles au travail.

Il avait l'intention de lui expliquer plus tard, pas tout de suite. Il voulait profiter de leur premier rendez-vous.

Elle hocha la tête en tripotant le pétale d'une rose.

— Et je suis désolée d'avoir agi de façon si nonchalante au sujet de te baiser une seule fois. J'aimerais plus que cela.

Tout son corps se réchauffa.

— D'abord on dîne, puis tu décideras si tu veux écarter tes jambes pour moi.

Elle leva les yeux vers lui, l'observant avec franchise.

— C'est une affaire conclue. Je n'ai pas besoin d'un bon dîner.

— Bien sûr que si. Ne m'oblige pas à apporter des bijoux. Ce serait un véritable déluge de larmes.

Il lui sourit en caressant sa joue.

— Que vais-je faire de toi ?

— Je ne sais pas, répondit-elle doucement.

Il l'embrassa puis il entrelaça leurs doigts.

— Nous allons le découvrir.

Missy commença la soirée en étant très troublée, serrant son bouquet de roses rouges et de gypsophile blanche, inspirant leur odeur paradisiaque avant de se rendre à la cuisine et de les poser dans le vase des fleurs d'anniversaire que sa sœur lui avait envoyé. Aucun homme ne lui avait jamais offert de fleurs. Même Louis, son ex-mari, ne l'avait pas fait, car il prétendait que c'était de l'argent gaspillé puisqu'elles se fanaient.

Elle chassa les pensées de Louis de son esprit. Ceci était son premier rendez-vous depuis très longtemps et elle voulait en profiter. Elle portait son pull en cachemire blanc préféré, un cadeau de sa sœur, avec sa jupe noire, des collants noirs et des chaussures à talons et à lanières noires. Elle était contente de s'être bien habillée, car Ben l'était aussi : il portait une chemise bleu marine avec un pantalon gris et des chaussures de costume. Elle eut l'impression que c'était le début de quelque chose de réel et cela l'emplit d'excitation plus que de peur. Elle ne pouvait pas entièrement bannir toute sa crainte des relations, mais ce rendez-vous était une étape énorme pour elle, tout cela grâce à Ben.

Elle sortit de la cuisine et attrapa son manteau dans le placard avant de l'enfiler.

— Je suis prête.

Il lui prit la main et il la souleva pour la frôler de ses lèvres chaudes, ce qui la fit frissonner. Elle se sentit rougir, n'étant pas habituée à autant d'affection.

— Tu es mignonne quand tu es toute timide, dit-il d'une voix soyeuse, ses yeux bleus brillant d'amusement.

Elle regarda sa main toujours capturée par la sienne.

— Tu es mignon quand tu joues les Roméo.

Il éclata de rire en entrelaçant leurs doigts.

— J'avais hésité à t'apporter des sucreries…

— Non, il ne faut pas.

Les offrandes de paix de Louis avaient toujours été des sucreries. Une fausse douceur pour l'appâter à nouveau, pour qu'elle fasse confiance à un homme qui ne le méritait pas.

— Tu n'aimes pas les sucreries ?

— Non.

— J'ai bien fait de ne pas en prendre. Cela aurait pu gâcher ton appétit. Il y a ce superbe restaurant indien. Aimes-tu la nourriture épicée ?

— J'adore.

Un petit sourire fit ressortir les fossettes de ses joues couvertes de barbe naissante. Arg, ces fossettes allaient l'achever.

— Merveilleux. Tu vois, je saurais ce genre de choses si tu me parlais.

Elle descendit les escaliers avec lui, aimant lui tenir la main.

— Je te parle.

— Tu ne me donnes que de petites miettes. Des aperçus de Missy. Je veux toute l'enchilada.

— Pourquoi pas tout le samossa ?

Cette spécialité épicée était bien plus petite qu'une enchilada.

Il sourit.

— C'est une bonne mise en bouche. J'accepte.

Elle se sentit irradiée de chaleur simplement par sa proximité, le monde adoptant des teintes plus douces. Les lampadaires brillaient, la lune scintillait. Elle rayonnait. Il faisait en sorte qu'elle se sente bien, en sécurité et aimée. Il n'avait peut-être pas l'intention de la faire se sentir ainsi, mais il parvenait d'une façon ou d'une autre à toucher son cœur, à l'envelopper d'un soin chaleureux et réconfortant. C'était sans doute entièrement dû à son imagination, mais cela ressemblait à de l'amour à l'eau de rose et elle en avait eu très peu dans sa vie. Elle décida de ne pas lutter, de profiter pour une fois de ce qu'il lui offrait.

Lorsqu'ils atteignirent sa BMW noire, il lui ouvrit la portière du côté passager avant de la refermer derrière elle. Waouh. Il lui faisait carrément le traitement du gentleman. Super !

Il se glissa au volant.

— Viens là.

Ben n'attendit pas qu'elle bouge, il passa simplement la main autour de sa nuque et l'approcha pour un baiser torride. Il fut passionné et charnel et elle eut envie qu'il ne s'arrête jamais, se noyant dans un flot de désir. Lorsqu'il la laissa respirer, il murmura :

— C'était juste pour se débarrasser du baiser de bonne nuit gênant.

À bout de souffle, elle parvint finalement à dire :

— C'est vrai que c'était gênant. Merci.

Il sourit, enclencha la vitesse et sortit de sa place de parking.

— Voilà la rousse fougueuse que je connais.

— Encore cette histoire de cheveux roux. Pourquoi ça te plaît autant ?

Il conduisit tranquillement jusqu'au bout du parking, se dirigeant vers la grand-rue.

— Ça me parle. J'étais peut-être un écossais qui sortait avec une rousse dans une ancienne vie. Ma mère biologique était soi-disant partiellement écossaise.

Elle sentit un frisson lui parcourir l'échine, la sensation mystique du destin la troublant encore une fois.

— La mienne aussi.

— Quel était le nom de ta mère biologique ?

— Taylor Carson.

— La mienne s'appelait Margaret Beatty.

Il ricana avant d'ajouter :

— Au moins, tu n'es pas ma sœur.

— Nous avons au moins ça.

Il tendit la main et serra sa cuisse, sa main la réchauffant à travers son collant.

— Nous avons peut-être le karma *et* le destin de notre côté.

Ses doigts glissèrent très légèrement vers l'intérieur de sa cuisse, et elle écarta instinctivement les jambes, ayant envie de davantage.

— Ce sont plutôt les hormones.

Il retira sa main et elle poussa un soupir frustré.

Il gloussa.

— Et voilà, tu me fais encore me sentir comme un cochon. Bon sang, il me tarde de m'enfouir à nouveau profondément en toi.

Elle eut le souffle coupé, surprise par ses paroles cochonnes alors qu'il était si romantique juste avant. Il était imprévisible, sexy, rebelle et adorable... c'était une combinaison fatale pour elle. Absolument irrésistible.

Elle parla sans ménagement, espérant le perturber au point qu'il oublie de jouer son rôle de romantique. Si ceci n'était que pour le sexe, alors elle devait se préparer mentalement, lever ses boucliers.

— Pourquoi ne pas sauter le dîner et passer directement au sexe ?

Un petit sourire s'étala sur les lèvres de Ben.

— Enfin, Missy, en quoi serait-ce amusant ? N'importe qui peut baiser. Nous allons passer au niveau supérieur.

Elle sentit son cœur s'arrêter un instant.

— Et quel niveau est-ce ?

— L'attirance mutuelle, le respect et l'admiration.

Elle sentit des papillons dans l'estomac, son cœur battait fort, sa peau brûlait. Ce n'était pas juste pour du sexe. Il la respectait, il l'admirait même. Et c'était véritablement mutuel.

Il la regarda.

— Tu n'as rien à y redire ?

— C'est... c'est bien, bafouilla-t-elle, les joues et le cou tout rouges.

Elle baissa la vitre et inclina la tête vers la brise fraîche, honteuse d'en être réduite à bafouiller et à rougir.

— Tu dois être en partie setter irlandais, dit-il. Tu sais, le pelage roux, la tête à travers la vitre.

Et... la voilà revenue à elle.

— Waouh, merci.

— Je suis chaud comme un chien en rut, alors ça tombe bien.

Il appuya sur le bouton pour fermer la vitre de Missy. Elle appuya en même temps sur son bouton et la vitre s'arrêta.

— Il gèle, dit-il en maintenant le bouton appuyé. Allez, lâche.

Elle garda le doigt sur le bouton, la vitre restant ouverte à moitié.

— Je n'avais pas fini avec l'air frais.

— Fais comme tu veux, dit-il. La prochaine fois, je prends une parka.

Elle sentit son cœur se serrer. *La prochaine fois.*

Une fois arrivés dans la ville riche de Greenport au restaurant Spice Jewel, un bel endroit décoré en teintes dorées et rouges avec des tables en bois sombre et un plancher chaleureux en cerisier, Ben recommença à être romantique. Et elle le laissa faire. Il l'aida à retirer son manteau, tira la chaise pour elle, et lui conseilla ce qu'il y avait de mieux à essayer sur le menu. Il venait sans doute souvent ici avec des rendez-vous, mais elle se moquait de savoir avec qui il était avant, car en ce moment toute son affection chaleureuse était dirigée vers elle.

— Il nous faut prendre les samossas, dit-il en lui souriant de l'autre côté de la table. Tu m'as promis des aperçus de Missy pour chaque samossa que je mangeais.

Elle rit.

— Je ne me souviens pas tout à fait d'avoir dit ça.

— Tu as dit pas toute l'enchilada, seulement un samossa. Alors…

— Il n'y a pas tant de choses à savoir. Vraiment.

— Dit la femme mystérieuse.

Elle secoua la tête et souleva le menu.

— Veux-tu commander des choses à partager ?

— Tout à fait.

Ils se décidèrent pour un curry de poulet à la mode de Goa, qui était un curry épicé à la noix de coco et au tamarin, et pour du saag, de l'agneau avec des épinards et du gingembre. Cela suffisait largement pour elle, particulièrement avec les samossas, le riz et le naan, mais lorsque le serveur arriva, Ben ajouta un poulet au beurre et un dahl aux lentilles noires.

— Ben, c'est beaucoup trop de nourriture, dit-elle lorsque le serveur partit.

— Je peux facilement tout manger.

— Comment peux-tu ne pas prendre de poids si tu manges de cette façon ?

Il se pencha vers elle d'un air complice.

— Tu veux la vérité ?

Elle se pencha à son tour.

— Oui.

— La plupart des calories que je consomme viennent de mes repas à l'extérieur.

Elle se redressa.

— Tu ne sais pas cuisiner ?

— Si. Je choisis de ne pas le faire.

— Pourquoi ? C'est moins cher et plus sain.

Il pinça les lèvres en prenant un air sérieux, cette fois.

— C'est devenu une corvée pour moi. En grandissant, ma mère avait beaucoup de migraines à cause du cancer du cerveau, alors je cuisinais et je gérais plus ou moins la maison. Maintenant que ce n'est plus obligatoire, je veux faire une pause.

Sa gorge se serra d'émotion.

— Je suis désolée. Je comprends tout à fait. Parfois, on a besoin de recommencer à zéro.

Il hocha la tête une fois.

— As-tu déjà recommencé à zéro ?

De très nombreuses fois. Elle avait recommencé chez sa tante, dans la rue, dans plusieurs maisons d'accueil, dans son mariage infernal, en dehors de son mariage infernal, à Clover Park.

Elle déglutit en se forçant à essayer d'être plus ouverte.

— Oui.

Il l'observa. Un long moment s'écoula en silence.

— C'est tout ? Juste oui ?

— Oui.

— Ah.

Elle lissa sa serviette sur ses genoux, pliant le coin avant de le déplier, pliant et dépliant.

— Alors, c'est quoi l'histoire de Sabrina ? demanda-t-il.

Elle se redressa, se détendant à nouveau, ravie qu'il n'ait pas insisté.

— Que veux-tu dire ? Sabrina est super.

— Est-elle célibataire ?

Elle fronça les sourcils.

— Es-tu vraiment en train de prévoir ton prochain rendez-vous avec une de mes amies les plus proches ?

Il lui fit signe de s'approcher avec le doigt. Lorsqu'elle ne bougea pas, il dit :

— Viens-là, j'ai un secret à te dire.

Elle leva les yeux au ciel et elle s'approcha.

— Quoi ?

Il posa la main sous son menton.

— Je te veux toi et seulement toi pendant aussi longtemps que tu voudras de moi.

Elle entrouvrit les lèvres de surprise.

Il lâcha le menton de Missy en caressant doucement sa gorge.

— Compris ?

Elle hocha la tête, les yeux brûlants, et elle s'appuya contre le dossier de sa chaise.

Il leva un coin de la bouche en la regardant dans les yeux.

— Tu es tellement émotive.

Elle fronça les sourcils.

— C'est juste que je n'ai pas l'habitude de, tu sais, des choses adorables.

— Adorable ? Tu me traites de chose adorable ?

Il sortit son portefeuille et en retira une carte qu'il leva.

— Quelqu'un peut-il me reprendre ma carte de masculinité ? Je ne la mérite plus, apparemment.

Elle rit.

— Range ça !

Il ricana et la rangea dans son portefeuille.

— Pour répondre à ta question, oui, Sabrina est célibataire. Tu penses à Logan ? Ils déjeunent parfois ensemble. Il est célibataire, n'est-ce pas ?

— Oui.

Il remit le portefeuille dans sa poche et il lui jeta un regard ironique.

— As-tu entendu Sabrina rire de ses blagues stupides ? Quelle femme rit pour une imitation de *Monstres et Cie* ?

Il prit une voix aiguë et rocailleuse :

— Je vous ai à l'œil Razowski, je vous ai à l'œil. Sérieusement, aucune femme saine d'esprit ne penserait que c'est drôle, sauf si elle en pince pour lui.

Elle inclina la tête.

— Eh bien, si c'est une bonne imitation…

— C'est un film pour enfants !

Elle pensa à son amie.

— Sabrina est une sorte d'experte dans les relations. Elle a aidé tant de personnes à trouver des relations satisfaisantes dans son cabinet. Si elle ne lui a donné aucun signe, c'est parce qu'elle ne pense pas qu'il lui conviendrait.

— Razowski, répondit-il, comme si cela suffisait.

— Mmm… eh bien, il est vraiment canon avec cette barbe.

Elle leva une main en le voyant faire la tête.

— Et je le dis objectivement. C'est simplement un fait sur lequel s'accorde une majorité de femmes. Je ne ferai pas la liste de ses autres traits canons, mais crois-moi, il les a. Peut-être trouve-t-elle cela intimidant ?

Ben pinça les lèvres.

— Cette putain de barbe. Je lui ai dit de la raser. Sale hipster.

— Il n'a pas des fossettes sexy comme toi.

Il frotta sa mâchoire mal rasée.

— Tu aimes ça ?

Elle sourit.

— Oui.

— Ma grand-mère dit qu'elles me donnent un air trop choux.

Elle éclata de rire.

— Bien sûr, c'est seulement quand elle veut me faire mousser, ajouta-t-il, ce qui la fit rire davantage. C'est bon, ça suffit. Remets-toi.

Heureusement, les samossas arrivèrent et elle put ainsi se calmer.

Ben en souleva un.

— Maintenant, dis-moi quelque chose sur Missy, ou le samossa y passe.

— Le samossa y passe.

Il mordit dans le triangle.

— Tu n'as aucune compassion pour le sort de ce petit morceau de paradis frit, hein ?

Elle prit une bouchée.

— Je ne sais pas trop ce que tu veux savoir.

— Peu importe. C'est comme si je devais t'arracher les dents.

— D'accord, d'accord, ma couleur préférée est le vert, je n'aime pas les sucreries sauf la glace vanille-cerise, j'adore la neige et mon film préféré est *Terminator*.

Il fronça les sourcils.

— Tu aimes les films de mecs ?

— Ça n'existe pas, les films de mecs ou les films pour filles. C'est juste un film et il me plaît.

— Ce n'est pas vraiment ton préféré. Tu dis seulement ça parce que tu es avec moi. Tu dis sûrement à tes amies que tu aimes les comédies romantiques.

— Si, c'est vraiment mon préféré !

— Pourquoi ? demanda-t-il d'un ton plein de défi.

— Parce que c'est une femme extrêmement forte qui fait tout ce qu'elle peut pour sauver son fils, rétorqua-t-elle.

Il la regarda avec une affection profonde avant de dire :

— Merci.

Elle détourna la tête, gênée pour une raison qu'elle ignorait.

— De rien, marmonna-t-elle en prenant une autre bouchée de samossa.

Ben avait dû percevoir son malaise, car il n'insista pas, la faisant rire à la place avec des histoires d'enfance auprès des Campbell et des autres garçons que M. Campbell avait pris sous son aile pour une raison ou pour une autre. Son histoire préférée était quand Marcus, un ado déjà massif, avait adopté un minuscule chaton blanc qu'il avait appelé Bitty Kitty, le cachant dans la poche de sa veste, faisant de son mieux pour dissimuler le miaulement occasionnel en faisant semblant d'éternuer. Elle imaginait bien Marcus avec un chaton dans sa grande main. Cependant, la meilleure partie de l'histoire était quand Ben avait aidé Marcus en apportant le chaton à la grand-mère de Ben, promettant un droit de visite permanent à Marcus. Marcus n'avait pas le droit de garder le chaton à son appartement, car les animaux domestiques étaient interdits. Apparemment, il avait rendu visite à la grand-mère de Ben pendant des années, et ils s'étaient liés d'amitié autour de leur amour partagé de Bitty. Le fait que Ben ait aidé Marcus à trouver une solution avec son chaton quand il était adolescent était révélateur de sa nature profondément compatissante.

Après le dîner, Ben la reconduisit chez elle et ils restèrent tous les deux silencieux. La radio était allumée, diffusant doucement des chants de Noël en arrière-plan. Satisfaite et repue, elle n'avait pas envie que la soirée se termine. Il avait raconté un peu de sa vie et cela lui avait permis de se sentir proche de lui.

— J'ai grandi en Californie, lâcha-t-elle en essayant de partager des informations à son tour.

Il la regarda.

— D'accord, dit-il lentement.

— C'est pour cela que j'aime la neige. C'est encore nouveau pour moi et j'ai l'impression que c'est un miracle chaque fois. Une magie douce qui tombe du ciel, donnant l'impression que tout est neuf et brillant.

— Je n'y ai jamais pensé de cette façon. C'était super quand j'étais enfant, particulièrement quand l'école fermait. Maintenant elle est juste là, il faut la dégager pour passer.

— Tu as de la chance d'avoir grandi avec. Tu as sûrement fait de la luge, un bonhomme de neige, des batailles de boule de neige.

— Les batailles de neige, c'est ce qu'il y a de mieux. À la prochaine tempête de neige, on fera ça.

Elle se surprit à sourire.

— Merveilleux.

Elle aimait la façon dont il parlait de « la prochaine fois » avec elle. Comme s'il voulait qu'elle reste avec lui pendant un moment.

— En arrivant chez moi, pourquoi ne monterais-tu pas ?

— J'ai de l'avance sur toi, Missy. Je viens préparé. J'ai un préservatif dans la poche.

Elle rit.

— Un seul ?

— Trois, à vrai dire. Ça fait terriblement longtemps que je fantasme à ton sujet. Depuis la dernière fois, en gros.

Elle sentit son estomac faire un petit bond.

— Oh.

— Oui, oh. La première fois sera peut-être un peu rapide, mais ensuite je veux y aller en douceur. Si tu peux juste éviter d'être trop bestiale…

— Bestiale ! cria-t-elle.

— C'est comme faire de la lutte avec un alligator sexy, toutes ces griffes et ces dents qui claquent, quand tu roules avec moi dans le lit.

Elle éclata de rire.

— Il faut vraiment que tu fasses un travail sur tes compliments. D'abord je suis un setter irlandais, puis un alligator ?

— Je dis ce que je vois.

— C'est juste que j'aime ce que j'aime.

— Moi aussi, j'aime ce que tu aimes. Mais je crois que nous pouvons arriver à baiser lentement, à construire petit à petit un orgasme monstrueux.

— Oui, souffla-t-elle. Ça peut être bien.

— J'ai très envie de te tripoter maintenant, mais il fait sombre et je dois me concentrer sur ma conduite.

Elle poussa un petit gémissement dégoulinant de désir.

— Tu aimes entendre des trucs cochons, hein ? J'en connais plein.

— Attends un peu. Tu me rends folle et je dois attendre au moins vingt minutes que nous arrivions à la maison.

Cela ne fit que l'encourager. Il continua, lui racontant tout ce qu'il voulait lui faire, chaque fantasme qu'il avait eu sur elle. Elle eut si envie de lui que c'en était douloureux.

Il fallait faire vite.

13

Missy venait à peine d'ouvrir la porte de son appartement lorsqu'ils se jetèrent l'un sur l'autre, les lèvres collées, les mains prêtes à s'agripper en se précipitant dans l'appartement. Il remonta la jupe de Missy et retira son collant et sa culotte. Elle perdit l'équilibre parce qu'elle essayait en même temps d'enlever le pantalon de Ben. Il la rattrapa dans ses bras et la fit descendre jusqu'au sol en l'embrassant goulûment. Ils agissaient comme des bêtes et elle s'en moquait. Elle faufila les mains entre eux afin de défaire sa braguette et il leva les hanches pour l'aider.

Il arracha sa bouche des lèvres de Missy, attrapa un préservatif et l'enfila en un temps record avant de revenir vers elle, de se glisser entre ses jambes et de la pénétrer.

Elle rejeta la tête en arrière de bonheur, ravie par cette union qu'elle désirait depuis si longtemps. Elle s'accrocha à lui pendant qu'il pompait avec force et en profondeur, fermant les yeux, se laissant aller en ne sentant plus que sa peau brûlante, la pression qu'il créait au fond d'elle, son odeur d'épices et de sexe... Tout la consumait. Il passa les mains sous ses fesses et il la souleva afin de la pénétrer plus profondément. Elle fut secouée par des sensations de plus en plus fortes, de plus en plus vives, jusqu'à ce qu'elle pousse un cri, l'explosion de plaisir irradiant depuis son centre. Il la suivit un instant plus tard, en la serrant contre lui.

Longtemps après, il leva la tête.

— Ça, c'était la fois rapide.

Elle ne put s'empêcher de sourire bêtement.

— Nous sommes bestiaux.

Il mordit doucement la lèvre inférieure de Missy.

— La prochaine fois, nous aurons le temps d'aller jusqu'au lit.

— Dans combien de temps ?

Il ricana.

— Tu veux savoir combien de temps il me faut avant de pouvoir bander encore ?

Il tourna doucement en elle.

— Avec toi, pas longtemps du tout.

Elle sourit.

Une heure plus tard, après des préliminaires effroyablement longs — et entièrement dus à Ben, qui aimait beaucoup l'allumer — ils passèrent enfin aux choses sérieuses. Dans son lit. Elle au-dessus.

Il posa la main sur sa fesse et lui fit un sourire sexy.

— Je sais que tu aimes être au-dessus, mais si tu fais ton truc bestial, on ne va pas baiser lentement.

— Si, si, je vais faire doucement.

Ce fut effectivement le cas au début, mais ensuite c'était si bon qu'elle ne put s'empêcher d'accélérer en faisant du bruit, profitant de la chevauchée.

Il l'attrapa par les hanches afin de l'immobiliser.

— On change de position. Garde les genoux là où je peux les voir.

Elle aurait ri si elle n'avait pas été proche de l'orgasme qu'elle appelait de toutes les cellules de son corps.

Il la fit passer sous lui, la pénétrant lentement et profondément, tout en posant la main sur sa joue.

— Tu es si belle. Ces lèvres sexy.

Il embrassa ses lèvres.

— Ces jolies joues qui rougissent.

Il embrassa chaque joue.

— Ce nez si mignon.

Un autre baiser léger.

— Baise-moi, dit-elle en levant les hanches.

— Cette mâchoire.

Il embrassa sa mâchoire puis il passa dans son cou, la faisant frissonner. Il parla d'une voix rauque :

— Lentement, cette fois. Tu veux bien ?

Elle ne sut pas pourquoi ses yeux brûlaient de larmes. Elle serra les paupières.

Il embrassa doucement ses paupières fermées. Elle ouvrit les yeux et il essuya une larme de sa joue avec le pouce.

Elle détourna la tête, honteuse.

Il posa la main sous son menton et il tourna son visage vers lui.

— J'aime ce côté de toi, tout doux et tendre. Tu n'es pas obligée de me le cacher.

Elle lui jeta un regard noir et il se contenta de glousser en disant :

— Bon, d'accord.

Il reprit son va-et-vient lent. Ils se fixèrent et elle ne détourna pas le regard à cause de la tendresse qu'elle y vit. Peut-être ressentait-elle un peu de tendresse aussi, car tout lui semblait différent. Magique. Merveilleux. Scintillant. Ils ne baisaient pas. Il avait essayé de lui faire l'amour et pour la première fois de sa vie, elle sut ce que cela signifiait.

Elle attrapa la tête de Ben et elle l'embrassa, déversant tout ce qu'elle ressentait pour lui dans ce baiser, toute la tendresse mièvre et la passion. Il lui rendit le baiser avec une passion similaire, la faisant rayonner de l'intérieur. Enfin, elle rompit le baiser, à bout de souffle.

— Oui, murmura-t-il en pompant plus vite, son souffle se mêlant à celui de Missy.

Elle sentit son cœur battre dans sa poitrine. Le plaisir qu'il lui donnait montait en elle, la rapprochant de lui, unissant le corps et l'esprit. Et puis l'explosion céleste de plaisir, la laissant tremblante et haletante. Il plongea les dents dans son cou, ce qui la fit sursauter et l'excita à en même temps, tout en la pénétrant avec force et rapidité. Elle repassa le seuil du plaisir en même temps que l'orgasme de Ben.

Il lui donna un peu de son poids et elle le serra dans ses bras. Elle n'avait encore jamais serré qui que ce soit dans ses bras après le sexe. Cela lui sembla tout à coup parfait.

Au bout d'un moment, il leva la tête et il retira les cheveux de Missy de son visage. Il la regarda d'un air interrogateur et leur connexion était si profonde qu'elle le comprit. Et, pour la première fois avec un homme, elle pensa qu'il la comprenait peut-être aussi. Il voulait savoir si elle allait bien, voulait savoir s'ils pouvaient continuer ensemble, voulait savoir s'il pouvait rester.

Elle hocha la tête.

Il l'embrassa tendrement.

— Merci.

Elle était en train de tomber amoureuse de lui. Cela l'effrayait, mais elle se sentait trop bien pour lutter contre. Pendant tout le temps qu'ils avaient ensemble, elle voulait simplement profiter de sa présence. Elle tendit le bras et éteignit la lumière sur la table de nuit.

Il disposa les couvertures sur eux et il passa un bras autour de ses épaules, la serrant contre lui. Elle posa la tête sur son torse, écoutant les battements solides de son cœur.

Il posa un baiser sur le haut de la tête de Missy.

— Je n'ai jamais eu de relation sérieuse. Je préfère te le dire.

Elle ralluma la lampe afin de le regarder, choquée qu'il ait dit les mots « relation sérieuse ». La plupart des hommes arrivaient à peine à penser à une relation, et encore moins à la dire à voix haute. Il semblait détendu, la fixant sans ciller.

— Est-ce un avertissement ? demanda-t-elle.

Il sourit.

— Je dis juste que je vais sûrement merder à un moment ou à un autre.

— Et tu feras donc référence à cette conversation ? C'est pour t'absoudre à l'avance ?

Il rit.

— Je t'ai dit que c'était nouveau pour moi. Tu vois comme je t'ai déjà énervée ?

Elle l'embrassa sur la bouche.

— Je ne suis pas énervée du tout. Je suis… heureuse. Je — elle déglutit — n'ai encore jamais rien ressenti de tel.

Il la serra doucement en la regardant tendrement.

— Moi non plus.

Elle éteignit la lumière et se lova à nouveau contre lui.

Ben dit doucement :

— Peux-tu me dire pourquoi tu as été si perturbée quand j'ai tenu tes poignets la dernière fois que nous avons couché ensemble ?

Son contentement disparut, remplacé par un froid glacial. Elle ne dit rien. Le fait qu'elle ait été avec un homme comme Louis, qu'elle soit restée bien trop longtemps avec lui, qu'elle ait été une victime, l'emplissait de honte. Elle savait que ce n'était pas de sa faute. Elle avait lutté pour passer à autre chose. Et pourtant, elle avait honte et se sentait humiliée. C'était un rappel du coût élevé de l'amour. Un rappel qui lui donnait envie de s'écarter de Ben et de fuir.

— Missy, je sens que quelque chose de terrible t'est arrivé, et je veux simplement éviter de provoquer quoi que ce soit qui pourrait te faire revivre cette expérience. C'est seulement parce que je me soucie de toi.

Elle sentit une montée d'adrénaline et elle se mit à respirer fort, sa peau devenant moite. Il parlait comme un travailleur social ou un conseiller. Il devait comprendre les situations traumatisantes avec plus de facilité que les autres grâces à sa mère. Elle piocha au fond d'elle, luttant contre tous ses instincts de défense, cherchant les mots qui ne révélaient pas trop de choses.

— Je n'aime pas que l'on immobilise mes poignets, chuchota-t-elle. Ou qu'on me tire les cheveux.

Ou les gifles ou les cris.

Il la serra plus fort dans ses bras.

— Qu'est-il arrivé ?

Sa gorge se serra et elle ne put en dire davantage.

— Tu peux tout me dire. Je ne jugerai pas.

Elle essaya de rouler afin de s'écarter de lui, mais il la rattrapa. Elle ne se débattit pas. Une part d'elle avait besoin de sa proximité.

— Tout va bien, dit-il d'une voix apaisante. Ça va. J'en sais assez.

Elle essaya de se détendre, mais c'était impossible. Elle avait envie de courir très loin et de se cacher. Comment pouvait-elle désirer cette intimité tout en la fuyant ? Elle ne savait pas comment ouvrir son cœur tout en restant en sécurité.

— Missy, espèce d'alligator sexy, j'ai besoin d'un câlin après l'orgasme monstrueux que tu as tiré de moi. Grimpe.

Elle rit un peu lorsqu'il la tira entièrement sur lui et l'enveloppa tendrement dans ses bras. Il la serra longtemps jusqu'à ce qu'elle se détende enfin et qu'elle s'endorme.

Ben avait envie de voir Missy en permanence. Il passa tout le week-end chez elle. Ils cuisinèrent même le dîner ensemble le samedi soir, et cela lui plut. Tout était génial. Plus que génial, tout était parfait. Cela l'inquiéta, car rien n'était jamais aussi parfait. Était-ce une excuse pour arrêter ? Carrément pas. Une force plus importante que lui-même faisait tomber toutes ses résistances et le garda auprès d'elle. Il n'avait jamais été si proche d'une femme. Et il savait que le sentiment était réciproque, car elle l'accueillait les bras ouverts avec des sourires très doux.

C'était maintenant la fin de la matinée du dimanche et ils étaient collés l'un contre l'autre sur son canapé à regarder un film de Noël romantique, sa virilité oubliée quelque part chez lui. Il ne s'intéressait pas vraiment au couple qui décorait le sapin de Noël à l'écran. Tout ce qui l'intéressait, c'était la femme dans ses bras, forte et indépendante, pourtant attendrie par les films à l'eau de rose et les bébés et les mots doux. Il avait envie de la ramener chez lui pour qu'elle rencontre sa grand-mère. Peut-être pour le réveillon de Noël ? Ce n'était que dans deux jours.

Il posa un baiser sur la tête de Missy, attendant la publicité pour lui poser la question, car il était ce genre de petit-ami merveilleux. Ce fut enfin le moment de la pause publicitaire et il tourna le visage de Missy vers lui.

— Que fais-tu pour le réveillon ?

— Beaucoup de choses. Je dois emballer les cadeaux des Harper, préparer le repas, aller chercher une carte-cadeau et puis je dois tout porter chez eux et l'installer. C'est une surprise, je te l'ai dit ?

— Non.

— Eh bien, c'est le cas.

— Tu fais beaucoup de choses pour cette famille. Pourquoi ?

— Ce n'est pas moi, dit-elle en évitant la question et pas pour la première fois. Cela vient de tout le monde à l'église. Tout le monde a contribué à la levée de fonds.

— Et puis tu en as récolté encore plus. Es-tu sûre de ne pas vouloir travailler pour nous ?

Elle lui adressa un sourire tendre.

— Je vous aime beaucoup, mais j'aime également ma famille. Les Marino représentent tout pour moi. Ils m'ont engagée parce qu'ils ont une longue histoire d'entreprise familiale.

Il déglutit. Venait-elle de dire qu'elle l'aimait, ou était-ce simplement un « j'aime tout le monde » sans importance ?

Elle l'embrassa brièvement avant de se retourner vers la télévision. Il regarda droit devant lui. Devait-il lui dire qu'il l'aimait ? Il était à peu près certain que c'était ce qui arrivait à son cerveau. Sinon, pour quelle raison aurait-il supporté trois semaines de frustration pour simplement apprendre à la connaître ? Pourquoi aurait-il aimé cuisiner le dîner avec elle, alors que c'était normalement une corvée qu'il redoutait ? Ou apprécié les comédies romantiques collé contre elle sur le canapé ? Mais c'était peut-être trop tôt pour de l'amour. Quatre semaines d'attirance intense, peut-être plus si on comptait les fois où ils s'étaient croisés et qu'ils avaient flirté.

Peut-être était-ce que du désir d'un niveau avancé. Ils avaient eu beaucoup de sexe merveilleux ce week-end, et il avait passé la nuit chez elle, deux fois, sans aucun problème pour dormir. Autrefois il ne passait la nuit avec son ex que pour éviter une grosse dispute. Il supposa qu'il pouvait arrêter le sexe avec Missy pour voir s'il continuait à apprécier les câlins et les comédies romantiques. Ce serait le signe d'un amour certain.

Non.

Rien de bien ne pouvait découler de la privation. Comme s'il allait supporter de ne pas la toucher. En ce moment même, il avait la main posée sur le ventre plat de Missy sous son pull et il allait remonter pour décrocher son soutien-gorge ou descendre vers son pantalon à n'importe quel moment. Il n'avait pas encore décidé. En descendant vers le pantalon, ils allaient baiser vite, ce qui était toujours merveilleux, mais en remontant vers ses seins, cela pouvait être une séduction lente qui la rendrait folle. Des décisions, toujours des décisions.

Quelqu'un frappa violemment à la porte d'entrée et elle sursauta.

— Tu attends quelqu'un ? demanda-t-il.

— Non, chuchota-t-elle.

Il se dégagea et il se leva.

— Je vais voir qui c'est.

Elle éteignit la télévision, les bras croisés.

— Missy ! aboya une voix masculine. Ouvre la porte !

Ben fronça les sourcils en se tournant vers Missy. Elle pâlit brusquement.

— Qui est-ce ? chuchota-t-il.

Elle secoua la tête en se recroquevillant dans le coin du canapé.

L'homme frappa si fort à la porte que celle-ci en trembla.

— Qui est-ce ? cria Ben vers la porte.

— Et toi, t'es qui ? demanda l'autre homme d'un ton agressif.

— Qu'est-ce que vous voulez ? cria encore Ben.

La poignée de la porte s'agita. La chaîne de porte était mise, mais si le type était assez grand et assez déterminé, il pouvait forcer le passage.

Ben se tourna vers Missy.

— Appelle la police.

— Non, dit-elle d'une petite voix.

Il la fixa pendant un moment. Elle tremblait visiblement, recroquevillée dans le coin du canapé. Ce n'était pas la Missy qu'il connaissait. Que lui avait fait cet homme ?

— Allez-vous-en ! cria Ben par la porte. Nous avons appelé les flics.

Il chercha son téléphone dans ses poches. Il avait dû tomber entre les coussins. Il se précipita vers le canapé et Missy se leva brusquement, comme s'il était sur le point de l'attaquer.

— Du calme, dit-il en montrant son téléphone.

L'idiot à l'extérieur frappait sur la porte, agitait la poignée et jetait tout son poids contre la porte.

— Tu me dois de l'argent ! cria-t-il.

Ben n'avait appuyé que sur le premier chiffre de son téléphone lorsque Missy courut vers la porte et l'ouvrit brusquement, la chaîne l'empêchant de s'ouvrir entièrement. Ben vint vite se placer à ses côtés.

— Je ne te dois rien ! cria Missy avec tant de force que sa voix se brisa. Tu as volé leur argent, espèce d'enfoiré.

Le ton de l'homme devint immédiatement mielleux et enjôleur.

— Missy, ma chérie, je n'ai besoin que d'un peu d'argent pour m'en sortir. Tu me dois bien ça pour avoir payé un toit au-dessus de ta tête. Trois années de loyer devraient suffire.

Ben aurait pu parier qu'il s'agissait de Louis, son ex-mari. Trois années de loyer, trois années de mariage, cela correspondait.

Missy ouvrit si vite la chaîne que Ben n'eut pas le temps de réagir. La porte s'ouvrit sur un homme grand et mince avec de longs cheveux bruns et gras qui pendaient devant son visage hagard. Il portait une veste de l'armée et un pantalon noir sale. Il semblait sur les nerfs, ayant besoin de sa prise de drogue suivante, et son odeur donnait l'impression qu'il ne s'était pas douché depuis un mois.

L'enfoiré tendit la main vers Missy, la paume ouverte.

— Je me contenterai de mille dollars. Dépêche-toi et je partirai vite.

Ben s'avança.

— Va-t'en, maintenant.

Incroyablement, Missy fit taire Ben avant de se tourner vers Louis.

— Je n'ai pas d'argent. Va-t'en.

— Menteuse ! cria Louis en se précipitant sur Missy.

Ben tendit le bras vers l'épaule du type afin de l'écarter, mais Missy fut plus rapide : elle s'avança vers Louis, attrapa ses épaules et lui donna un coup de genou dans l'entrejambe avec tant de force qu'il tomba comme une pierre, se roula en boule et gémit.

Ben était prêt à traîner Louis hors de chez elle, mais Missy l'arrêta en posant la main sur son bras. Ses yeux étaient rouges de colère.

Elle tira Louis sur le dos, posa un genou sur son torse — ce qui le fit gémir — avant de le gifler. Avec force.

— Si jamais tu m'approches à nouveau, cria-t-elle près de son visage, je te castre ! Tu as compris ?

Louis ne dit rien, l'air sur le point de perdre connaissance, sans doute à cause de la douleur et de la sensation de manque.

Missy le gifla à nouveau.

— Réponds-moi.

Louis marmonna quelque chose d'inintelligible.

Missy posa la main sur sa gorge et serra. Louis devint tout rouge, les veines ressortant dans son cou et son visage. Merde.

— Missy… commença Ben.

— Non, dit-elle sans faiblir, le regard fixé sur l'homme qu'elle était en train d'étrangler. Il doit dire les mots. Dis-le, Louis ! Tu ne t'approcheras plus jamais de moi.

La respiration de Louis sifflait, ses lèvres bougeaient, mais aucun son ne sortait.

— Il n'en vaut pas la peine, dit doucement Ben en essayant de se faire entendre par sa douce Missy.

— Sortons-le d'ici, d'accord ? Il a reçu le message.

Elle regarda Louis et elle le lâcha enfin. Il haleta en essayant de reprendre son souffle.

Missy descendit de son torse.

— Va-t'en.

Louis se hissa péniblement sur ses pieds, trébuchant presque dans sa hâte pour sortir.

Missy claqua la porte derrière lui, la verrouilla et remit la chaîne en soufflant.

Ben fixa la porte pendant un moment, essayant de comprendre comment Missy pouvait avoir vécu avec un homme pareil. Elle méritait tellement mieux.

Il se tourna vers elle.

— Tu as épousé cet enculé ?

Elle lui jeta un regard assassin, mais sa voix fut mortellement calme.

— Je ne t'ai jamais dit que j'ai été mariée. Qui te l'a dit ?

Il ne répondit pas tout de suite, ne sachant pas quoi dire pour ne pas se trahir. D'un autre côté, il ne voulait pas mentir.

Elle le fixa d'un air accusateur.

— Oh mon Dieu, je suis tellement bête. Tu as vérifié mes antécédents sur Checkin, n'est-ce pas ? Tu as violé mon intimité !

Il leva la main.

— D'accord, attendons une minute. Tu es bouleversée pour l'instant.

— Dis-moi simplement si tu as fait des recherches sur moi avec Checkin sans mon consentement.

— Missy, c'était la procédure normale.

— Va au diable !

Elle tourna les talons, attrapa son manteau et son sac et sortit à grands pas.

Il ne pouvait pas la laisser sortir seule. Et si Louis attendait, caché derrière un mur ?

Il enfila ses chaussures et prit son manteau, les entrailles nouées par l'angoisse. Il savait que c'était bien trop parfait. Rien de bon ne durait jamais.

Il la suivit tout de même par la porte.

14

Missy descendit les marches quatre à quatre en se reprochant d'avoir fait confiance à Ben. Combien de fois allait-elle devoir se tromper pour comprendre enfin qu'elle ne pouvait avoir confiance en aucun homme ? Le nœud de son estomac lui indiquait qu'elle s'était encore laissée abuser. Bernée par Louis, bernée par Matt qui était marié, et maintenant Ben. Toutes les femmes qu'elle avait aidées afin qu'elles ne soient plus des victimes, toutes ces années en tant que victime elle-même lui avaient appris à ne jamais avoir confiance en un homme. Et elle avait bêtement laissé Ben s'approcher d'elle, dans sa maison, son lit, son cœur.

Elle frotta les larmes brûlantes dans ses yeux et elle scruta le parking à la recherche de Louis. Au loin, sa vieille Toyota bleue fonçait hors du complexe. Elle tremblait, transpirait, tout son système nerveux s'effondrant après la montée d'adrénaline lorsqu'elle avait enfin affronté Louis après toutes ces années. Elle s'était enfin *battue*. Elle ne l'aurait jamais confronté. Toute l'autodéfense qu'elle avait apprise ne servait que si quelqu'un l'agressait. Il s'était précipité sur elle, elle s'était défendue.

Elle avait gagné.

Elle inspira profondément, toujours trop perturbée pour conduire. Elle se glissa dans sa voiture, démarra le moteur et lança le chauffage. Elle verrouilla vite les portières. Elle allait attendre que Ben s'en aille avant de retourner à l'intérieur. Pourquoi devait-elle quitter son propre appartement ? Elle avait fui la scène, incapable de gérer la trahison de Ben en plus du retour de Louis. Elle avait presque tué Louis, avait senti ce pouvoir dans ses mains. Sa vue était devenue comme un brouillard rouge. La voix de Ben lui était parvenue à travers ce brouillard, la ramenant à elle. Elle l'aurait remerciée pour cela si elle n'avait pas été aussi furieuse contre lui. Il l'avait espionnée sans son consentement, apprenant des informations personnelles qu'elle n'avait jamais révélées à quiconque.

Ben apparut en bas des escaliers et il se dirigea tout droit vers elle. Bon sang. Elle ne voulait pas lui parler. Il en avait trop vu aujourd'hui, il en savait beaucoup trop. C'était pour cela qu'elle n'avait jamais de relations. Cela finissait toujours par lui faire du mal.

Il tapota la vitre du côté passager en lui faisant signe d'ouvrir la portière.

Elle le regarda et tout ce qu'elle vit, c'était un homme qui en savait plus que quiconque en avait le droit. Elle se frotta les tempes. Pourquoi ne pouvait-elle jamais laisser le passé derrière elle et être une nouvelle personne ? Une Missy plus intelligente, plus forte. Maintenant, c'était trop tard. Ben la verrait toujours comme cette autre Missy : la victime.

— Je me gèle dehors ! cria Ben à travers la vitre fermée. Allez, Missy. S'il te plaît, ouvre la portière.

Elle lui jeta un regard assassin.

— Je ne partirai pas avant de savoir que tu vas bien ! cria-t-il.

Tout le bruit qu'il faisait allait finir par attirer l'attention de ses voisins. Elle grinça des dents et déverrouilla la porte.

Il monta dans la voiture, ferma la portière et se tourna vers elle en parlant à toute vitesse :

— J'ai fait des recherches sur toi quand tu as commencé à travailler pour nous. C'est une procédure habituelle pour tous les employés. C'est ce que nous faisons.

Elle chercha à se calmer, tremblant et transpirant toujours.

— Je n'ai jamais rien signé disant que vous pouviez fouiller aussi loin dans mon passé. Vérifier mes recommandations, oui. Mon histoire personnelle, non. Et tu n'as ja-jamais…

Elle se tut, détestant balbutier. Sa gorge était serrée, les larmes s'accumulaient dans ses yeux, mais elle n'avait pas l'intention de craquer.

— Pouvons-nous retourner à l'intérieur et parler ? demanda-t-il doucement. Te laisser un peu de temps pour te remettre ? Je sais que Louis…

— No-on !

Elle eut le souffle coupé par un sanglot qu'elle refoula sans ménagement.

— Tu ne m'as jamais dit que c'était la procédure habituelle.

Il la fixa longuement.

— Je dois admettre que j'ai été poussé par la curiosité, et je n'ai suivi aucune de nos procédures habituelles en ce qui te concerne. J'avais le béguin, Missy. Depuis le tout début, je n'arrivais pas à raisonner quand il s'agissait de toi. Je te jure qu'il n'y a jamais eu aucune mauvaise intention. Je voulais simplement apprendre à te connaître.

— Alors, tu aurais dû attendre que cela arrive naturellement, quand j'étais prête.

— Tu as raison. Je le comprends maintenant et je suis désolé.

Elle pinça les lèvres en combattant ses larmes.

Il poussa un long soupir.

— Si tu avais simplement parlé, je n'aurais pas été aussi curieux. Tu étais si mystérieuse.

Elle se remit à fulminer.

— Alors, c'est de ma faute ?

— Écoute, voici ce que nous devons faire. Je vais m'excuser à nouveau, tu vas être fâchée pendant un moment, et puis tout redeviendra normal. D'accord ? Je suis vraiment, vraiment désolé. Je ne referai jamais une telle chose.

Elle ne dit rien.

— Je t'ai dit que je n'ai jamais eu de relation sérieuse. Sauras-tu être un peu indulgente ? J'ai merdé et je suis désolé.

Elle sentit sa lèvre inférieure trembler. Il fallait qu'elle mette un terme à ceci. Elle ne pouvait pas lui faire confiance.

Il parla d'un ton plus insistant :

— Missy, tu aurais dû me parler de Louis. Il t'a fait du mal. Tu m'as laissé dans l'ignorance. Sans toutes les informations, je ne peux pas régler le problème.

Elle pinça les lèvres.

— Je ne suis pas un problème que tu dois régler.

— Pas toi, juste le problème. C'est ma nature. Je vois des problèmes et je trouve des solutions. Donne-moi simplement toutes les informations. Tu n'as presque rien révélé sur toi. Les seules choses que je sais, c'est que tu as grandi en Californie et que tu aimes la neige.

Elle croisa les bras en levant le menton.

— Tu en sais plus que ça, des choses que je n'ai révélées à personne d'autre que ma sœur.

— J'ai quand même l'impression d'être dans le flou, dit-il doucement. Comme si tu cachais quelque chose.

Putain. S'il voulait les détails atroces, elle allait les lui donner. Il comprendrait peut-être alors exactement comme elle était perturbée. Elle était certaine qu'il partirait en courant.

— Que veux-tu savoir, Ben ? Que ma mère m'a eue à seize ans et qu'elle m'a abandonnée ? Qu'en est-il de l'histoire de mes parents adoptifs morts dans un accident de voiture quand j'avais dix ans ? Mon père mort à mon arrivée, ma mère dans un coma, moi qui la regardais pleine de tubes et de câbles, terrifiée, et puis elle est morte dans la nuit pendant que je dormais et je n'ai jamais pu dire au revoir ? C'est une information intéressante. Ou que j'ai épousé cet enfoiré de Louis à dix-huit ans et que j'ai subi trois années de violence ? Qu'il me tenait par les poignets et qu'il me giflait si fort que j'en avais les oreilles qui sifflaient, qu'il m'arrachait les cheveux, qu'il me hurlait des choses cruelles et que je le laissais faire ? Que penses-tu du fait qu'il m'a presque tué quand j'ai parlé de divorce ? C'est ça que tu veux découvrir ?

— Missy.

Il voulut attraper sa main, mais elle résista en gardant les bras croisés.

Elle continua à parler sans penser à autre chose qu'à l'éloigner.

— Ajoute ceci à ton fichier sur Missy. J'ai fugué à quinze ans après que le mari pervers de ma tante m'a dragué. J'ai vécu six mois dans la rue, puis dans une série de maisons d'accueil. N'est-ce pas fabuleux, tout ce que l'on peut apprendre sur quelqu'un même sans la magie d'Internet ?

— Non, Missy. Je suis désolé. Bébé...

— Je t'emmerde, dit-elle, la voix étranglée par les larmes.

Il resta calme en répondant :

— Je suis vraiment désolé pour ce que tu as vécu.

Elle regarda droit devant elle, les larmes coulant librement.

— Je ne voulais pas que tu le saches. Il m'a maltraitée et je suis restée.

— Ce n'était pas de ta faute.

Elle essuya ses larmes et renifla.

— Je sais, mais c'est pourtant ce que je ressens. Je suis venue ici pour recommencer à zéro. Je ne voulais pas que tu me voies ainsi.

Elle croisa à nouveau les bras.

— J'ai tellement honte, chuchota-t-elle.

— Honte ? Mais moi, je suis impressionné. Tu lui as cassé la figure et il le méritait.

Elle le regarda dans les yeux et ne vit que de l'admiration.

— Ça m'a fait du bien, admit-elle. Je me suis entraînée pour cette confrontation depuis que je l'ai quitté.

— Tu as bien fait, Missy. Vraiment.

Elle hocha la tête, se sentant encore très secouée, mais aussi un peu fière.

— Depuis combien de temps Louis te demande-t-il de l'argent ?

— Il est apparu il y a quelques semaines. Je croyais ne plus le revoir après qu'il m'ait volé l'argent de la foire de l'église. C'est pour cette raison que je faisais un deuxième travail. Je voulais que personne ne sache que j'avais fait venir le diable jusqu'à leur porte.

— Encore une fois, ce n'est pas de ta faute.

— Si.

Sans elle, Louis ne serait jamais venu.

— Non, ce n'est pas de ta faute, insista Ben. Dis-moi tout ce qui est arrivé avec lui et puis je trouverai un plan afin de le faire sortir de ta vie de façon permanente. Puis nous aiderons les Harper ensemble.

— Ça, c'est *mon travail*. Je n'ai pas besoin que tu me sauves.

— Ce n'est pas le cas. Je t'aide.

— Je gère, dit-elle.

Elle réglait ses propres problèmes. Toujours.

— Pourquoi ne veux-tu pas me laisser t'aider ? aboya-t-il, d'une voix bien trop forte pour cet espace confiné.

Elle lui jeta un regard noir.

— Ne crie pas. Je n'ai pas besoin et je ne veux pas de ton aide.

Il poussa un soupir.

— Écoute, je ne veux pas que nous nous disputions.

— Alors tu devrais partir, car je ne suis pas d'humeur à te refaire la leçon. Je règle mes propres problèmes.

— Tu ne peux pas tout faire toute seule, dit-il sèchement en semblant vraiment énervé qu'elle n'accepte pas immédiatement son plan pour réparer Missy. Je veux t'aider. Je veux te protéger.

— Je suis en sécurité. Tu dis avoir été impressionné par ma façon de lui casser la figure, mais tu penses que je ne peux pas gérer d'autres confrontations. Je le peux. Je ne crois pas qu'il y aura une autre fois avec Louis, mais si c'est le cas, je serais prête.

— Qu'est-ce que ça signifie ? demanda-t-il.

Elle ferma les yeux en essayant de ne pas crier. Elle ne voulait pas lui répondre. Il souhaitait prendre le relais, être celui qui réglait tous les problèmes, mais elle n'était pas du genre à l'accepter.

— Ben, c'est terminé.

— Terminé ?

Elle le regarda dans les yeux et parla malgré la boule dans sa gorge.

— Oui.

— D'accord, nous pourrons en parler plus tard, mais ne crois pas que je laisserai tomber le sujet.

Elle secoua la tête.

Il comprit subitement et son visage s'affaissa.

— Sommes-nous… en train de rompre ?

— Oui, chuchota-t-elle avant de sortir de la voiture et de fermer doucement la portière derrière elle.

Peu après, l'autre portière claqua derrière lui.

Il ne la suivit pas.

Elle se força à marcher sur ses jambes tremblantes, la nausée tournant dans son estomac, et elle arriva à son appartement avant de s'effondrer.

15

Ben se traîna jusqu'au travail le lundi matin. Il était devenu une boule d'émotions mélangées : en colère, triste et blessé en même temps. Il était stupéfait de voir comme il souffrait. Une semaine de perfection, puis tout s'était écroulé. Depuis le départ, il avait su que le bonheur qu'il ressentait avec Missy ne pouvait pas durer, pourtant il avait été aveuglé. C'était comme un membre arraché. Elle lui avait semblé être une partie essentielle de sa vie et maintenant elle était partie. Il n'arrivait toujours pas à croire avec quelle vitesse tout s'était transformé en merde.

Logan lui jeta un coup d'œil et arrêta de se verser du café.

— Tu as une mine affreuse. Tu as travaillé toute la nuit ?

Il avait sans doute dormi trois heures après avoir tourné et retourné le problème de Missy dans son esprit.

— J'ai dormi.

Il se traîna dans son bureau, accablé par la culpabilité. Il aurait dû dire à Missy qu'il avait fouillé dans son passé. Non, il aurait dû lui faire signer le formulaire standard qu'ils donnaient à tout le monde, mais il s'était emballé, pressé d'en savoir plus sur elle.

Il s'affala à son bureau. Ce qu'il avait fait, était-ce vraiment si terrible ? Ou bien Missy était-elle particulièrement sensible à cause de cet enfoiré de Louis ? Si seulement elle en avait dit davantage à son sujet, il n'aurait pas été aussi curieux.

Il appuya les coudes sur son bureau et se couvrit le visage avec les mains.

Il se redressa brusquement en entendant tapoter doucement à la porte. Missy était-elle venue ? Voulait-elle lui parler ?

Logan.

Ben se renfrogna.

— Va-t'en. J'ai beaucoup de choses à faire avant Noël.

Les bureaux allaient fermer à partir du lendemain, le réveillon de Noël, jusqu'au Nouvel An.

— Des choses à faire ? ricana Logan en s'asseyant en face de Ben.

Il ne comprenait jamais quand il n'était pas bienvenu

— Que m'as-tu acheté pour Noël ?

— Je ne suis pas d'humeur à parler. Va-t'en, s'il te plaît.

Logan l'observa.

— Missy et toi avez rompu ?

— Comment le sais-tu ?

Logan secoua la tête.

— Tu es un abruti.

— Merci, crétin.

Il pinça l'arête de son nez et il ferma les yeux.

— Peux-tu me laisser seul, s'il te plaît ?

— Non, dit joyeusement Logan.

Ben fronça les sourcils.

— Je ne veux vraiment pas te casser la figure. Ce n'est pas bon pour les affaires.

Logan ricana.

— Comme si tu pouvais le faire.

Ils étaient à peu près aussi forts l'un que l'autre et ils le savaient après avoir lutté ensemble et avec les autres garçons pendant des années. C'était à la fois un sport et leur façon de régler les problèmes. En tout cas, quand ils étaient enfants. L'adolescence avait également vu pas mal de nez en sang. Maintenant qu'ils étaient adultes, ils aimaient penser avoir dépassé cela. Même si, vu la façon dont Ben se sentait en ce moment même… il n'en était plus tellement sûr.

Logan secoua la tête.

— Tu sais, j'ai voulu te faciliter les choses en la laissant partir plus tôt afin que tu puisses être avec elle, et puis toi tu fiches tout en l'air.

Ben se leva, posa les mains sur son bureau et approcha son visage de celui de Logan.

— C'est ta dernière chance, grogna-t-il.

Logan se leva lentement, forçant Ben à se redresser afin de ne pas avoir à lever les yeux pour le regarder.

— Quoi que tu aies fait, contente-toi de t'excuser.

— Je l'ai fait ! De nombreuses fois.

— Recommence. Avec des fleurs par exemple.

Missy n'était pas le genre de femme à être facilement convaincue par un signe aussi évident d'excuse. Son niveau de confiance était déjà bas, et le peu de confiance qu'elle avait eue en lui, il avait réussi à la détruire complètement. Le cœur serré, il sentit la tristesse repousser toute la colère et la douleur. Il se laissa retomber sur sa chaise. C'était tellement nul.

— Bon sang, Ben, j'ai envie de pleurer rien qu'en te regardant.

— Je t'emmerde.

— Si elle est si importante que ça pour toi, n'abandonne pas. Ce n'est pas aussi désespéré que tu en as l'impression maintenant.

Logan tourna les talons et partit.

— Qu'est-ce que t'en sais ? cria Ben après lui.

Logan n'avait pas abandonné l'espoir de se réconcilier avec sa petite-amie d'université au « moment approprié ». Ben ne savait pas ce que cela signifiait. Il ne pensait pas que cela fonctionnerait un jour pour Logan. Cet homme ne savait pas comment réparer les relations.

Logan lui fit un doigt par-dessus l'épaule.

Ben ouvrit sa messagerie en se disant qu'il pouvait au moins trier ses messages. Il n'arrivait absolument pas à se concentrer sur du vrai travail.

Effacer. Effacer. Effacer.

Missy à la foire, lui vendant un pull, avec ses vannes amusantes. Sa bouche, ses lèvres pulpeuses et sexy.

Effacer. Effacer. Effacer.

Missy dans une robe noire moulante à la fête de fin de tournage d'Amour Féroce, lui demandant nonchalamment s'il voulait coucher. « C'est une démangeaison qu'il faut gratter de temps en temps, n'est-ce pas ? » Son doigt traîna au-dessus de la touche effacer, se souvenant de l'invitation chaleureuse dans ses yeux marron. Il avait cru que le simple plan cul était parfait, mais il s'était ensuite transformé en autre chose, et maintenant c'était *terminé*.

Effacer. Effacer. Effacer.

Il referma vivement l'ordinateur portable, des souvenirs de Missy passant à toute vitesse dans son esprit : Missy l'elfe, Missy nue et bestiale, Missy sérieuse et professionnelle, Missy la douce. C'était la Missy qui lui manquait le plus, douce et tendre. Touchée par lui.

Il se redressa. Une minute. C'était tout ce qu'il avait besoin de faire. Un geste qui la touche, qui lui montre à quel point il l'aimait. Il fut surpris pendant un instant. Il l'aimait. Sinon, pourquoi aurait-il l'impression d'avoir perdu une part de lui-même ? Il allait faire quelque chose pour lui montrer qu'elle pouvait compter sur lui. Elle comprendrait qu'elle n'était pas obligée de gérer seule tout ce qui lui arrivait dans la vie. Il aidait les gens dont il était proche. C'était un aspect essentiel de lui. Elle devait comprendre qu'il aidait parce qu'il aimait.

Il se leva et il enfila sa veste, bien décidé à se faire comprendre par Missy. Il s'arrêta. Qu'allait-il faire ? Se rendre chez elle ? Non. La famille Harper. Missy allait les voir le lendemain pour le réveillon de Noël. Elle voulait leur porter une fête de Noël spéciale. Il allait l'aider également, montrant ainsi à Missy qu'ils formaient une super équipe si elle voulait bien le laisser s'approcher. Il sortit son téléphone afin de chercher leur adresse, mais elle n'était enregistrée nulle part. Aucun problème. Il savait qu'ils fréquentaient la même église que sa grand-mère. Il obtiendrait l'information par son intermédiaire. Il envoya un texto rapide à Logan en lui disant qu'il revenait dans quelques heures. Il sortit du bureau, l'espoir lui donnant une énergie nouvelle.

Lorsqu'il revint au bureau, plusieurs heures s'étaient écoulées, car il avait été coincé chez sa grand-mère. Elle avait insisté pour lui faire un déjeuner et elle l'avait également interrogé en demandant s'il prenait bien soin de lui, s'il mangeait bien, faisait du sport, dormait assez, bla-bla-bla. Il avait fait de son mieux pour la rassurer, mais elle semblait percevoir que quelque chose n'allait pas. Quoi qu'il en soit, elle l'avait aidé concernant les Harper. Après avoir entendu parler de leur situation, il comprenait exactement pourquoi Missy prenait tant à cœur de les aider.

Il espérait vraiment que son geste n'allait pas lui exploser à la figure. Avec Missy, les bonnes intentions ne suffisaient pas toujours. Elle devait aussi croire profondément que c'était sincère.

16

Le réveillon de Noël commença mal et empira. Pour commencer, Missy découvrit le matin que la dinde de Noël qu'elle avait eu l'intention de cuire pour les Harper était pourrie : elle était grise et elle sentait mauvais. Puis le supermarché n'avait plus eu une seule dinde à vendre. Tout le repas avait été planifié autour de la dinde, alors elle avait conduit jusqu'à deux autres supermarchés, trouvant enfin une dinde de la bonne taille, mais elle était congelée. Elle choisit alors deux poulets rôtis. Puis elle avait glissé sur une plaque de verglas dans le parking du supermarché et elle avait atterri sur sa hanche. C'était affreusement douloureux et elle était certaine de s'être fait un hématome énorme.

Sur le chemin du retour, elle fut prise dans les embouteillages près du centre commercial d'Eastman, maudissant tous les clients de dernière minute.

Et maintenant qu'elle se garait enfin dans le parking de son immeuble, tout son sang-froid explosa en même temps que son pneu.

Elle jura comme un charretier, frappant le volant plusieurs fois avant de garer la voiture qui tremblait et claquait. Dire que son esprit de Noël était au plus bas était un euphémisme. Elle avait l'impression d'être comme Scrooge, souhaitant que tout soit terminé. Elle savait que ce n'était pas seulement à cause de la dinde stupide ou des embouteillages ou du pneu crevé, elle se sentait mal à cause de Ben. Il lui manquait et elle détestait cela. Elle détestait que son lit lui paraisse vide, détestait voir son regard bleu taquin et son sourire à fossettes chaque fois qu'elle fermait les yeux, détestait ressentir autant de choses pour un homme auquel elle ne pouvait pas faire confiance. Elle connaissait le coût élevé de l'amour, pourtant elle l'avait bêtement laissé entrer dans son cœur. Elle savait qu'il n'était pas aussi affreux que Louis, mais il lui avait quand même fait du mal. Et personne ne n'allait recommencer, même si elle se sentait triste pendant un moment. C'était temporaire. Elle était une survivante.

Elle décida de s'occuper du pneu plus tard, prit le sac des courses et monta dans son appartement pour commencer à cuisiner. Vers midi, elle se sentit un peu plus calme, ou peut-être était-elle simplement fatiguée. Elle s'était levée à cinq heures du matin pour commencer les préparatifs. Les poulets étaient cuits, tous les accompagnements étaient prêts dans des boîtes en plastique. Elle avait fait une tarte aux pommes maison la veille au soir. Maintenant elle devait simplement changer le pneu, charger la nourriture, les décorations et les cadeaux dans sa voiture, et conduire jusqu'à l'appartement d'Harper. Elle avait déjà demandé à Rena si elle était à la maison cet après-midi et si elle pouvait lui rendre une visite rapide.

Missy changea son pneu avec le pneu de réserve dans le coffre, ravie de savoir le faire. Autrefois, elle appelait un dépanneur, mais son beau-frère, Nico, avait été content de montrer à Lily et elle quelques compétences basiques d'entretien de la voiture. Elle admira son travail pendant un instant. Le pneu était plus petit que les autres, mais il devait tenir pour le trajet de dix minutes jusqu'à l'autre bout de la ville. Elle se leva lentement, car elle avait mal à la hanche après s'être accroupie pour changer le pneu. Elle frissonna dans l'humidité et le froid et elle regarda le ciel : il était gris perle et promettait de la neige. Oh, comme elle aurait aimé avoir un Noël enneigé. Mais pas encore. Il lui restait encore beaucoup de choses à faire pour le réveillon.

Elle remonta jusqu'à son appartement, courbaturée, mais déterminée. Trois trajets plus tard, le moindre coin de sa voiture fut rempli par le Noël en famille parfait des Harper. Elle poussa un soupir. Bon, elle était de nouveau à l'heure. Il était temps de leur porter de la joie.

— Joie, joie, joie, chantonna-t-elle en essayant de se remonter le moral.

Elle sortit lentement du parking, la voiture se balançant d'un côté à l'autre avec son pneu de réserve trop bas.

Il ne lui restait plus que deux feux de circulation à passer, et elle traversa lentement la ville avant de s'engager sur la grand-rue. Jusqu'ici, tout allait bien. Elle tourna à l'église, l'appartement des Harper n'était plus très loin, encore trois pâtés de maisons puis de l'autre côté de la rue. *Bam !* Son cœur se mit à battre vite à cause du bruit et elle serra le volant de toutes ses forces lorsque la voiture fit une embardée vers la droite. Elle avait roulé dans un nid de poule qu'elle n'avait pas vu. Bon sang, elle arrivait à peine à se diriger.

Elle se gara lentement le long du trottoir, la voiture tremblant violemment. Ce n'était pas bon signe. Elle descendit et elle fixa le coupable : son pneu de réserve était crevé. Grrr…

Elle scruta les rangées de maisons d'un côté et de l'autre de la rue : elles étaient toutes décorées et leurs occupants profitaient sûrement des préparatifs pour les fêtes. Elle n'allait pas les déranger pour se faire aider. Elle pouvait y arriver seule. Il lui suffisait de faire quatre pâtés de maisons avec ses affaires. Bien sûr, il lui fallait quelques allers-retours, mais c'était faisable. D'abord les décorations, qu'elle laisserait sur le perron de la maison victorienne où les Harper louaient l'appartement au troisième étage. Avec un peu de chance, aucun des enfants ne la remarquerait avant que tout soit prêt. Puis les cadeaux, et enfin la nourriture.

Elle déposa les décorations : deux cartons dans ses bras et deux sacs sur ses épaules. Elle avait mal à la hanche et son visage lui semblait congelé, mais tant pis.

Ensuite les cadeaux. Elle retira péniblement le sac-poubelle rempli de cadeaux du siège arrière, puis elle récupéra le cadre photo emballé avec un bon pour une séance photo en famille du coffre. Elle ne voulait pas prendre le risque qu'il se brise. Elle fut sur le point de partir lorsqu'un homme l'appela.

— Avez-vous besoin d'aide ?

Elle se tourna et vit le propriétaire de la maison devant laquelle elle était garée, un homme âgé et dégarni aux cheveux blancs qui la scrutait depuis son perron, où il se tenait en chemise en flanelle, pantalon ample et pantoufles.

— Non, merci, appela-t-elle. Je gère.

Il s'approcha et examina sa voiture.

— On dirait que vous avez un pneu crevé.

— Oui, je m'en occuperai en revenant.

Il se frotta les mains et souffla dessus.

— Vous avez un autre pneu ?

— Non. Ce n'est pas grave. Je ferai venir le dépanneur et je marcherai pour rentrer.

Il lui jeta un regard compatissant.

— Jusqu'où devez-vous marcher ? Je pourrais vous déposer.

Il sourit avant d'ajouter :

— Une jeune femme ne devrait pas avoir à marcher loin par une journée aussi froide.

Elle s'écarta d'un pas, la proposition la mettant mal à l'aise.

— Ce n'est pas loin, merci. Je libère le trottoir dès que possible.

Elle partit et ne regarda pas derrière elle. Le sac de cadeaux heurta douloureusement sa hanche et elle dut changer de côté. Elle persévéra, ignorant sa hanche douloureuse, son visage congelé, ses doigts et ses orteils engourdis. Encore un seul trajet.

Heureusement, lorsqu'elle retourna à la voiture, le vieil homme était rentré chez lui. Ce trajet allait être un peu plus dur. Quatre sacs de nourriture et la tarte enveloppée dans du papier aluminium. Elle avait heureusement utilisé des sacs de courses solides. Elle disposa deux sacs par épaule et porta la tarte dans les mains. Oh, elle avait failli oublier : elle avait apporté deux pots de gelée de fruits faits maison achetés à la foire. Elle attrapa le sac en plastique, l'accrochant autour de son poignet. Elle se sentait un peu comme une mule, les épaules douloureuses, la hanche qui protestait, mais elle continua.

Tu es presque arrivée, c'est bon, ignore la douleur, ignore le froid.

Elle atteignit le trottoir devant la maison des Harper et elle leva la tête en marchant, voyant que les lumières étaient allumées dans leur appartement. Cela la fit sourire de penser à la joie sur les visages des enfants quand ils verraient toute cette gaieté de Noël…

— Ah !

Elle trébucha sur le trottoir inégal. La tarte vola de ses mains, les pots de gelée glissèrent hors du sac et s'écrasèrent sur le trottoir, et elle tomba sur le côté, sur les sacs de nourriture, écrasant sans aucun doute les feuilletés au fromage faits maison. Elle écarta les sacs et resta assise sur le trottoir froid, observant le verre cassé, la tarte gâchée et la gelée rouge et bleue qui avait éclaboussé partout. Les enfants auraient adoré cette gelée de fraise et de myrtille, leurs préférées, pour leurs sandwichs de gelée et beurre de cacahuètes. C'était les petites choses qui faisaient que les enfants se sentaient en sécurité. Sa gorge se serra. Elle avait tellement voulu cela pour eux.

Elle leva la tête vers le ciel, luttant contre ses larmes. Cette journée avait été un enfer et elle souhaita soudain avoir eu de l'aide. Rien de tout cela ne serait arrivé si elle avait demandé à Lexi ou à Sabrina de la déposer. Elles vivaient sur le même palier. Sinon elle aurait pu faire appel à Lily ou Nico, qui vivaient en ville, pour l'aider avec tous les sacs. Elle aurait au moins pu emprunter la voiture de quelqu'un. Elle avait tout fait elle-même, comme toujours, et maintenant elle avait froid, elle avait mal partout et elle était sur le point de piquer une crise de nerfs magistrale. Tout lui faisait mal, tout était nul, tout était simplement trop dur.

Une larme brûlante tomba sur sa joue et elle l'essuya. Non. Elle était plus forte que cela. C'était un retard, pas un échec. Il lui suffisait de vider le sac afin de se débarrasser du verre cassé en toute sécurité, puis de nettoyer le bazar et ils auraient quand même leur repas de Noël. Les enfants devaient savoir que même sans leur père, ils pouvaient profiter de Noël. Elle aurait aimé que quelqu'un lui fasse vivre cela après la mort de ses parents. Sa tante s'était éperdument moquée du Noël de Missy et de tout le reste. Elle se mit au travail, organisant les sacs, puis elle ramassa soigneusement le verre cassé qu'elle déposa dans le sac vide.

Elle retourna jusqu'à la maison où sa voiture était garée, posa le sac de verre brisé dans le coffre, puis frappa sur la porte du vieil homme qui avait voulu l'aider plus tôt.

Il ouvrit la porte avec un sourire.

— Je me disais bien vous seriez de retour avec ce temps. Quand il fait -1 °C, le froid pénètre les os. Voulez-vous que je vous ramène chez vous ?

— Non, merci. J'espérais vous emprunter un rouleau d'essuie-tout et un sac-poubelle. J'ai fait tomber des pots de gelée et une tarte à quelques pâtés de maisons.

Il lui jeta un regard étrange, mais dit qu'il allait les chercher.

Le temps s'écoulait vite pendant qu'elle retournait chez les Harper. Elle était certaine que d'une minute à l'autre, quelqu'un allait remarquer tous les sacs et les cartons qu'elle avait laissés sur le perron. Elle arriva juste au moment où une jeune femme regardait le bazar de gâteaux et de gelée.

— C'est de ma faute, appela Missy. Désolée, je vais nettoyer et tout ranger. Je rends visite à une amie à l'étage.

La femme hocha la tête et retourna à l'intérieur.

Elle s'accroupit sur le trottoir, nettoyant autant que possible. Elle passerait un coup d'eau après les festivités. Sa hanche lui faisait affreusement mal, mais il fallait bien le faire. Ce n'était pas bien de laisser tout ce bazar sur place. Elle eut enfin terminé, essuyant les mains autant que possible avant de rassembler les décorations et de sonner à l'appartement de Rena.

— Bonjour, c'est Missy.

— Monte.

Elle posa les cartons en équilibre sur sa hanche non blessée tout en ouvrant la porte, et elle se dirigea vers le troisième étage. Elle frappa et la porte s'ouvrit, laissant apparaître Rena qui rayonnait. Ses cheveux bruns étaient maintenant coupés court. Elle portait un pull rouge et un jean, l'air à l'aise et heureuse.

— Joyeux Noël! s'exclama Missy. J'ai apporté des décorations. Je ne savais pas si vous aviez emporté beaucoup de choses avec vous.

Tout le monde savait qu'ils étaient partis avec un seul sac d'affaires par personne.

— Oh, comme c'est gentil. Laisse-moi t'aider.

Rena lui prit un des cartons avant que Missy puisse émettre une objection.

Elle entra dans une scène chaleureuse, un feu crépitant dans la cheminée, l'odeur de sapin et de gâteaux fraîchement cuits imprégnant l'appartement. Ils avaient un sapin clairsemé dans un coin, décoré de sucres d'orge, de chaînes en papier rouge et vert, et de guirlandes argentées.

Les garçons coururent vers elle afin de lui montrer leurs flocons de Noël.

— Ne sont-ils pas magnifiques? demanda Todd. Nous allons les mettre dans l'arbre.

Will intervint:

— On peut en faire des très compliqués en coupant juste au bon endroit pour faire un trou surprise au milieu.

— Cool, dit-elle.

Madelyn sourit en secouant la tête.

— Ce n'est plus une surprise après la première fois.

Un minuteur sonna dans la cuisine. Rena sourit.

— Oh, ce sont nos sablés à la cannelle. Une minute.

Missy laissa les décorations près du sapin, en pensant qu'elle en avait sans doute apporté trop. Le sapin était déjà assez bien couvert, et ils avaient aussi les flocons de neige à y ajouter.

Elle suivit Rena dans la cuisine, où la vue et l'odeur des sablés firent gargouiller son estomac. Elle sentit une pointe d'envie en voyant cette magnifique scène d'unité familiale.

— Tu as vraiment fait ressortir la joie de Noël, Rena.

Rena retira les gants de four et se pencha vers elle en disant doucement :

— Je ne savais pas très bien comment se passerait notre premier Noël sans lui, mais les enfants sont plus heureux que jamais. Ils se sentent en sécurité ici. Et ils sont résilients, tu vois ? Leur monde a été bouleversé, mais ils ont persévéré.

Elle jeta un regard attendri sur ses enfants.

— Je n'avais jamais le temps de faire ce genre de choses avec eux avant, des choses simples comme leur apprendre à faire des flocons de neige en papier. J'étais toujours si occupée par toutes les activités des enfants. J'étais plutôt leur chauffeur et nous avions très peu de temps pour prendre un repas ensemble. Maintenant, nous ne pouvons pas nous permettre tous ces extras, mais tu sais quoi ? Cela nous a appris à être de nouveau une famille.

Missy resta muette un instant, la gorge serrée, les yeux brûlants de larmes, le cœur battant.

— Maman, aide-moi ! cria Will en levant son flocon de neige.

Rena s'approcha de lui et Missy observa la beauté simple d'une mère qui aidait son fils à faire un flocon de neige. Les mots de Rena restèrent gravés dans son esprit : *Leur monde a été bouleversé, mais ils ont persévéré.* Le monde de Missy avait été bouleversé de très nombreuses fois, et elle avait persévéré également. Elle avait lutté durement et elle ne s'était jamais reconnu ce mérite. Elle était résiliente : si son monde était à nouveau secoué, elle pouvait persévérer également.

Elle poussa un soupir et la douleur dans sa poitrine s'apaisa. Elle pouvait prendre le risque avec Ben. Il avait merdé, mais elle aussi, en l'embrassant au travail, et il n'avait rien dit. Il avait sincèrement présenté ses excuses, il n'y avait plus de secret entre eux, et elle voulait bien essayer encore une fois. Elle passa une main tremblante dans ses cheveux, à la fois euphorique et terrifiée par cette idée. Et si c'était trop tard ?

Rena la regarda.

— Aimerais-tu te joindre à nous, Missy ? Sinon, je peux te faire du thé et tu peux juste te détendre sur le canapé.

Merde. Elle avait laissé toute la nourriture et les cadeaux dehors.

— Je reviens tout de suite, dit-elle. J'ai laissé quelque chose en bas.

Elle fila par la porte, descendant vite les marches, espérant que tout soit encore là où elle l'avait laissé. Elle sortit sur le perron. Dieu merci. Elle se dirigea vers les sacs de nourriture lorsqu'une voix masculine familière dit d'un ton sarcastique :

— On dirait une guerre au paintball. D'après moi, c'est le rouge qui a gagné.

Il faisait référence aux tâches de gelée sur le trottoir.

Le cœur battant, elle leva les yeux et vit Ben au bout de l'allée. Il portait un manteau en velours vert avec un chapeau d'elfe en velours vert assorti et il tenait un sac en papier kraft. Il était là à cause d'elle, elle le savait, et cela signifiait qu'il n'avait pas abandonné. Son pouls accéléra, et elle sentit son corps se réchauffer malgré le froid, soudain animé par l'électricité.

Elle vit ses fossettes et son cœur se serra.

— Je me suis dit que nous pouvions faire des petits gâteaux. J'ai apporté les emporte-pièce que j'utilisais quand j'étais enfant et de quoi les décorer.

Elle posa lentement les sacs et elle s'approcha de lui, les jambes tremblantes.

— Comment as-tu su où me trouver ?

— Ma grand-mère connaît les Harper. Je voulais t'aider.

Il devint sérieux :

— Je te voulais, toi.

Elle resta muette. Elle tremblait, des larmes lui brûlant les yeux. Il posa son sac et la serra dans ses bras, l'entourant d'amour radieux. Elle sentit son corps se calmer en se pelotonnant dans la chaleur de Ben.

Elle leva la tête vers lui.

— Je te pardonne. Je veux réessayer, d'accord ?

— Dieu merci.

Il posa la main sous son menton, se pencha vers elle et l'embrassa.

— Oui, oui et oui.

Le bruit de quelqu'un qui tapait sur du verre leur parvint. Ben leva les yeux et sourit.

— Nous avons un public.

Les enfants étaient collés contre la fenêtre, montrant Ben du doigt en s'exclamant.

— C'est vrai que tu fais un elfe très joyeux, dit Missy.

— J'ai appris auprès des meilleurs, la taquina-t-il. Ceci devrait être notre tradition de Noël. Elfer le soir du réveillon.

— Elfer, hein ? On dirait quelque chose de cochon.

Il gloussa, sortit un bonnet d'elfe de sa poche arrière et le posa sur la tête de Missy.

— Parfait, déclara-t-il.

Il regarda les sacs et les affaires sur le perron autour de lui.

— Tout ça est à toi ?

— Oui, je vais les prendre.

Elle rassembla tous les sacs de nourriture.

— C'est pour les Harper.

Elle se redressa et vit que Ben portait déjà l'énorme sac de cadeaux.

— Tu n'es pas obligé de porter ça.

— Je n'ai qu'un tout petit sachet d'affaires pour les gâteaux. Laisse-moi porter ça.

Elle fronça les sourcils et ramassa le cadre photo dans son sac plastique.

Il s'approcha d'elle.

— Pourquoi fronces-tu les sourcils ? À quoi servent tous ces muscles si ce n'est pas pour porter des affaires ?

Elle l'examina.

— Tu sais que je n'ai pas besoin de ton aide ? Il me faudra peut-être deux trajets, mais je peux tout monter par moi-même.

Il l'observa un instant.

— Es-tu en train de me dire que je peux me détendre et te laisser tout faire ?

Elle hocha la tête en souriant. Il avait compris, maintenant.

Il se pencha vers elle et il l'embrassa.

— Sais-tu depuis combien de temps je ne me suis pas détendu avec une femme ?

— Je n'en ai aucune idée.

— Jamais. Je ne me suis jamais détendu avec une femme.

Il se mit à parler plus fort en déclarant :

— Je jure avec le père Noël pour témoin que je ne ferai jamais quoi que ce soit qui te fasse regretter d'être revenue vers moi. De la transparence sur tout. Veux-tu cela ?

Elle fondit, toute ramollie et tendre par ce qu'elle ressentait pour lui.

— Oui, je le veux.

Leurs regards se croisèrent et un courant électrique crépita entre eux. Ils avaient tous deux remarqué que ce qu'elle venait de dire ressemblait à un vœu de mariage. Elle n'en avait pas peur du tout et Ben ne semblait pas gêné non plus.

Il fit son sourire à fossettes sexy, les yeux brillants d'amour.

— J'aime entendre ça, Missy. Maintenant, montons à l'étage. Nous avons un réveillon de Noël à fêter.

Il leva le menton pour lui faire signe de passer devant lui, tenant toujours le sac géant de cadeaux.

C'était plus facile de tout faire en un seul trajet avec son aide. Elle grimpa les marches avec la nourriture, poussée par son côté pratique, et elle eut l'impression qu'ils étaient une équipe de Noël. Les elfes pouvaient tout faire.

Ils arrivèrent devant la porte et ils frappèrent. La porte s'ouvrit et les garçons s'exclamèrent :

— Ce sont les elfes du père Noël !

Ben et elle échangèrent un sourire et ils entrèrent comme une véritable équipe d'elfes.

17

Ben terminait l'avion en Lego avec Todd et Will lorsque Missy revint dans l'appartement des Harper, le nez et les joues rougies par le froid de dehors, où elle avait lavé le trottoir au jet d'eau. Elle avait refusé de le laisser faire cette corvée et il devait encore s'habituer à l'idée de ne pas s'occuper de chaque petit travail devant être fait. À vrai dire, c'était un soulagement de savoir qu'elle était capable d'y mettre du sien et même plus. Et elle lui avait pardonné son erreur de jugement. Il n'aurait pas pu demander de meilleur cadeau pour Noël : tout son univers venait de se remettre d'aplomb.

Madelyn courut vers Missy, lui montrant avec enthousiasme le bracelet de l'amitié en perles qu'elle avait fabriqué pour sa nouvelle amie Katrina.

Il avala la boule dans sa gorge. Regarder Missy avec les enfants — toutes les attentions et le soin qu'elle avait mis dans le choix des cadeaux pour rendre leur Noël spécial — avait été une révélation. Elle avait peut-être traversé un enfer, mais elle était capable de beaucoup d'amour et de compassion. Ce n'était pas seulement qu'elle avait préparé un repas délicieux en sachant que Rena apprenait encore à cuisiner après des années de dépendance aux plats à emporter. Ou que Missy avait refusé de s'attribuer le mérite des cadeaux et des décorations, en disant que cela venait de la communauté de Clover Park, et qu'elle n'était que la messagère. Missy avait fait en sorte que les cadeaux pratiques de vêtements d'hiver que certains auraient vus comme un acte de charité paraissent vraiment bien. Elle avait soigneusement sélectionné les manteaux, les pantalons de ski, les bottes, les bonnets et les gants pour les enfants, les avait emballés et avait déclaré qu'ils étaient non seulement très bien pour les jours froids, mais aussi parfaits pour faire de la luge, des batailles de boules de neige et des bonhommes de neige. Alors que la plupart des enfants auraient rechigné en recevant des vêtements pour cadeaux, elle avait enthousiasmé les garçons en leur disant ce qu'ils allaient pouvoir faire avec, et Madelyn était ravie d'avoir un manteau qui ressemblait beaucoup à celui de son amie Katrina. Ben était certain que Missy s'était renseignée sur la mode des fillettes avant de le choisir.

Après les vêtements, Missy avait donné un jouet à ouvrir pour chaque enfant, et quatre autres à poser sous l'arbre pour le matin de Noël. Les garçons avaient reçu des Lego, un avion et un camion, et Madelyn un outil de fabrication de bracelets de l'amitié. Missy s'était vraiment prise au jeu de la fabrication du bracelet avec Madelyn, lui parlant tout le temps et cherchant discrètement à savoir si elle avait rencontré des filles gentilles dans sa nouvelle école.

Il observa Missy maintenant, qui parlait tête baissée, toujours en manteau, avec Madelyn, et il se rendit soudain compte qu'elle était son premier et son dernier amour. Son pouls se mit à battre très fort, toutes ses terminaisons nerveuses se mettant en alerte. Il ne s'était encore jamais laissé aller à des sentiments, avait toujours eu un pied dehors, prêt à partir, mais c'était peut-être afin que le sort puisse apporter Missy dans sa vie. Il voulait passer le reste de sa vie avec elle, et il voulait commencer tout de suite. Le mariage n'était pas écarté, mais si Missy ne voulait pas se remarier, il pouvait être tout aussi heureux sans.

Il se leva et il l'aida à retirer son manteau lorsque Rena les rejoignit. Elle lui donna le sac avec ses affaires pour les gâteaux et sa veste.

— J'ai lavé les emporte-pièce pour toi, dit Rena. Vous en

avez tellement fait, tous les deux. Je ne peux pas vous remercier assez. Je vais aller coucher les enfants. En tout cas, je vais essayer, précisa-t-elle en riant. Pourquoi n'iriez-vous pas profiter du réveillon ensemble ?

— Merci beaucoup de nous avoir laissés le fêter avec vous, répondit Missy. Si vous avez besoin de quoi que ce soit d'autre, il suffit de m'appeler. Je sais comment c'était d'être nouvelle en ville. J'ai des tonnes de connexions pour tout ce dont tu pourrais avoir besoin.

Rena secoua la tête en souriant.

— J'ai atterri dans la bonne ville. Je ne me suis encore jamais sentie aussi bienvenue. Et de penser que je l'ai trouvée complètement au hasard. C'était la seule ville avec un appartement assez grand que je pouvais payer.

— Le destin est bien mystérieux, dit Ben en donnant un coup de coude à Missy.

— Je suppose, dit Rena doucement.

Elle se tourna vers les enfants.

— Ben et Missy s'en vont. Que faut-il dire ?

— Au revoir ! Merci ! Joyeux Noël ! crièrent les enfants dans une cacophonie terrible.

— À vous aussi, dit Ben.

— Joyeux Noël ! dit Missy.

Elle serra Rena dans les bras avant de sortir.

— Est-ce que tu peux me déposer ? demanda Missy en descendant les marches.

— Bien sûr. Ça te convient si on va chez moi ? J'aimerais passer le réveillon de Noël avec toi.

Et le jour de Noël et le jour du Nouvel An et tous les autres jours.

Son regard s'adoucit et elle répondit :

— Avec plaisir.

Il s'arrêta pour lui faire un petit bisou. Il était toujours ému par Missy la douce.

Arrivé en bas, il lui ouvrit la porte d'entrée.

— Je dois faire venir la dépanneuse pour ma voiture, dit-elle en passant devant lui.

Il fut soudain très inquiet. Avait-elle eu un accident ?

— Pourquoi ? Qu'est-il arrivé ?

— Un pneu à plat et puis ma roue de secours a crevé aussi. Elle se trouve à quatre pâtés de maisons.

Ils montèrent dans sa voiture pendant qu'il réfléchissait à cette nouvelle information. Missy avait dû traîner toutes les affaires jusque chez les Harper par elle-même. Il était certain qu'elle n'avait pas demandé d'aide. Il démarra la voiture, sur le point de lui demander le nombre de trajets qu'elle avait dû faire lorsqu'elle lui expliqua tout, lui racontant cette histoire incroyable d'un désastre après l'autre qui la mena enfin jusqu'à l'objectif du Noël heureux pour les Harper, même si elle admit qu'ils étaient déjà heureux quand elle était arrivée là-bas.

Il la fixa, incrédule.

— Et à aucun moment tu n'as eu l'idée de demander de l'aide ? Pas même avec le pneu crevé ? Pas même en portant tant de choses après t'être fait mal à la hanche ? Même avec le bazar du verre cassé, de la gelée et de la tarte ?

— Ça paraît ridicule, quand tu le dis de cette façon.

— C'est ridicule. Même si tu ne voulais pas m'appeler. Tu as des amis et de la famille en ville.

— C'est juste que je n'ai pas l'habitude de demander de l'aide.

Elle mordit sa lèvre inférieure pulpeuse.

— Quand les pots de gelée se sont fracassés et que la tarte a été gâchée, j'ai eu — elle poussa un soupir — un bref moment où je me suis dit que j'aurais sans doute dû demander de l'aide.

Il retint un sourire en écoutant cet aveu réticent.

— En fait, tu as réussi.

Il passa une vitesse et s'engagea sur la route.

— Tu as rendu ces enfants très heureux.

— C'est vrai.

— Tu es un peu comme ta propre super héroïne.

— Je suppose.

Elle eut un grand sourire et lui serra le bras.

— Et avec ton complexe de super héros, toi qui veux

toujours te précipiter et sauver et régler tout et tout le monde, ça fait de nous une belle équipe.

Il fronça les sourcils.

— J'entends une insulte cachée là-dedans.

— Non, vraiment, c'est bien, insista-t-elle. Nous sommes tous les deux des gens compétents aimant aider les autres.

— Mais...

Il attendit l'insulte.

Elle sourit pour adoucir ses mots.

— Tu pourrais aider un peu moins, et moi je pourrais demander de l'aide de temps en temps.

— D'accord. Alors comme ça... je suis un super héros.

— Oui, d'une certaine façon.

Il se détendit.

— Enfin, elle le comprend.

— Tu ne serais pas un peu arrogant ?

— Euh, oui. C'est parce que je sais que j'ai raison.

— Ah oui. C'est ce que tu dis.

Il la regarda : elle avait un petit sourire.

— Ne me dis pas que tu penses encore que je suis M. Wrong.

C'est ainsi qu'elle l'avait appelé quand il ne l'avait pas reconnue parce qu'elle avait teint ses cheveux roux en brun. C'était un jeu de mots sur son nom de famille, M. Wright.

Elle baissa les paupières.

— Non, dit-elle doucement. Je ne le pense plus.

Il gonfla le torse de fierté.

— Alors, dis-le.

— Tu es M. Wright, entonna-t-elle.

— Je suis ton M. Right, et je ne parle pas de mon nom de famille. Je suis « le bon » pour toi.

Elle lui fit un de ses sourires tendres.

— Oui.

Il parla d'une voix rauque, malgré la boule dans sa gorge.

— Merci.

Elle poussa un petit soupir.

— Je vais appeler mon beau-frère au sujet de ma voiture. Un de ses employés viendra la chercher et s'en occuper.

— Alors *lui*, tu veux bien l'appeler pour lui demander son aide.

Elle leva les yeux au ciel.

— Il possède un garage.

Elle lui donna une petite tape enjouée.

— Ne t'inquiète pas, je trouverai un jour quelque chose à faire pour Super Ben.

— Ouais, ouais.

— Mais si ! Promis. Que dirais-tu de me masser les pieds ce soir ? Cela m'aiderait beaucoup.

— D'accord, mais je dois t'avertir que mes mains seront baladeuses.

Elle rit.

— Je comptais dessus.

Elle sortit son téléphone et elle organisa la réparation de sa voiture, puis elle ferma les yeux et s'endormit. Il ne fut pas très surpris : la nuit était tombée, il faisait chaud dans la voiture et elle était debout depuis cinq heures du matin. Il monta le volume de la radio et il chantonna doucement « I'll be Home for Christmas » en se disant qu'il aimerait beaucoup que Missy l'accompagne pour le repas de Noël chez sa grand-mère. Le réveillon cependant, était juste pour tous les deux.

Après être entré dans son garage, il coupa le moteur et il envisagea de porter Missy jusque dans son lit lorsqu'elle se redressa brusquement.

— Où suis-je ? demanda-t-elle, clairement inquiète. Quelle heure est-il ?

— Tu es chez moi, dit-il d'un ton apaisant. Il est presque vingt et une heures.

Elle se détendit.

— Ah. Pardon. Parfois je me réveille brusquement si quelque chose semble bizarre. C'est un réflexe de l'époque où je ne me sentais pas en sécurité au quotidien.

— Tu es toujours en sécurité avec moi.

Elle posa la main sur la joue de Ben, le regardant avec ses yeux de Missy la douce, avant de sortir de la voiture. Il la suivit, alluma les lampes et se dirigea vers le salon pour allumer le feu dans la cheminée.

— Tu as un sapin ! s'exclama-t-elle en se précipitant pour l'examiner.

Il appuya sur l'interrupteur de la guirlande multicolore.

— Il est artificiel, mais oui. Il est assez réaliste.

Il décorait toujours le sapin, chaque ornement lui rappelant sa mère. Elle lui en avait donné un chaque année pour Noël, en général en lien avec la nourriture — la décoration en forme de pizza avait été sa préférée quand il était enfant — ou avec son équipe sportive favorite. Il avait également des décorations de leurs vacances et des choses qu'il avait été obligé de fabriquer à l'école. Une pomme de pin avec des paillettes collées dessus, un rouleau de papier toilette transformé plus ou moins en sapin de Noël et une empreinte de main de la maternelle. Sa mère avait adoré jusqu'à la dernière de ces horreurs. Peut-être aurait-il un jour le bazar de ses propres enfants dans l'arbre et penserait-il que ce sont des trésors ?

Il sourit intérieurement en allumant le feu, écoutant Missy s'extasier devant le sapin. Lorsqu'il eut terminé le feu, il récupéra le carton plat qu'il avait enveloppé dans les pages de journal colorées des bandes dessinées du dimanche plusieurs semaines auparavant. Ce papier d'emballage était une autre tradition de Noël avec sa mère.

Il lui tendit le cadeau.

— Tiens. Joyeux Noël.

Elle couvrit sa bouche avec la main, les yeux écarquillés.

Il rit.

— Ne sois pas si surprise. C'est Noël. Je t'ai évidemment acheté quelque chose.

Il enleva la main de Missy de sa bouche et posa le carton entre ses mains.

Elle fixa la boîte avant de le regarder.

— Ben ! Je ne t'ai rien apporté.

Elle regarda à nouveau le cadeau en secouant la tête. Puis elle lui fit ses yeux doux.

— Tu es si merveilleux. J'étais si mal sans toi.

Il eut un grand sourire. Elle fit la moue.

— Pas besoin de sembler si heureux de mon malheur.

Il la prit par le coude et la conduisit jusqu'au canapé.

— Je suis content que tu aies été malheureuse sans moi, parce que j'avais l'impression d'avoir perdu un membre.

Elle posa le carton sur la table basse et elle serra Ben dans ses bras, collant la tête contre son torse.

Il l'attira aussi dans ses bras, inspira profondément et parla à toute vitesse :

— Missy, la raison pour laquelle j'ai été si fâché quand nous nous sommes embrassés au travail, c'est parce que je ne pouvais pas prendre le risque de ne pas paraître professionnel. J'ai été faussement accusé de harcèlement sexuel par une femme que j'ai engagée et renvoyée.

Elle leva brusquement la tête.

— J'ai été acquitté. Je n'ai même jamais été seul avec elle. J'étais certain qu'un autre avertissement contre moi aurait ruiné ma carrière et gâché nos chances avec les investisseurs. Je ne pouvais pas prendre le risque d'être perçu comme agissant de façon inappropriée avec toi. C'est pourquoi Logan a pris la tête de toutes ces réunions. L'accusation de harcèlement sexuel s'est répandue.

— Mais tu as dit avoir été innocenté.

— Je sais, mais c'est quand même mauvais d'être accusé.

Elle se renfrogna.

— Tous ceux qui te connaissent doivent savoir que tu ne ferais jamais une telle chose ! Tu es le meilleur homme que j'ai jamais rencontré !

Il fut traversé par une bouffée d'amour, gonflant le torse de fierté.

— Merci.

Elle fit encore plus la tête.

— C'est vrai. Je n'arrive pas à croire que quelqu'un puisse te faire cela.

Il posa les mains autour du visage de Missy et lui fit un baiser rapide.

— Même si j'agissais en professionnel avec toi, j'essayais chaque jour de faire croître notre amitié en espérant que lorsque le moment serait venu, cela deviendrait autre chose.

Elle adoucit le regard et elle pencha sa tête contre la main de Ben.

— Oh, Ben. Je-je t'aime.

Il sentit son pouls accélérer brusquement : il était vivant et chargé à bloc. Il fut sur le point de le dire à son tour, mais elle continua à parler du fond du cœur, les yeux brillants de larmes qui n'avaient pas coulé.

— Je n'ai jamais dit ces mots à un homme depuis mon ex-mari. J'ai eu peur d'aimer. Je pensais que cela me rendait vulnérable, mais avec toi je peux quand même être forte. Et en sécurité.

Il eut envie de danser sur la table basse, rempli de joie.

— C'est le meilleur cadeau que l'on m'ait jamais offert.

— Vraiment ? demanda-t-elle d'un ton incertain.

Elle avait pris un risque avec lui et il savait que c'était beaucoup pour elle.

Il caressa sa joue douce avec le pouce.

— Vraiment. Moi aussi, je t'aime. Je t'aime depuis que tu as essayé de me vendre un pull avec un oiseau…

Elle rit.

— Et je t'aimerai jusqu'à ma mort.

— Ben, dit-elle d'une voix étranglée en s'essuyant les yeux. Ne dis pas de telles choses. Tu me fais pleurer.

— C'est vrai.

Il la fit asseoir sur le canapé avec lui et il posa le cadeau sur ses genoux.

— Allez, ouvre ton cadeau.

Elle observa les bandes dessinées du dimanche.

— C'est tellement mignon. Tu utilises toujours ces pages-là pour emballer tes cadeaux ?

— Oui. C'était une tradition avec ma mère. Je garde ces traditions pour faire honneur à sa mémoire. Les fêtes étaient toujours un moment spécial avec elle.

Il déglutit.

— Les fêtes me la rappellent beaucoup.

— Ce doit être difficile pour toi.

Il hocha la tête.

— C'était vrai au début. Mais maintenant, c'est presque comme si elle était avec moi.

Elle déposa un baiser rapide sur les lèvres de Ben avant d'arracher le papier et de soulever le couvercle du carton.

— Oh !

Elle sortit un pull en cachemire rouge.

— Il est magnifique ! L'as-tu choisi rouge parce que mes cheveux roux te manquent ? Car si je redevenais rousse, la couleur n'irait pas avec.

— Je n'y ai pas vraiment pensé. Je me suis simplement dit que cela moulerait tes seins délicieux.

Elle l'embrassa et elle lui dit d'un ton taquin :

— Maintenant, tu me donnes l'impression d'être aguicheuse.

— Excellent. Reparlons de ça tout à l'heure.

Elle frotta la joue contre le pull en souriant.

— Aimerais-tu passer le dîner de Noël chez ma grand-mère avec moi ? demanda-t-il.

— Oh. En général, je passe Noël avec la famille de Lily. Je pourrais faire le matin de Noël avec eux et le repas du soir avec toi. Elle posa le pull sur la table basse, sortit son téléphone du sac et le rejoignit sur le canapé en composant un texto à toute vitesse. Un instant plus tard, elle lui montra le téléphone.

Lily : *Je savais que c'était M. Right !*

— Tu lui as donc parlé de M. Wrong ? demanda-t-il en jouant avec une mèche des cheveux de Missy.

Elle posa le téléphone sur la table.

— J'y ai été forcée quand elle m'a harcelé pour que je te fasse venir au dîner du dimanche. C'est la première étape de toute relation de longue durée.

— Merveilleux, je suis partant.

Il enfouit le nez dans son cou avant de lui chuchoter à l'oreille :

— Maintenant, si tu réussis le test de ma grand-mère, tu peux emménager avec moi.

Elle s'écarta pour le regarder.

— Ah bon, vraiment ? Seulement si je réussis ?

Il sourit.

— Si tu fais attention à tes manières, je suis certaine que tu réussiras.

Elle leva le menton.

— Tu dois peut-être passer un test, toi aussi.

Il lui fit signe qu'il acceptait le défi en agitant les doigts.

— Je vais cartonner.

Elle le fixa avec de grands yeux.

— Mon passé ne te gêne vraiment pas ?

— Missy, dit-il doucement, j'ai vécu beaucoup de choses similaires.

— Pas Louis.

Il lui prit la main.

— Non, mais ça ne me fait pas changer d'avis sur toi.

Elle regarda leurs mains jointes.

— Me vois-tu comme une victime ?

Il sentit son cœur se serrer de compassion.

— Est-ce ainsi que tu te vois ?

— Je l'étais, à l'époque, dit-elle doucement. C'est pour cette raison que je ne voulais pas que toi ou quelqu'un d'autre le sachiez, parce que l'on me verrait ainsi. La seule personne au courant est ma sœur.

Il lui serra la main.

— Tous ceux qui te connaissent maintenant diraient que tu n'as rien d'une victime. Quand je te regarde, je pense que tu es forte.

Elle sourit un peu, alors il continua.

— Pragmatique. Têtue. Très sexy. Intelligente. Je peux continuer.

— Je t'en prie, dit-elle avec un sourire éclatant.

Il la fixa, le cœur sur le point de déborder.

— Je te regarde et je vois mon amour pour toujours.

Elle se jeta sur lui, embrassant tout son visage. Il rit et s'allongea en la tirant avec lui, la serrant dans ses bras et l'embrassant jusqu'à ce que cela devienne un baiser torride. Un baiser qui ne pouvait aboutir qu'à une seule chose : rouler sur le sol avec cette lutteuse alligator sexy. Il voulut suggérer de monter à l'étage, où l'atterrissage serait plus doux pour la lutte, lorsqu'elle leva la tête et lui sourit.

— Quoi ? demanda-t-il.

— Dommage que tu n'aies pas acheté ce pull avec le merle bleu du bonheur. J'aurais aimé te voir le porter le matin de Noël.

Il posa la main sur ses fesses et la pinça.

— Et moi, j'aimerais te voir porter rien d'autre que ton bonnet d'elfe. Peut-être quelques clochettes placées de façon stratégique que je pourrais faire sonner.

— Pervers.

— Tu dis ça, mais je vois bien que tu y penses. Tes joues et ton cou sont rouges.

— C'est à cause des poils de ta barbe.

Il se frotta la mâchoire.

— Je me raserai demain.

— Tu es plutôt mignon, hein ?

— Comment oses-tu ?

Il s'assit en l'emmenant avec lui et elle sourit. Il l'embrassa, puis il la souleva et la posa sur ses pieds.

— S'il y a quelqu'un de mignon, c'est toi, toute douce et nue devant le feu.

Il la prit par la main et la guida jusqu'à la cheminée.

Lorsqu'ils approchèrent de la chaleur du feu, elle jeta les bras autour de son cou et parla contre ses lèvres.

— Et si je n'étais pas mignonne ? Si j'étais, comme tu l'as dit de façon si romantique, du genre à lutter comme un alligator ?

Il l'embrassa et la fit descendre sur le tapis.

— Ce n'était pas une plainte. J'adore ton alligator. Je suis heureux tant que tu es nue.

Elle passa les bras autour de lui.

— Fais-moi l'amour.

Il sentit son cœur s'arrêter de battre. Ce n'était pas « baise-moi », mais « fais-moi l'amour ». Il posa les mains de chaque côté de son visage et dit d'une voix rendue rauque par l'émotion :

— Je vais t'aimer avec mon cœur et mon âme.

Il avait les yeux qui brûlaient, elle avait des larmes au bord des paupières et ils se rejoignirent pour un baiser passionné qui contenait tout l'amour du monde.

18

Missy suivit Ben dans l'allée qui menait à la maison de sa grand-mère à Eastman. Elle était un peu angoissée à l'idée de rencontrer la femme qui avait élevé Ben après la mort de sa mère. Elle devait faire bonne impression, car elle savait que sa grand-mère était tout pour lui. Elle avait emménagé dans la maison où Ben avait grandi afin qu'il puisse avoir au moins cette stabilité. Missy aurait aimé que sa tante fasse la même chose. Ce n'était pas facile de recommencer sa vie dans une nouvelle maison et une nouvelle école tout en étant en deuil pour sa famille.

Ils atteignirent le porche et Ben entrelaça leurs doigts, déposa un rapide baiser sur ses lèvres et appuya sur la sonnette. Ses marques d'affection généreuses furent une distraction agréable. Un jour, elle allait s'y habituer, mais pour l'instant elle ressentait un petit sursaut de surprise chaque fois.

La porte s'ouvrit et Missy resta bouche bée. L'adorable Madame Walsh de l'église se tenait là, avec un pull rouge représentant un énorme sapin de Noël qui clignotait avec de minuscules lumières multicolores. Elle avait attaché une pince avec un petit nœud rouge dans ses cheveux blancs. Ben entra dans la maison, englobant sa petite grand-mère dans un grand câlin. Missy le suivit, stupéfaite.

La grand-mère s'écarta de Ben et fit un grand sourire à Missy.

— Je savais que vous alliez être ensemble pour Noël !

— Je ne savais pas que vous étiez la grand-mère de Ben, dit Missy en regardant Ben puis sa grand-mère.

Bien sûr, il n'y avait pas de ressemblance familiale puisque Ben était adopté. Leur nom de famille était différent également, alors elle ne pouvait pas s'en vouloir de ne pas avoir fait le rapprochement.

— Et j'en suis fière, dit Madame Walsh. Entrez, entrez. Asseyez-vous. Joyeux Noël !

Elle marmonna en se pressant vers le salon, où les attendait une assiette de biscuits au beurre de cacahuètes. Chaque cookie avait un chocolat Hershey's Kiss enfoncé au milieu.

Missy s'installa à côté de Ben sur le canapé beige moelleux. Madame Walsh était assise sur un fauteuil bleu à côté d'eux, l'air ravi, un grand sourire sur son visage.

Ben prit un cookie.

— Merci, grand-mère. J'adore tes biscuits beurre de cacahuètes-Kiss.

— C'est pour cela que je les ai faits, dit Madame Walsh. Je prends toujours soin de mon petit chou.

Missy se retint de rire. Ben se contenta de sourire.

Missy eut une pensée étrange.

— Madame Walsh ?

— Oui ?

Les yeux bleus de la dame âgée étincelaient de jubilation.

— Avez-vous envoyé Ben à la foire de l'église spécifiquement pour me rencontrer ? demanda Missy.

Madame Walsh rit.

— Je l'ai envoyé récupérer son cadeau.

Ben gloussa.

— Qui était Missy. Je comprends maintenant.

Il fit une grimace à sa grand-mère et demanda en feignant la colère :

— Qu'est-ce qui t'a fait croire que je voulais que tu me cases avec quelqu'un ?

— Tu as trente et un ans, nom d'un chien, rétorqua

Madame Walsh. Tu es célibataire et tu te fanes à vue d'œil. De plus, Missy est comme toi : c'est quelqu'un de bien avec une nature profondément compatissante. Deux bonnes personnes. Deux bonnes personnes qui vont bien ensemble.

Elle eut un petit sourire satisfait.

Missy échangea un regard ironique avec Ben. Ils avaient été piégés, mais ils étaient tous les deux trop heureux pour s'en soucier. Avaient-ils tous deux voulu croire au destin ? Une partie était malgré tout peut-être due au destin. Après tout, ce n'était pas comme si Madame Walsh savait que Missy, comme Ben, avait été adoptée et avait perdu ses parents. Elle n'avait jamais révélé ce genre d'informations personnelles à quelqu'un d'autre que sa sœur. Il y avait quelque chose d'unique dans les passés communs de Ben et elle qui frôlait le mystique.

— Ha ! s'exclama Madame Walsh. Je n'entends aucune plainte de votre part. Bien sûr, Ben est un peu lent pour faire le premier pas…

— Je ne suis pas lent, protesta-t-il.

Missy rit. Madame Walsh continua comme s'il n'avait rien dit :

— Alors il a fallu que je fasse un peu plus d'efforts. Missy, quand je t'ai vue travailler en tant qu'elfe au centre commercial, je l'ai envoyé le lendemain chercher une pile pour montre. Cette montre ne marche plus depuis des années !

Missy grimaça.

— Je ne suis pas sûre que me voir en elfe a aidé mon cas. J'avais l'air totalement ridicule.

— Tu avais l'air adorable ! déclara Madame Walsh.

— Et la jupe courte aidait aussi, ajouta Ben avec un clin d'œil.

Missy rit et secoua l'index vers sa grand-mère.

— Vous êtes rusée. Je n'aurais jamais deviné que c'était vous qui tiriez les ficelles toutes les fois que j'ai croisé Ben. Je pensais que c'était seulement parce que lui et moi travaillons dans la même ville et connaissons beaucoup de personnes en commun.

Madame Walsh tendit une assiette de biscuits à Missy.

— Mange. Tu es trop maigre.

La gentillesse de ce geste serra la poitrine de Missy. Madame Walsh s'occupait d'elle comme de sa famille.

Missy prit un biscuit.

— Merci.

Madame Walsh hocha la tête et déclara :

— J'ai dit à Ben qu'il épouserait une rousse.

Tout le monde à l'église avait vu Missy avec ses cheveux roux pendant quelque temps.

Ben grogna :

— Très subtil…

Missy mordit dans le biscuit et ne fit pas de commentaire par rapport au mariage. Elle savait que Ben n'aimait pas le mariage, il le lui avait déjà dit, et l'idée ne lui plaisait pas tellement après son premier mariage traumatisant.

— Tu vois ? dit Ben à Missy. Le destin, c'est réel.

Il montra sa grand-mère.

— Je suis le destin, dit Madame Walsh en gloussant. Ben, avoue : le cadeau de Missy n'est-il pas mieux que ce pull qui gratte ? Je t'ai dit d'aller chercher ton cadeau avant que quelqu'un d'autre la découvre. C'est une belle prise.

Missy rougit, elle n'avait pas l'habitude des compliments.

— Oui, c'est vrai, dit Ben avec un sourire.

Il se pencha vers elle et chuchota à son oreille :

— On dirait que tu as passé le test de ma grand-mère depuis longtemps.

— Que chuchotes-tu là-bas ? demanda Madame Walsh. Je ne t'entends pas.

Missy sourit.

— Il dit que j'ai réussi le test de la grand-mère.

— C'est vrai ! C'est moi qui t'ai choisie !

Madame Walsh se frotta les mains avant de demander :

— Alors, quand aura lieu le mariage ? Je ne rajeunis pas, vous savez.

Missy s'étrangla en plein rire.

— On va d'abord crécher ensemble, dit Ben d'un ton pragmatique.

Crécher ensemble ? Missy se tourna vers Ben en secouant la tête parce qu'il parlait ainsi à sa grand-mère. Il la regarda d'un air de dire « *quoi ?* ».

— Vous allez vivre dans le péché ! déclara Madame Walsh en fronçant les sourcils. Puis Ben empira les choses :

— Missy adore le péché.

— Ben ! s'exclama Missy.

Il donna un coup de coude à Missy en regardant sa grand-mère.

— Elle semble si angélique, mais si tu la voyais... aïe !

Missy venait de lui donner un coup de coude dans les côtes. Elle lui fit un sourire adorable. Il l'embrassa et il mordit sa lèvre inférieure pour la punir. Elle se sentit traversée par un sursaut de désir et elle dut lutter contre l'envie d'avoir plus.

— Qui veut du vin ? demanda Madame Walsh. Je pense que nous devrions trinquer au fait que Ben se case enfin.

Elle se leva et marmonna :

— Même si c'est pour vivre dans le péché.

Elle se rendit à la cuisine.

Ben prit la main de Missy et parla d'une voix grave et rauque :

— Je t'épouserais sans l'ombre d'une hésitation.

Missy inspira.

— Que dis-tu ?

Il leva la main de Missy, frôlant ses articulations avec les lèvres et lui donnant la chair de poule jusqu'en haut du bras.

— Si tu acceptais de te remarier, j'aimerais beaucoup t'épouser. Tu es mon premier amour.

Il marqua un arrêt en la regardant au fond des yeux. Le cœur battant, elle soutint son regard.

— Mon dernier amour. Je veux passer ma vie avec toi.

Elle éclata en sanglots, submergée par tout ce qu'elle ressentait pour lui, submergée par ses mots tendres.

Il passa un bras autour de ses épaules et l'attira contre lui.

— C'est trop tôt, murmura-t-il. Nous en parlerons plus tard.

Madame Walsh revint quelques instants plus tard avec une bouteille de vin sous un bras, un tire-bouchon et trois verres dans l'autre main. Missy essuya vite ses larmes, mais la grand-mère surprit son mouvement.

— Benjamin Oliver Wright ! s'écria Madame Walsh. Qu'as-tu fait ?

— Merci pour ta confiance, marmonna-t-il.

Missy se redressa.

— Il a juste dit des choses adorables et cela m'a fait pleurer, car je n'en ai pas l'habitude.

— Oh.

Madame Walsh tendit la bouteille de cabernet à Ben avec le tire-bouchon.

— Ça va, alors. Ben peut être adorable, parfois, même si c'est généralement uniquement avec la famille. Tu es la première femme qu'il ramène à la maison.

Ben ouvrit le vin et le servit sans paraître gêné que sa grand-mère parle si ouvertement de lui. Il tendit un verre de vin à Missy et elle le fixa avec étonnement. Elle ne savait pas qu'il s'agissait d'une occasion si spéciale. Elle avait supposé qu'il avait ramené de nombreuses petites amies au cours des années précédentes.

— Est-ce vrai ? lui demanda Missy. Suis-je la première femme que tu as ramenée à la maison ?

— Oui.

Elle sentit son menton trembler, ses yeux se remplir de larmes parce que lui aussi, il comptait beaucoup pour elle. C'était le seul homme qui l'excitait et auprès de qui elle se sentait en sécurité.

Il reprit le verre des doigts tremblants de Missy et le posa sur la table.

— Si tu pleures encore, grand-mère va me le reprocher.

Missy prit ses deux mains et les serra.

— Je t'épouserai.

Il lui fit un sourire éclatant.

— Vraiment ?

Elle hocha la tête en souriant. Il posa les mains sur son visage et l'embrassa passionnément. Elle lui rendit ce baiser avec tout l'amour dans son cœur.

— Vous vous êtes assez roulés de pelles comme ça, déclara enfin Madame Walsh, ce qui les fit rire.

Ils s'écartèrent en se souriant.

— Trinquons, dit Madame Walsh en levant son verre.

Ben et Missy l'imitèrent.

— À moi ! s'exclama Madame Walsh. Pour avoir rassemblé deux personnes merveilleuses qui feront bientôt de moi une arrière-grand-mère !

Ben sursauta. Missy se contenta de sourire et de trinquer. Elle avait voulu des enfants, mais pas en tant que mère célibataire. Si elle épousait Ben, si elle construisait une vie avec lui, alors elle souhaitait que les enfants en fassent partie également.

— On n'est pas pressé pour les enfants, dit Ben en jetant un regard appuyé à sa grand-mère.

Madame Walsh sourit sereinement.

Missy imaginait très bien la grand-mère poser des questions sur leur reproduction. *Avez-vous essayé ? Quelles positions avez-vous utilisées ? Dépêchez-vous de recommencer !*

Ben serra la main de Missy en lui faisant un petit sourire, ses fossettes s'inscrivant dans ses joues bien rasées.

— Plus tard, ça me dirait bien d'avoir des enfants.

La gorge de Missy se serra d'émotion et elle sentit ses yeux brûler. Elle ne parvint à dire que :

— Moi aussi.

— Maintenant, c'est vous qui allez me faire pleurer, déclara Madame Walsh. Tellement d'amour.

Elle renifla.

— Je suis si heureuse. Cette vieille femme a besoin d'un câlin.

Ben la serra dans ses bras et Missy le suivit. Puis ils s'installèrent à nouveau à leur place et Missy raconta le réveillon de Noël des Harper à Madame Walsh. Tout le monde discuta longuement en buvant le vin, au chaud et en bonne compagnie, et tout brillait. Ou peut-être était-ce juste Missy qui brillait grâce à tout cet amour.

Plus tard, Ben et elle se rendirent à la cuisine pour aider avec le dîner. Madame Walsh fournit un flot continu d'histoires sur Ben, alternant entre la fierté exagérée jusqu'à la honte complète. Missy adora cela, vérifiant fréquemment les informations auprès de Ben, qui se contentait de sourire et ne semblait pas embarrassé par ce résumé exhaustif sur son passé. Internet n'était rien à côté d'une grand-mère. Ce qu'elle préféra fut le moment où il avait frôlé la célébrité dans un boy band quand il avait douze ans, et qu'il faisait le tour des centres commerciaux. Ha ! Elle lui dit qu'il lui tardait de voir les photos et qu'il devait absolument lui chanter quelque chose. Il le lui promit, mais en échange d'un paiement pour ce privilège. Ils savaient tous les deux que c'était sa façon de dire des cochonneries sans être compris par leur témoin âgée.

Le dîner fut délicieux et décontracté. Elle s'était déjà bien entendue avec Madame Walsh auparavant, et elle se sentait encore plus proche d'elle maintenant qu'elles partageaient leur amour pour Ben.

Elle le regarda de l'autre côté de la table lorsqu'il pencha la tête pour manger une bouchée de tarte aux cerises et aux épices. C'était la célèbre recette de sa grand-mère. Elle prit rapidement une bouchée qu'elle faillit recracher lorsque Madame Walsh s'exclama :

— Ben, il faut que tu récupères cette bague ! Ce n'est pas officiel sans la bague. Ne tarde pas.

— Je n'ai pas besoin de bague, s'empressa de dire Missy. C'est bon.

Elle n'avait pas besoin de grand-chose pour être heureuse. Elle avait appris à se contenter de peu.

Ben leva la main en jetant un autre regard appuyé à sa grand-mère avant de dire à Missy :

— Tu auras une bague et une demande officielle. Je voulais simplement que tu saches dès maintenant comme j'aimerais t'épouser. Tu me fais croire au mariage. Je veux juste…

Il haussa une grande épaule.

— Je te veux pour toujours.

Missy eut le souffle coupé en entendant « pour toujours ». Son cœur se serra, son corps se figea. Puis elle laissa échapper un soupir tremblant et sans autre pensée que de se rapprocher le plus possible de lui, elle bougea comme dans un rêve, quittant sa chaise pour faire le tour de la table jusqu'à lui. Il était debout lorsqu'elle parvint jusqu'à lui et elle passa les bras autour de sa taille en le serrant fort. Il l'enveloppa dans ses bras et la remplit d'amour radieux.

Il posa un baiser sur le haut de sa tête et dit à sa grand-mère :

— Je la ramène à la maison maintenant.

Missy s'écarta et regarda la grand-mère qui essuyait discrètement ses larmes.

— Allez-vous-en, dit Madame Walsh en les chassant. Allez faire des bébés.

Ben gloussa.

— La subtilité n'est pas son fort.

— La subtilité ne donne pas de résultats, dit Madame Walsh. *Moi*, je donne des résultats.

Missy ne pouvait pas reprocher à Madame Walsh de s'attribuer le mérite. Cette femme avait un intérêt certain dans leur relation et elle les avait fait parler de mariage et d'enfants. Missy était certaine qu'elle-même n'aurait pas abordé le sujet avant très longtemps. C'était presque un trop grand espoir. Elle aurait été satisfaite d'une relation de longue durée, mais elle devait admettre que le mariage et les enfants étaient un bonus bienvenu.

Ils firent leurs adieux et retournèrent chez lui en planifiant déjà le déménagement de Missy. Pour la première fois, l'avenir la remplissait de joie.

Cependant, dès qu'ils firent un pas dans la maison, Missy décida qu'elle avait assez parlé. Elle se jeta sur lui et ils le firent directement contre le mur de l'entrée.

Puis encore une fois dans son lit.

Puis dans la douche.

Ils s'endormirent enfin, bras et jambes emmêlées, toute résistance disparue, se laissant aller au destin, se laissant aller à l'amour.

ÉPILOGUE

Missy était assise sur le canapé floral de Hailey avec Lexi et Sabrina. Elles étaient toutes trois déjà habillées et prêtes pour le Nouvel An. Leurs autres amies étaient éparpillées dans l'appartement de Hailey, fouillant dans ses piles de magazines de mariage et ses étagères couvertes de romances dans le salon, ou bien profitant des légumes à tremper dans des sauces dans la cuisine, ou encore mettant la dernière touche à leur coiffure et leur maquillage sous les instructions enthousiastes de Hailey dans sa chambre. D'après ce que savait cette dernière, elles étaient toutes venues ici pour se préparer à la fête du Nouvel An en groupe. La fête chez Garner's était devenue leur tradition annuelle. La véritable raison pour laquelle elles étaient rassemblées dans l'appartement de Hailey était que Sabrina organisait une intervention.

Lorsque Hailey apparut enfin dans le salon – magnifique comme toujours avec un chemisier noir laissant les épaules nues et une minijupe noire au-dessus de talons aiguille noirs – Mad inventa une excuse pour partir, prétextant qu'elle avait oublié quelque chose chez elle.

— Quoi donc ? demanda Hailey. Tu peux m'emprunter ce qu'il te faut.

— Tout va bien, dit Mad en se dirigeant déjà vers la porte. Je ne mettrai pas longtemps.

Hailey fronça les sourcils.

— Il lui faudra au moins une demi-heure pour faire l'aller-retour chez elle.

— Nous ne sommes pas pressées, la rassura Sabrina. Il n'est pas encore vingt heures.

— Je suppose, répondit Hailey. Vous avez faim ? demanda-t-elle joyeusement en se dirigeant vers la cuisine. Je vais préparer un plateau de fromages. Oh, j'ai aussi des olives.

Missy et Sabrina échangèrent un regard. Selon l'opinion professionnelle de Sabrina, avec laquelle elles étaient toutes d'accord, Hailey devait se calmer. Cela faisait plus de deux mois qu'elle fonctionnait en hyper vitesse, depuis que Josh et Clarissa étaient ensemble, et Sabrina craignait que Hailey fasse un burnout. C'était une réelle inquiétude, car l'entreprise d'organisation de mariages de Hailey allait nécessiter beaucoup de travail au cours du premier semestre de la nouvelle année, pas seulement pour les couples nouvellement fiancés, mais aussi pour le mariage de Carrie et Zach, qui allait être présenté dans le magazine national *Spécial Mariages*. Ce mariage devait être celui qui occultait tous les autres. Pour la santé mentale de Hailey et pour l'avenir de son travail, cette intervention était nécessaire.

Elles entendirent Hailey bavarder à toute vitesse avec l'adorable Lauren, la seule qui était restée dans la cuisine quand le tourbillon Hailey était arrivé. Les autres discutaient doucement dans le salon, attendant le signal de Mad. Une demi-heure plus tard, les hors-d'œuvre ayant été consommés, elles étaient toutes assises au bord de leur chaise lorsque Sabrina annonça :

— Mad est en route.

Cela signifiait qu'elle était arrivée, attendant derrière la porte.

— Enfin ! dit Hailey depuis la cuisine où elle finissait la vaisselle.

Elle avait refusé de laisser qui que ce soit l'aider, disant qu'elle aimait être occupée.

— Ce soir, il nous faut danser, Mesdames ! Je suis tellement fébrile après être restée coincée à l'intérieur tout l'hiver.

Fébrile, surexcitée, c'était pareil.

— Bonne idée, répondit Lexi.

— Hailey, peux-tu venir ici ? demanda Sabrina. Je voulais
te parler de la nouvelle année.

— Une minute ! chantonna Hailey. Laisse-moi juste…

Elles entendirent des plats claquer dans les placards, puis
Hailey apparut dans le salon.

— Voilà ! Quels sont tes projets ?

Missy se déplaça sur l'accoudoir du canapé et Sabrina
tapota la place vide à côté d'elle. Hailey s'y assit en croisant
les jambes et elle se tourna vers Sabrina.

— Avec quoi puis-je t'aider ?

La pièce devint silencieuse. Tout le monde se prépara à
suivre l'exemple de Sabrina. Après tout, c'était elle, la
conseillère.

Sabrina parla d'un ton doux, mais avec des mots francs :

— Hailey, maintenant que les fêtes sont passées, il est
temps que tu ralentisses le rythme.

— Tu as été si déchaînée que c'en est effrayant, intervint
Missy.

Hailey souffla.

— Je ne suis pas déchaînée. J'ai juste été…

— Occupée   à   travailler,   l'interrompit   Sabrina.
Depuis que…

Elle marqua une pause et Missy retint sa respiration en se
demandant si Sabrina allait confronter Hailey au sujet
de Josh.

— … Eh bien, depuis que tu as décidé d'être ouverte aux
relations et que tu as mis fin à ta situation avec le copain de
baise, tu as beaucoup d'énergie aimante qui cherche à
s'échapper de toi.

— Dans tous les sens, dit Lexi.

Sabrina jeta un regard de réprimande à Lexi avant de se
retourner vers Hailey.

— Et nous pensons toutes que tu as besoin de… focaliser
cette énergie. C'est à ton tour d'être aimée.

Elle envoya un signal à Mad par texto pendant que toutes les autres assuraient Hailey de leurs bonnes intentions.

— Elle a raison !

— Tu mérites l'amour !

— Nous voulons que tu sois heureuse !

Hailey déglutit en scrutant nerveusement la pièce.

On frappa à la porte. Hailey se redressa d'un seul coup, raide comme un piquet, fixant la porte comme si le diable lui-même allait entrer, Josh étant le diable.

— J'y vais, dit Sabrina en se précipitant vers la porte pour l'ouvrir.

Mad entra en portant deux sacs en toile.

— Je suis de retour !

Hailey se laissa retomber sur le canapé.

— Arg ! J'ai cru que vous essayiez de jouer les entremetteuses, en inversant la situation.

— Nous aurions dû faire ça ! s'exclama Lexi.

Elles lui jetèrent toutes un regard noir.

— Quoi ? Un revirement n'est pas injuste.

Mad posa les sacs avec précaution sur le sol, en ouvrit un et en sortit un chiot blanc au pelage dru avec de grandes oreilles pointues et d'énormes yeux noirs. Le chien regarda autour de lui avec curiosité. Rose était un mélange de terrier et chihuahua âgée d'un an. Son physique était un peu ingrat avec ses touffes de fourrure en trop, mais elles avaient toutes pensé que Hailey aimerait la rendre jolie en s'occupant bien d'elle et en lui donnant des accessoires. La chienne était assez petite pour un appartement, fougueuse comme Hailey, et déjà entraînée par sa propriétaire précédente, une dame âgée qui était décédée de façon soudaine.

— Tu as un chien ? s'exclama Hailey. Cool !

Mad ne répondit pas et elle porta Rose jusqu'à Hailey.

— Nous avons pensé qu'un chien te calmerait.

— C'est pour moi ? chuchota Hailey.

Sabrina intervint.

— Les chiens aiment sans condition, et c'est ce que nous voulons pour toi. Si tu ne veux pas de la responsabilité…

— Tu plaisantes ?

Hailey prit Rose dans les bras et la serra contre elle.

— Je l'aime déjà.

Elle colla son nez contre celui du chien qui lui lécha la bouche.

— Il m'a embrassé !

— C'est une fille, dit Missy. Elle s'appelle Rose, mais tu peux changer son nom.

— C'est parfait.

Hailey caressa la chienne derrière les oreilles.

— Comme tu es belle.

Des larmes s'échappèrent des yeux de Hailey, et Rose les lécha immédiatement. Sabrina se leva et frotta le dos de Hailey en souriant au petit chien. Si Hailey n'avait pas voulu d'elle, Mad avait prévu de la garder. Ou Sabrina. Elles avaient toutes deux trouvé qu'elle était adorable.

Hailey leur fit un sourire larmoyant.

— Ce sont des larmes de bonheur. Je suis tellement émue que vous ayez pensé à un cadeau aussi merveilleux pour moi.

Elle rit en parlant à la chienne.

— Oui, tu es un merveilleux cadeau ! Qui est trop mignonne ? C'est toi !

Elle serra Rose contre elle et la chienne posa les pattes avant sur l'épaule nue de Hailey avant de poser la tête entre ses pattes.

— C'est comme un bébé à fourrure !

— Les chiens aux poils raides sont censés être plus hypo-allergéniques, dit Sabrina, alors tu pourras éventuellement la prendre au travail avec toi. Tes clients ne devraient pas en souffrir.

Hailey caressa la petite tête de Rose.

— Bien sûr que je vais la prendre au travail ! Je vais lui acheter un petit lit pour chien et elle pourra rester dans mon bureau. C'est un des avantages d'avoir ma propre entreprise. En fait, elle est si minuscule que je pourrais la prendre partout. Je vais lui acheter un de ces sacs pour chien.

Mad leva le sac en toile dont deux bords étaient faits en filet.

— Voici son sac de transport.

— Super ! Je vais la mettre là-dedans en laissant le haut ouvert et l'emmener à la fête ce soir. C'est une bonne idée qu'elle s'habitue au monde. Après tout, elle ira sûrement à de nombreux mariages.

— Euh, d'accord, dit Mad d'un ton hésitant en regardant Sabrina.

— Il te faudra sans doute demander à tous les clients du bar avant, dit Sabrina. Et laisser un peu de temps à Rose pour voir si ça ne la perturbe pas.

— Elle va très bien ! déclara Hailey. Regarde, elle est ici avec nous toutes et elle est si calme. Elle est presque endormie sur mon épaule.

Elle se tourna pour leur montrer Rose qui se reposait effectivement, les paupières lourdes, contre l'épaule de Hailey. C'était sans doute un endroit bien chaud.

— Merci encore, vous toutes, c'est le meilleur cadeau que j'ai eu.

— Elle est assez mignonne, dit Mad. Elle est restée chez moi pendant deux semaines. Elle est propre et elle sait s'asseoir, donner la patte et se coucher.

Hailey caressa le minuscule corps de Rose.

— Elle est si intelligente. Je le vois déjà.

Mad récupéra l'autre sac en toile et le posa sur le comptoir de la cuisine.

— Voici sa nourriture, ses bols, sa laisse et ses friandises.

— Merci, Mad, dit Hailey d'une voix étranglée. Merci à vous toutes. Câlin de groupe !

Elles se rassemblèrent toutes autour de Hailey en caressant la petite Rose, qui ne prit pas la peine d'ouvrir les yeux. Elle avait trouvé un endroit sûr auprès de Hailey.

Après leur câlin, Hailey posa Rose dans son sac de transport, le referma et parla encore comme à un bébé à travers le panneau transparent. Elle se redressa.

— Je me sens déjà plus détendue. Qui est prête à faire la fête ?

— La fête ! cria Lexi, ce qui fit grogner Rose.

— Ça va, mon bébé, lui dit Hailey. Maman est là.

Elle enfila son manteau en laine blanc.

— J'y vais en voiture afin que Rose n'ait pas froid. J'ai de la place pour deux autres passagères, si vous voulez.

Elles s'entassèrent toutes dans les voitures disponibles et parcoururent la courte distance jusque chez Garner's. Hailey louait un appartement au sous-sol d'une vieille maison victorienne à Clover Park, à quelques pâtés de maisons seulement.

En arrivant chez Garner's, il tardait à Missy de dire à Ben que leur intervention avec le chien s'était bien passée. Il avait été sceptique, disant que Hailey n'aimait peut-être pas les chiens. Le bar était bondé, bruyant de conversation et de musique rock qui s'échappait des haut-parleurs installés ici et là. Les tables avaient été retirées de la salle à manger sur le côté droit afin qu'il y ait plus de place pour bouger. Le long du mur qui séparait la zone de repas du bar, une longue table de hors-d'œuvre avait été installée. Il y avait les plats habituels : des pilons de poulet épicés, des saucisses dans de la pâte feuilletée et des chips de tortilla chaudes.

Elle se mit sur la pointe des pieds en essayant de trouver Ben. Elle savait que les garçons étaient là quelque part, mais le bar était ouvert à tout le monde, alors il y avait des tonnes de gens qu'elle ne connaissait pas. Elle lui envoya un texto en lui disant qu'elle était arrivée.

Hailey se plaça derrière elle et posa une main sur son épaule.

— Peux-tu tenir Rose pendant que j'enlève mon manteau ? Je ne voudrais pas que quelqu'un marche sur elle par accident.

— Bien sûr, dit Missy en faisant passer la sangle du sac sur son épaule.

Rose était si légère.

Hailey enleva son manteau. Des poils blancs étaient accrochés à sa poitrine, à l'endroit où Rose s'était reposée.

Missy indiqua le chemisier de Hailey.

— Il te faudra une brosse à vêtements.

Hailey regarda ce qui était sans doute un chemisier de marque et elle retira quelques poils avec ses doigts.

— Je suppose qu'il faudra que je m'y habitue.

Elle récupéra le sac de transport et l'ouvrit. Rose se

redressa, regardant autour d'elle, agitant le nez en reniflant l'air.

— Allez viens, je pense que Rose aimerait bien une de ces saucisses feuilletées.

— D'accord.

Missy la suivit en vérifiant s'il y avait un texto de Ben. *En route.* C'était étrange. Elle pensait qu'il était déjà arrivé.

Elles s'approchèrent de la table et Hailey sortit Rose de son sac.

— C'est quoi, ça ? demanda Josh en apparaissant soudain et en fixant Rose.

Il versa des chips de tortilla dans le bol réchauffant.

Rose grogna.

— Comment ça, c'est quoi ça ? demanda Hailey. C'est ma chienne, Rose. Elle apprend à se sociabiliser.

Josh s'approcha d'elle.

— Tu es sûre que c'est un chien ? On dirait un rat.

Hailey retint sa respiration, muette d'indignation. Rose montra ses minuscules dents à Josh en grognant, ce qui la rendit encore moins belle à voir.

— Elle n'est pas très belle, dit Josh en tendant la main pour caresser Rose.

La chienne aboya et aboya et aboya. Des aboiements aigus qui perçaient les tympans et faisaient trembler les dents dans les gencives.

Hailey s'écarta de Josh en fixant Rose, qui finit par se calmer, puis elle regarda Josh.

— Elle ne t'aime pas.

Josh montra les dents à Rose.

— Peut-être que je ne l'aime pas, moi non plus.

Hailey caressa Rose en lui parlant d'une voix apaisante. Elle récupéra une saucisse feuilletée et elle en donna un minuscule morceau à Rose.

— Ça, c'est pour les clients qui paient, dit Josh.

— Je paie, rétorqua Hailey.

— Les chiens sont interdits, dit Josh en croisant les bras.

Missy scruta la salle à la recherche de Clarissa. Si Josh et

Hailey devaient encore se disputer, Clarissa interviendrait sûrement. Elle ne la vit pas.

— Clarissa est ici ? demanda Missy à Josh.

— Non, dit-il, les yeux rivés sur le chien de Hailey.

— Il y a des règles d'hygiène, tu sais.

Rose et Hailey grognèrent contre Josh.

— Clarissa arrive bientôt ? demanda Missy à Josh.

Un muscle se serra dans la mâchoire de Josh, mais il resta silencieux en fixant Hailey.

— Elle est sage, insista Hailey en essuyant le museau de Rose qui était couvert de miettes du feuilleté. N'est-ce pas, mon bébé ? Tu vas rester dans ton petit sac, bien au chaud.

Josh s'approcha et Rose se mit à aboyer férocement.

Hailey observa Rose et s'écarta de Josh.

— Ça, c'est de l'aboiement.

Elle regarda Josh.

— Il vaut mieux que tu partes. Elle n'aime vraiment pas que tu t'approches.

— Ceci est mon bar ! s'agaça Josh. Si quelqu'un doit partir, c'est ce petit rat.

Hailey lui jeta un regard noir.

— Ce n'est pas ton bar. Tu es simplement le gérant.

Josh serra la mâchoire en jetant un regard assassin à Hailey avant de partir d'un pas lourd.

Missy le regarda partir en espérant que Clarissa arrive bientôt, car elle n'avait jamais vu Josh de si mauvaise humeur. Il passa derrière le bar et il se remit au travail en servant des boissons.

— Tu devrais la ramener à la maison, dit Missy à Hailey. Josh dit que les chiens sont interdits. C'est un restaurant.

Hailey leva le menton.

— Rose est ma chienne de thérapie. On a le droit d'avoir des chiens de thérapie dans les restaurants.

— Comment peut-elle être ta chienne de thérapie alors que tu viens de la recevoir ? Ne faut-il pas avoir un entraînement spécial pour cela ?

— Nous commencerons notre entraînement juste après le Nouvel An. En attendant, c'est mon chien de thérapie émotionnelle. Je me sens plus détendue et plus calme quand elle est avec moi.

— Mais Josh...

— Peut me l'arracher des mains quand je serai morte.

Son ton glacial fut intimidant, venant de cette femme normalement si joyeuse.

— C'est à toi de voir, dit Missy.

Son téléphone vibra, annonçant un texto de Ben. *Je suis là. Rejoins-moi à la porte d'entrée.*

— Je dois y aller, dit-elle à Hailey, qui ne la remarqua pas, car elle était trop occupée à s'extasier devant la petite Rose.

Elle vit Ben qui se tenait dans l'entrée avec sa veste habituelle en cuir noir, son jean usé et des bottes de randonnée. Son cœur sauta un battement de bonheur et elle lui courut presque dans les bras.

— Bonne année ! s'exclama-t-elle.

Il sourit en la regardant avec tendresse.

— Pas encore. Bientôt.

— Qu'est-ce qui t'a pris si longtemps ?

— J'avais des choses à faire à la maison.

Elle le regarda, perplexe.

— Tu étais en retard pour la fête parce que tu faisais le ménage ?

— Tu verras, dit-il mystérieusement.

Ils rejoignirent leurs amis, tout le monde était de bonne humeur. Elle se mit bientôt à danser comme une folle avec les autres, pendant que Ben la regardait avec amusement et affection. Missy avait le cœur plein à craquer de tout l'amour et de l'amitié dans la salle. Le temps passa à toute vitesse.

Sans qu'elle s'en rende compte, il fut presque minuit et Josh éteignit la musique pour le décompte.

— C'est presque l'heure ! cria Hailey.

Elle tendit le sac de transport à Mad et elle monta sur une chaise, levant dix doigts pour le décompte. Tout le monde la regardait. Les femmes étaient surprises que Hailey grimpe sur une chaise en minijupe. Avec les bras en l'air, son ventre était exposé également. Elle était très en forme, musclée et pleine de courbes. Les hommes fixèrent son ventre nu pendant que Hailey regardait la télé au-dessus du bar avec le décompte du Nouvel An à Times Square.

Hailey commença à compter.

— Dix… neuf… huit… ah !

Josh était sorti de nulle part, la soulevant par la taille. Rose aboya férocement contre Josh et Hailey reprit la chienne à Mad en lui parlant doucement et en s'écartant rapidement de Josh.

Josh prit la place de Hailey sur la chaise, poursuivant le décompte, le volume dans la pièce s'élevant avec l'excitation.

— Cinq… quatre… trois… deux… un !

— Joyeux…

Missy se tut brutalement. La pièce était complètement silencieuse. Que se passait-il ? Pourquoi tout le monde était-il silencieux ? Elle eut soudain le souffle coupé. Ben se trouvait devant elle, un genou à terre, levant une bague en diamant.

— Missy Higgins, mon premier et mon dernier amour, acceptes-tu de m'épouser ?

Elle posa la main sur la bouche, tremblant de surprise. Elle hocha la tête, les yeux brouillés de larmes.

Il sourit.

— J'ai besoin de l'entendre, ma chérie.

Elle lui tendit sa main.

— Oui.

La salle les acclama. Ben glissa la bague à son doigt, puis il se leva et la serra dans ses bras. Elle passa les mains autour de son cou et l'embrassa passionnément. Elle entendit des applaudissements enthousiastes et des confettis tombèrent sur eux. Lorsqu'ils s'arrêtèrent enfin pour respirer, souriant comme des idiots, leurs amis étaient occupés à se souhaiter la bonne année.

Tous les couples s'embrassaient : Mad et Parker, Charlotte et Ty, Lauren et Alex, Carrie et Zach, Ally et Ethan. Sabrina accepta une bise sur la joue de Marcus, tout comme Lexi. Logan poussa Marcus hors de son chemin et serra Lexi dans ses bras. Ensuite, il tendit les bras à Sabrina en souriant et en la laissant s'approcher. Elle tendit les bras avec maladresse, toute raide, tenant les bras de façon bizarre. Ils firent le câlin le plus gênant qui soit, Sabrina lui tapotant le dos d'une main, ayant posé l'autre sur son coude, avant de s'écarter et de regarder ailleurs. Bizarre. Missy pensait que Sabrina, étant conseillère matrimoniale, était bien plus à l'aise avec les hommes. Bon, elle était un peu timide. Peut-être n'avait-elle pas beaucoup d'expérience personnelle. Elle n'avait jamais dit grand-chose sur les hommes, mais Missy avait supposé que c'était parce qu'elle était très réservée.

— Allons chercher du champagne, dit Missy à Ben.

— Trinquons à la nouvelle année et à une nouvelle vie.

Il caressa la lèvre inférieure de Missy avant de l'embrasser doucement.

— Avec ma future femme.

— Je t'aime tellement que j'ai envie de le crier sur les toits, dit-elle, rayonnante.

— Je t'en prie.

— J'aime Ben Wright ! cria-t-elle.

— Nous le savons ! répondirent ses amis.

Tout le monde rit.

Ils se dirigèrent vers le bar, où Josh travaillait déjà à toute vitesse, remplissant des verres de champagne. Tout le monde trinqua dans le chaos, parlant et riant en même temps, avant que Hailey prenne le contrôle afin de trinquer correctement à Missy et Ben. C'était une si bonne amie.

Clarissa ne vint pas.

Après avoir trinqué en privé avec Ben, c'est-à-dire s'être davantage embrassés qu'avoir bu du champagne, Ben et elle partirent, pressés de rentrer chez lui. Ce qui serait bientôt chez elle aussi : Ben l'aidait à déménager ses affaires le lendemain.

Lorsqu'ils arrivèrent, il la guida dans la maison depuis le garage, avec une main au creux de son dos.

Elle entra dans la cuisine sombre.

— Allume.

Ben posa une main sur ses yeux et alluma les lampes.

— On avance, on avance, dit-il à son oreille en la guidant à travers la maison.

— Qu'est-ce que tu fabriques ?

— Tu verras.

Ils avancèrent assez longtemps.

— C'est pour cela que j'étais en retard.

Il retira sa main des yeux de Missy au bas de l'escalier. Les pétales de roses étaient éparpillés sur les marches, créant un chemin jusqu'au couloir de l'étage. Personne ne lui avait jamais fait de chemin en pétales de rose. C'était si magnifiquement romantique. Sa gorge se serra.

— Ben, chuchota-t-elle.

C'était tout. Elle n'avait pas d'autres mots.

— Je voulais que notre première nuit en tant que fiancés soit spéciale.

Elle se tourna vers lui avec un sourire.

— Tu étais bien confiant que j'accepte.

Il l'embrassa et parla contre ses lèvres :

— Nous savons tous les deux que c'était conclu d'avance.

Il lui prit la main, entrelaçant ses doigts avec les siens, et monta avec elle.

— Tu ne peux pas me résister. De plus, nos fiançailles informelles devant ma grand-mère nous engagent devant la cour.

— Je ne savais pas cela.

— Oui, c'est très sérieux.

Dans le couloir, il lui fit signe de passer devant. Elle suivit les pétales de roses jusqu'à la chambre. Les pétales formaient un sentier jusqu'au lit, où il avait posé d'autres pétales en forme de cœur. Il alluma une lumière tamisée, puis quelques bougies disposées dans la pièce.

Si elle avait été du genre à le faire, elle se serait pâmée. Elle se sentait submergée par la générosité et la tendresse de cet homme. Elle n'avait encore rien vécu de tel, et maintenant elle allait passer le reste de sa vie avec lui. Elle avait tant de chance qu'elle parvenait à peine à croire que c'était réel. Elle le regarda retirer ses chaussures et les poser sur le côté, toujours en état de choc. Comment était-ce possible que ce soit sa vie ? Que l'homme attentionné et sexy et le plus incroyable au monde soit son fiancé ?

Elle cligna les paupières pour chasser les larmes et

éclaircir sa vue. Il monta sur le lit, s'allongeant près du sommet du cœur qu'il montra.

— Grimpe à bord, le lit de l'amour est prêt.

Elle ne sut pas si elle devait éclater de rire ou sangloter de bonheur.

Il poussa un soupir, puis il retira son tee-shirt, révélant ses épaules musclées et son torse sexy.

— Très bien. J'augmente la mise. Bouge-toi, femme.

Elle marcha lentement jusqu'à lui, ayant l'impression d'être dans un rêve sexy et romantique. Il se leva et retira son jean.

Elle se jeta sur lui.

— Voilà mon alligator sexy, grogna-t-il, et ils roulèrent sur les pétales doux, en une mêlée d'amour torride.

Chères lectrices, chers lecteurs,

Hailey a enfin trouvé l'amour inconditionnel… avec un chien. Qui déteste Josh. La petite Rose apprendra-t-elle à apprécier Josh ? Et qu'en est-il de Hailey ? Ne ratez pas la suite. Logan Campbell et Sabrina ont peut-être eu un câlin très gênant au Nouvel An, mais leur amitié est très solide. Jusqu'à ce qu'elle ne le soit plus. L'histoire suivante est celle de Logan et Sabrina, *Une chance de romance*, le tome 8 de la série du Club de Lecture Happy End. Rejoignez le club et réclamez votre happy end !

Une chance de romance (Club de Lecture Happy End, Tome 8)

Lorsque Sabrina Clarke, conseillère conjugale, reçoit une invitation au mariage du crétin qui l'a abandonnée à l'autel, elle écrit un article mordant sur les phobiques de l'engagement qui catapulte son cabinet sous le feu des projecteurs. Cette publicité attire malheureusement l'attention d'un concurrent qui descend Sabrina en flammes parce qu'elle est célibataire. *Et voilà, salut les erreurs stupides !* Sabrina panique au milieu d'une interview et elle prétend avoir une relation avec l'ami qu'elle désire secrètement : Logan Campbell.

Dire que Logan fulmine, c'est un euphémisme, lorsque sa relation longue distance déraille dès l'instant où Sabrina annonce qu'ils sont ensemble à la télévision. Belle façon de le jeter aux fauves ! Il subit une pression terrible en se rendant en Californie dans le but de réparer sa relation fragile et de mener des réunions avec des investisseurs pour son entreprise de technologies.

Sabrina sait qu'elle doit réparer les dégâts, mais lorsqu'elle rencontre la pourriture infidèle chère au cœur de Logan, elle sait qu'il n'y a qu'une seule chose à faire… et c'est une autre erreur stupide.

Inscrivez-vous à ma newsletter afin de ne rater aucune de mes nouvelles publications: Kyliegilmore.com / FRnewsletter

AUTRES LIVRES DE KYLIE GILMORE

La série Rourkes (version française)

Royal Catch - Gabriel (Tome 1)

Royal Hottie - Phillip (Tome 2)

Royal Darling - Jackson (Tome 3)

Royal Charmer - Lucas (Tome 4)

La série Clover Park

The Opposite of Wild (Book 1)

Daisy Does It All (Book 2)

Bad Taste in Men (Book 3)

Kissing Santa (Book 4)

Restless Harmony (Book 5)

Not My Romeo (Book 6)

Rev Me Up (Book 7)

An Ambitious Engagement (Book 8)

Clutch Player (Book 9)

A Tempting Friendship (Book 10)

Clover Park Bride (A Clover Park Short)

A Valentine's Day Gift (Book 11)

Maggie Meets Her Match (Book 12)

La série Clover Park STUDS

Almost Over It (Book 1)

Almost Married (Book 2)

Almost Fate (Book 3)

Almost in Love (Book 4)

Almost Romance (Book 5)

Almost Hitched (Book 6)

La série du Club de Lecture Happy End

AU SUJET DE L'AUTEUR

Kylie Gilmore est l'auteur de best-sellers sur la liste de *USA Today* de la série du Club de Lecture Happy End, la série Rourkes, la série Clover Park et la série Clover Park STUDS. Elle écrit de la romance humoristique qui vous fera rire, qui vous fera pleurer et qui vous donnera un coup de chaud.

Kylie vit à New York avec sa famille, deux chats et un chien complètement fou. Quand elle n'est pas en train d'écrire, de courir après ses enfants ou de prendre des notes lors de conférences sur l'écriture, vous la trouverez sur la pointe des pieds, cherchant à atteindre sa cachette secrète de chocolat tout en haut du placard.